"DIÁLOGOS INTELIGENTES, HISTÓRIA ÁGIL E PERSONAGENS FORTES."

THE TIMES

"ÁGIL E PRAZEROSO, USANDO TECNOLOGIA E CULTURA DE FORMA DIVERTIDA, E NUNCA ESQUECENDO O QUANTO DEVE A AUTORES COMO ROBERT HEINLEIN E JOE HALDEMAN. SCALZI CRIA PERSONAGENS VEROSSÍMEIS E FÁCEIS DE GOSTAR E SE APEGAR, AO MESMO TEMPO EM QUE NÃO TEM MEDO DE JOGAR ESSES PERSONAGENS EM SUCESSIVAS SITUAÇÕES COM RISCO DE MORTE."

STRANGE HORIZONS

"ABERTAMENTE MOLDADO COM BASE EM *TROPAS ESTELARES*, *GUERRA DO VELHO* PEGA UMA EMPOLGANTE HISTÓRIA DE CONFLITO EXTRATERRESTRE E A EMBALA, DE FORMA INTELIGENTE, COM TEMAS COMO IDENTIDADE INDIVIDUAL, O QUE TORNA ALGUÉM HUMANO, O SIGNIFICADO DA MORTALIDADE E A ÉTICA DE EXTENSÃO DA VIDA. ESTA HISTÓRIA, POVOADA COM PERSONAGENS IMPRESSIONANTEMENTE BEM CONSTRUÍDOS E MEMORÁVEIS, NUNCA SE TORNA CANSATIVA, TRAÇANDO UM TRAJETO ESTÁVEL SEM SE TORNAR PRESUNÇOSA NEM PIEGAS."

SF REVIEWS

JOHN SCALZI

GUERRA DO VE— LHO

TRADUÇÃO
DE
PETÊ
RISSATTI

ALEPH

GUERRA DO VELHO

TÍTULO ORIGINAL:
Old Man's War

CAPA:
Pedro Inoue

COPIDESQUE:
Cássio Yamamura

PROJETO GRÁFICO E DIAGRAMAÇÃO:
Desenho Editorial

REVISÃO:
Pausa Dramática
Hebe Ester Lucas
Entrelinhas Editorial

ILUSTRAÇÃO:
Sparth

DIREÇÃO EXECUTIVA:
Betty Fromer

FINANCEIRO:
Roberta Martins
Sandro Hannes

DIREÇÃO EDITORIAL:
Adriano Fromer Piazzi

COMERCIAL:
Giovani das Graças
Lidiana Pessoa
Roberta Saraiva
Gustavo Mendona

EDITORIAL:
Daniel Lameira
Tiago Lyra
Andréa Bergamaschi
Débora Dutra Vieira
Luiza Araujo
Juliana Brandt
Renato Ritto*
Bárbara Prince*
Katharina Cotrim*
Mateus Duque Erthal*
Júlia Mendonça*

COMUNICAÇÃO:
Thiago Rodrigues Alves
Fernando Barone
Maria Clara Villas
Júlia Forbes

* Equipe original à época do lançamento.

COPYRIGHT © & TM 2005 JOHN SCALZI
COPYRIGHT © EDITORA ALEPH, 2016
(EDIÇÃO EM LÍNGUA PORTUGUESA PARA O BRASIL)

TODOS OS DIREITOS RESERVADOS.
PROIBIDA A REPRODUÇÃO, NO TODO OU EM PARTE, ATRAVÉS DE
QUAISQUER MEIOS.

DADOS INTERNACIONAIS DE CATALOGAÇÃO NA PUBLICAÇÃO (CIP)
(ANGÉLICA ILACQUA CRB-8/7057)

Scalzi, John
Guerra do velho / John Scalzi ; tradução de Petê Rissatti. —
São Paulo : Aleph, 2016.
368 p.

ISBN 978-85-7657-299-2
Título original: Old Man's War

1. Ficção norte-americana I. Título II. Rissatti, Pete

15-1239 CDD 813

ÍNDICES PARA CATÁLOGO SISTEMÁTICO:

1. Ficção norte-americana

EDITORA ALEPH
Rua Tabapuã, 81, cj. 134
04533-010 – São Paulo – SP – Brasil
Tel.: (55 11) 3743-3202
www.editoraaleph.com.br

A Regan Avery, um prodígio de primeira leitora, e a Kristine e Athena, sempre.

GUERRA DO VE—LHO

PARTE 1

No meu aniversário de 75 anos fiz duas coisas: visitei o túmulo da minha esposa, depois entrei para o exército.

Visitar o túmulo de Kathy foi a menos dramática das duas.

Ela está enterrada no Cemitério de Harris Creek, a pouco menos de uma milha da rua onde moro e onde criamos nossa família. Levá-la ao cemitério talvez tenha sido mais difícil do que deveria ser. Nenhum de nós esperava precisar tão logo de um funeral, por isso não havíamos providenciado nada. É um pouco mortificante, para usar a palavra mais precisa, ter de discutir com um administrador de cemitério sobre sua esposa não ter feito uma reserva para ser enterrada. No fim das contas, meu filho, Charlie, que por acaso era prefeito, mexeu alguns pauzinhos e conseguiu o jazigo. Ser pai do prefeito tem suas vantagens.

Mas então, sobre o túmulo. Simples e discreto, com uma daquelas lajes pequenas em vez de uma grande lápide. Como contraste, Kathy jaz ao lado de Sandra Cain, cuja lápide um tanto grande demais é de granito preto polido, com a foto de colegial de Sandy e uma frase sentimental de Keats sobre a morte da juventude e da beleza inscrita em jato de areia na parte da frente. É muito a cara de Sandy. Kathy teria achado graça se soubesse que Sandy estava estacionada ao lado dela com uma lápide grande e dramática. Durante toda a vida, Sandy alimentou uma concorrência passivo-agressiva divertida com ela. Se Kathy chegasse à venda beneficente de assados com uma torta, Sandy traria três e ficaria indignada, sem nem disfarçar, se a torta de Kathy fosse vendida antes. Kathy às vezes tentava se precaver do problema comprando uma das tortas de Sandy. Do ponto de vista de Sandy, é difícil dizer se isso melhorava ou piorava as coisas.

Suponho que a lápide de Sandy poderia ser considerada a última palavra na disputa, uma exibição final que não poderia ser refutada, pois, no fim das contas, Kathy já estava morta. Por outro lado, não me lembro de ninguém visitando Sandy. Três meses depois de Sandy ter falecido, Steve Cain vendeu a casa e mudou-se para o Arizona com um sorriso mais largo que a Rodovia Interestadual 10 grudado no rosto. Ele me enviou um cartão-postal um tempo depois: estava se juntando com uma mulher que fora estrela pornô cinquenta anos antes. Me senti sujo por uma semana depois de receber essa informação. Os filhos e netos de Sandy moram na cidade vizinha, mas poderiam muito bem estar no Arizona, pela quantidade de vezes que visitam a cidade. A frase de Keats na lápide de Sandy provavelmente nunca mais foi lida desde o funeral, exceto por mim, de passagem, quando vou visitar minha mulher a alguns pés de distância.

A lápide de Kathy tem seu nome (Katherine Rebecca Perry), data de nascimento e morte, e as palavras: "ESPOSA E MÃE AMADA". Leio essas palavras repetidamente todas as vezes que a visito. Não consigo evitar. São quatro palavras que resumem uma vida de forma tão canhestra, mas tão perfeita. A frase não diz nada sobre ela, sobre como ela era dia após dia ou como trabalhava, quais eram seus interesses ou para onde gostava de viajar. Não era possível saber qual era sua cor favorita ou como ela gostava de usar o cabelo, em quem votava ou como era seu senso de humor. Não dava para saber nada dela, exceto que era amada. E era. Ela mesma considerava isso o suficiente.

Eu odeio este lugar. Odeio que a mulher que viveu comigo durante 42 anos esteja morta, que em um minuto, numa manhã de sábado, ela estivesse na cozinha misturando massa de waffle em uma tigela e me contando sobre a briga na reunião do conselho da biblioteca na noite anterior e, no minuto seguinte, estivesse no chão, contorcendo-se enquanto o derrame partia seu cérebro ao meio. Odeio o fato de suas últimas palavras terem sido: "Onde eu botei a porcaria da baunilha?".

Odeio ter me transformado num daqueles velhos que visitam o cemitério para ficar com a falecida esposa. Quando eu era (muito) mais jovem, costumava perguntar a Kathy de que isso adiantava. Uma pilha de carne e ossos apodrecendo. A pessoa havia partido – para o céu, para o inferno, para qualquer lugar ou lugar nenhum. A gente podia também visitar uma peça de acém. Quando envelhecemos, percebemos que esse sentimento não muda. Só não damos importância. É o que temos.

Por mais que eu odeie o cemitério, ao mesmo tempo fico grato por sua existência. Sinto saudades da minha mulher. É mais fácil sentir falta dela num cemitério, onde ela nunca esteve a não ser depois de morta, do que sentir falta dela em todos os lugares nos quais esteve viva.

Não fiquei por muito tempo, nunca fico. Apenas o suficiente para sentir a pontada que ainda estava bem viva depois de oito anos, aquela que serve para me lembrar de que tenho outras coisas a fazer além de perambular em um cemitério como um velho tolo e miserável. Depois de sentir a pontada, virei-me e saí, sem nem mesmo olhar ao redor. Seria a última vez que visitaria o cemitério ou o túmulo da minha mulher, mas não quis gastar muita energia pensando nisso. Como disse, aquele era o lugar onde ela nunca esteve antes de morrer. Não vale muito a pena lembrar.

Se bem que, ao pensar nisso, me alistar no exército não era tão dramático assim.

Minha cidade era pequena demais para ter uma junta de alistamento. Precisei ir até Greenville, a sede do condado, para me alistar. A junta de alistamento ocupava uma loja em uma galeria comum. Havia uma loja de bebidas autorizada de um lado e um estúdio de tatuagem do outro. Dependendo da ordem na qual esses lugares fossem visitados, poderia se acordar na manhã seguinte com problemas sérios.

O interior da junta era ainda menos atraente, se é que é possível. Consistia em uma mesa com um computador e uma impressora, um ser humano atrás dessa mesa, duas cadeiras à sua frente e mais seis alinhadas em uma das paredes. Uma mesinha na frente dessas cadeiras continha informações sobre recrutamento e algumas edições antigas da *Time* e da *Newsweek*. Kathy e eu estivemos lá uma década antes, claro. Desconfio que nada havia sido removido, muito menos alterado, inclusive as revistas. O ser humano parecia ser novo. Ao menos não me lembro de o recrutador anterior ter tanto cabelo. Ou seios.

A recrutadora estava ocupada digitando algo no computador e não fez menção de erguer os olhos quando entrei.

– Já atendo o senhor – ela murmurou, mais ou menos como uma reação pavloviana à abertura da porta.

– Não tem pressa – eu disse. – Sei que tem muita gente. – Essa tentativa de humor quase sarcástico foi ignorada e mal recebida, o que era típico já há alguns anos. Era bom ver que eu não havia perdido a forma. Sentei-me diante da mesa e esperei a recrutadora terminar fosse lá o que estivesse fazendo.

– Está indo ou vindo? – ela perguntou, ainda sem erguer os

olhos de verdade.

– Desculpe?

– Indo ou vindo – ela repetiu. – Vindo apresentar seu alistamento voluntário ou indo começar o serviço?

– Ah, indo, por favor.

Finalmente ela me olhou, estreitando os olhos através de um par de óculos bem sérios.

– O senhor é John Perry – ela disse.

– É, sou eu. Como adivinhou?

Ela olhou de volta para o computador.

– A maioria das pessoas que quer se alistar vem no dia do aniversário, mesmo que tenha até trinta dias para formalizar o alistamento. Temos apenas três aniversários hoje. Mary Valory já ligou para dizer que não vai. E o senhor não parece ser Cynthia Smith.

– Fico feliz em ouvir isso – comento.

– E como o senhor não está vindo para um alistamento inicial – ela continuou, ainda ignorando outra cutucada de humor –, é bem provável que seja John Perry.

– Eu poderia ser apenas um velho solitário perambulando por aí em busca de alguém para conversar.

– Esses não vêm muito aqui – ela retrucou. – Em geral são afugentados pelos garotos da loja ao lado com as tatuagens de demônio. – Finalmente, afastou o teclado e me deu total atenção. – Então, pode me mostrar a identidade, por favor.

– Mas a senhorita já sabe quem sou – falei para lembrá-la.

– Só para garantir – ela disse. Não havia o menor vestígio de sorriso ao falar. Lidar com velhos fedidos e faladores todos os dias aparentemente já tivera seu efeito.

Entreguei minha carteira de motorista, certidão de nascimento e carteira de identidade. Ela as recolheu, estendeu a mão sobre a mesa para pegar um digitalizador portátil, conectou-o ao computador e empurrou-o na minha direção. Estendi a mão com a palma para baixo e esperei a digitalização terminar. Ela puxou o aparelho e deslizou minha identidade nele para emparelhar a impressão digital. Por fim, ela disse:

– O senhor é mesmo John Perry.

– E agora voltamos ao início – eu falei.

Ela me ignorou de novo.

– Dez anos atrás, durante sua sessão de orientação de alistamento, o senhor recebeu informações relativas às Forças Coloniais de Defesa e às obrigações e aos deveres que assumiria ao ingressar nas FCD – disse no tom de voz que indicava que ela repetia aquilo ao menos uma vez ao dia, todos os dias, em grande parte de sua vida profissional. – Além disso, nesse intervalo, o senhor recebeu materiais para lembrá-lo das obrigações e deveres que estaria assumindo. Neste momento, o senhor precisará de informações adicionais ou uma apresentação de reciclagem, ou declara que entende totalmente as obrigações e deveres que está prestes a assumir? Saiba que não há custo em solicitar materiais de reciclagem ou optar por não ingressar nas FCD neste momento.

Relembrei a sessão de orientação. A primeira parte consistiu em um bando de cidadãos idosos sentados em cadeiras dobráveis no Centro Comunitário de Greenville, comendo rosquinhas, bebendo café e ouvindo um apparatchik chatíssimo das FCD tagarelando sobre a história das colônias humanas. Em seguida, ele entregou panfletos sobre a vida a serviço das FCD, que parecia muito com a vida militar em qualquer lugar. Durante a sessão de perguntas e respostas, descobrimos que ele não estava de fato nas FCD; havia acabado de ser contratado para fazer apresentações na área do vale de Miami.

A segunda parte da sessão de orientação foi um exame médico breve – um médico entrou e coletou sangue, passou um cotonete no lado de dentro da minha bochecha para retirar algumas células e fez um escaneamento cerebral. Aparentemente fui aprovado. A partir daí, o panfleto que recebi na orientação foi enviado para mim uma vez ao ano pelo correio. Comecei a jogá-los fora depois do segundo ano. Desde então, não havia mais lido.

– Entendo – eu falei.

Ela assentiu, estendeu a mão para puxar uma folha de papel e uma caneta e entregou os dois para mim. O papel continha vários parágrafos, cada um com espaço para assinatura logo abaixo. Reconheci o papel, pois havia assinado outro muito semelhante dez anos antes, para indicar que havia entendido onde me enfiaria uma década depois.

– Vou ler para o senhor cada um dos seguintes parágrafos – ela disse. – Ao fim de cada parágrafo, se o senhor entender e aceitar o que li, por favor, assine e ponha data na linha imediatamente seguinte ao parágrafo. Se tiver perguntas, faça ao fim de cada leitura de parágrafo. Se não entender ou não aceitar o que eu tiver lido e explicado ao senhor, não assine. Entendido?

– Entendido.

– Muito bem – falou ela. – Parágrafo um: Eu, abaixo-assinado, reconheço e compreendo que estou me voluntariando de livre e espontânea vontade e sem coerção para ingressar nas Forças Coloniais de Defesa por um prazo mínimo de dois anos. Compreendo também que o prazo pode ser prorrogado unilateralmente pelas Forças Coloniais de Defesa por até oito anos adicionais em tempos de guerra e dificuldades.

Essa cláusula de prorrogação de "dez anos no total" não era novidade para mim, eu li as informações que recebi uma ou duas vezes, embora imagine quantas pessoas passaram por cima dela e, daquelas que não o fazem, quantas de fato pensaram em ficar presas a um serviço militar por dez anos. Tinha a sensação de que as FCD não pediriam dez anos se não sentissem que precisariam deles. Por conta das

Leis de Quarentena, não ouvimos muito sobre as guerras coloniais. Mas o que ouvimos é o bastante para saber que não há tempos de paz lá fora no universo.

Assinei.

– Parágrafo dois: Entendo que, ao me voluntariar para ingressar nas Forças Coloniais de Defesa, concordo em portar armas e usá-las contra os inimigos da União Colonial, que podem incluir outras forças humanas. Durante meu prazo de serviço, não posso me recusar a portar e usar armas conforme ordenado ou levantar objeções religiosas ou morais contra essas ações para evitar o combate.

Quantas pessoas se voluntariam para um exército e, depois, levantam objeções conscienciosas? Assinei.

– Parágrafo três: Entendo e concordo que executarei de modo fiel e com toda a agilidade as ordens e instruções dadas a mim pelos oficiais superiores, conforme previsto no Código Geral de Conduta das Forças Coloniais de Defesa.

Assinei.

– Parágrafo quatro: Entendo que, ao me voluntariar para as Forças Coloniais de Defesa, consinto com quaisquer regimes e procedimentos médicos, cirúrgicos ou terapêuticos que sejam considerados necessários pelas Forças Coloniais de Defesa para aumentar a prontidão de combate.

Ali estava o motivo pelo qual eu e inúmeros outros idosos de 75 anos se alistavam todos os anos.

Certa vez, disse ao meu avô que, quando eu tivesse a idade dele, já teríamos descoberto uma maneira de estender drasticamente a expectativa de vida humana. Ele riu da minha cara e me contou que também achava isso e, mesmo assim, lá estava ele, um velho de qualquer forma. E aqui também estou. O problema de envelhecer não é acontecer uma desgraça após a outra – é toda a desgraça acontecer de uma vez e o tempo todo.

É impossível parar de envelhecer. Terapias com genes, substituição de órgãos e cirurgia plástica dão um bom trabalho para o envelhecimento. Mas ele acaba pegando a gente de qualquer jeito. Consiga um pulmão novo e uma válvula cardíaca estoura. Consiga um coração novo e seu fígado incha até ficar do tamanho de uma piscina inflável infantil. Mude de fígado, você tem um derrame. Este é o trunfo do envelhecimento: ainda não dá para substituir o cérebro.

A expectativa de vida subiu quase até a marca de 90 anos um tempo atrás e parou por aí desde então. Com dificuldade adicionamos quase mais uma vintena aos "setentinha", e então Deus parece ter batido o pé. As pessoas podem viver mais, e de fato o fazem, mas ainda vivem esses anos a mais como velhos. Nada mudou muito nesse sentido.

Preste atenção: quando se tem 25, 35, 45 ou até mesmo 55, ainda é possível sentir-se bem com as chances de enfrentar o mundo. Quando se tem 65 e o corpo está diante da ruína física iminente, esses "regimes e procedimentos médicos, cirúrgicos ou terapêuticos" começam a parecer interessantes. Então chegamos aos 75, os amigos morrem, e já trocamos ao menos um órgão principal, precisamos mijar quatro vezes durante a noite e não conseguimos subir um lance de escadas sem ficar um pouco zonzos – e dizem que estamos em muito boa forma para a idade.

Trocar isso por uma década de vida nova em uma zona de combate começa a parecer um negócio e tanto. Especialmente porque, se você não for, em uma década terá 85, e aí a única diferença entre você e uma uva-passa será que, embora ambos estejam enrugados e não tenham próstata, a uva-passa nunca teve uma próstata, para começo de conversa.

E como as FCD conseguem reverter o fluxo do envelhecimento? Ninguém no planeta sabe. Cientistas na Terra não conseguem explicar como fazem isso, tampouco replicar seus êxitos, embora não seja por falta de tentativa. As FCD não operam no planeta, então é impossível perguntar a um veterano. No entanto, eles recrutam apenas no planeta, então os colonos também não sabem, mesmo se fosse possível perguntar, o que não é. Quaisquer terapias que as FCD realizem são feitas fora da Terra, nas zonas próprias de controle deles, longe do alcance dos governos global e nacional. Então, não há ajuda do Tio Sam ou de nenhum outro governo.

De vez em quando, uma assembleia legislativa, presidente ou ditador decide banir o recrutamento das Forças Coloniais até elas revelarem seus segredos. As FCD nunca discutem: levantam acampamento e partem. Então, todas as pessoas com 75 anos naquele país fazem longas viagens internacionais das quais nunca retornam. As Forças não dão explicações, nem justificativas, tampouco pistas. Quem quiser descobrir como elas rejuvenescem as pessoas precisa se alistar.

Assinei.

– Parágrafo cinco: Entendo que, ao me voluntariar para as Forças Coloniais de Defesa, estou abdicando da minha cidadania em minha entidade política nacional, neste caso os Estados Unidos da América, e também do privilégio residencial que me permite morar no planeta Terra. Entendo que minha cidadania será doravante transferida em caráter geral à União Colonial e em caráter específico às Forças Coloniais de Defesa. Reconheço e compreendo ainda que, ao abdicar da minha cidadania local e do meu privilégio residencial planetário, ficarei impedido de retornar posteriormente à Terra e, após a conclusão do meu período de serviço dentro das Forças Coloniais de Defesa, serei alojado na União Colonial e/ou nas Forças Coloniais de Defesa.

Simplificando: não dá para voltar para casa. É parte integrante das Leis de Quarentena, que foram impostas pela União Colonial e pelas FCD, ao menos oficialmente, para proteger a Terra de outros desastres xenobiológicos como a Ondulação. O pessoal na Terra foi todo a favor na época. Engraçado o quanto um planeta se torna insular quando um terço de sua população masculina perde permanentemente a fertilidade no intervalo de um ano. As pessoas ficaram menos entusiastas dessas leis desde então – ficaram cansadas da Terra, querem ver o restante do universo e esqueceram tudo sobre o Tio-Avô Walt, que não teve filhos. Mas a UC e as FCD são as únicas com espaçonaves equipadas com salto espacial, que possibilita viagens interestelares. Então, é isso.

(O que torna a concordância em colonizar onde a UC nos diz para colonizar um pouco irrelevante. Como eles são os únicos com as naves, vamos aonde ela nos levar de qualquer forma. Eles não deixariam um de nós pilotar a espaçonave.)

Um efeito colateral das Leis de Quarentena e do monopólio do salto espacial é tornar a comunicação entre a Terra e as colônias (e entre uma colônia e outra) quase impossível. A única maneira de conseguir uma resposta oportuna de uma colônia é botar uma mensagem numa nave com salto espacial. As FCD podem levar mensagens e dados a contragosto para governos planetários dessa maneira, mas qualquer outra pessoa não terá a mesma sorte. É possível adaptar uma antena satélite e esperar captar sinais de comunicação das colônias, mas Alpha, a colônia mais próxima da Terra, está a 83 anos-luz de distância, o que dificulta fofocas animadas entre planetas.

Nunca perguntei, mas imaginava que exatamente esse parágrafo fazia a maioria das pessoas desistir. Uma coisa é pensar que você deseja ser jovem de novo, outra completamente diferente é virar as costas para tudo o que já viu, todos aqueles que conheceu e amou e toda a experiência que teve por um período de mais de sete décadas e meia. É um inferno dizer adeus a uma vida inteira.

Assinei.

– Parágrafo seis. Último parágrafo – a recrutadora declarou. – Reconheço e entendo que, a partir do meu transporte para fora da Terra pelas Forças Coloniais de Defesa ou de 72 horas da assinatura deste documento, o que ocorrer primeiro, serei considerado falecido para fins legais em todas as entidades políticas pertinentes, neste caso, no Estado de Ohio e nos Estados Unidos da América. Todos e quaisquer bens remanescentes serão alocados segundo a lei. Todas as obrigações ou responsabilidades jurídicas que por lei se extinguem com o falecimento serão assim extintas. Todos os registros jurídicos, sejam eles beneméritos ou prejudiciais, serão cancelados e todas as dívidas quitadas segundo a lei. Reconheço e entendo que, caso eu não tenha feito as disposições para a distribuição de meus bens e mediante minha solicitação, as Forças Coloniais de Defesa me oferecerão aconselhamento jurídico e financeiro para fazê-lo dentro de 72 horas.

Assinei. A partir dali, tinha 72 horas para viver, por assim dizer.

– O que acontece se eu não deixar o planeta dentro de 72 horas? – eu perguntei quando devolvi o papel para a recrutadora.

– Nada – ela disse, pegando o formulário. – Exceto que, como você estará juridicamente falecido, todos os seus pertences serão divididos de acordo com seu testamento, seu plano de saúde e seguro de vida serão cancelados ou pagos aos seus herdeiros e, estando juridicamente morto, não terá qualquer direito a proteção segundo a lei, desde calúnia até assassinato.

– Então alguém poderia simplesmente chegar e me matar e não haveria repercussões jurídicas?

– Bem, não – ela respondeu. – Se alguém matá-lo enquanto estiver juridicamente morto, acredito que aqui em Ohio essa pessoa poderia ser julgada por "vilipêndio a cadáver".

– Fascinante.

– No entanto – ela continuou em seu tom ainda mais penosamente direto –, em geral não chega a esse ponto. A qualquer momento entre agora e o fim das 72 horas, o senhor pode simplesmente mudar de ideia sobre se alistar. Basta me ligar. Se eu não estiver aqui, uma secretária eletrônica pegará seu nome. Assim que verificarmos que foi realmente o senhor que solicitou o cancelamento do alistamento, será liberado de qualquer obrigação. Tenha em mente que esse cancelamento impede permanentemente um futuro alistamento. É definitivo.

– Entendido – disse eu. – Precisa que eu preste juramento?

– Não – ela respondeu. – Preciso apenas registrar este formulário e lhe dar sua passagem. – Ela voltou ao computador, digitou por alguns minutos e, então, apertou a tecla ENTER. – O computador está gerando sua passagem agora – ela avisou. – Um minuto.

– Tudo bem – falei. – Se importa se eu fizer uma pergunta?

– Sou casada – ela respondeu.

– Não era isso que eu ia perguntar. As pessoas realmente cantam você?

– O tempo todo. É bastante incômodo.

– Imagino – comentei. Ela assentiu. – O que eu ia perguntar era se a senhora já conheceu alguém das FCD.

– O senhor diz além dos alistados?

Eu assenti.

– Não. As FCD têm uma empresa aqui embaixo que cuida do recrutamento, mas nenhum de nós é efetivamente um membro. Acho que nem mesmo o diretor-presidente. Recebemos todas as informações e os materiais da equipe da embaixada da União Colonial e não das FCD diretamente. Acho que eles sequer vêm para a Terra.

– Não se incomoda em trabalhar para uma organização que nunca conheceu?

– Não – disse ela. – O trabalho é bom e ganho surpreendentemente bem, considerando o baixo orçamento que liberam para a decoração aqui. De qualquer forma, o senhor vai entrar em uma organização que nunca conheceu. Não incomoda o senhor?

– Não – admiti. – Estou velho, minha mulher está morta e não há muitos motivos para ficar aqui. A senhora vai se alistar quando chegar a hora?

Ela deu de ombros.

– Não me importo em envelhecer.

– Eu também não ligava de envelhecer quando era jovem – respondi. – Foi ser velho que passou a incomodar.

A impressora fez um zumbido baixo e um objeto parecido com um cartão de visitas saiu. Ela pegou e me entregou.

– Sua passagem – ela me disse. – Identifica o senhor como John Perry, recruta das FCD. Não perca. Seu transporte sairá desta junta em três dias para levá-lo ao Aeroporto de Dayton. Parte às 8h30. Sugerimos que chegue aqui cedo. Poderá levar apenas uma bagagem de mão. Por favor, escolha cuidadosamente as coisas que deseja levar. De Dayton, o senhor pegará o voo das 11h para Chicago e, em seguida, às 14h, um voo de avião-delta para Nairóbi. Nairóbi está nove horas à nossa frente, então o senhor chegará lá por volta da meia-noite, horário local. Encontrará um representante das FCD e terá a opção de pegar o Pé-de--feijão das 2h até a Estação Colonial ou descansar um pouco e pegar o Pé-de-feijão das 9h. A partir daí, o senhor estará nas mãos das FCD.

Peguei a passagem.

– O que faço se qualquer um desses voos atrasar?

– Nenhum deles jamais atrasou nos cinco anos em que trabalho aqui – ela disse.

– Uau – falei. – Aposto que os trens das FCD chegam no horário também.

Ela me olhou sem expressão.

– Olha – continuei –, tentei fazer piadas com a senhora o tempo inteiro que estive aqui.

– Eu sei – ela retrucou. – Desculpe. Meu senso de humor foi retirado cirurgicamente quando eu era criança.

– Ah – eu disse.

– Foi uma piada – disse ela e se levantou, estendendo a mão.

– Olha só! – Eu me levantei e apertei sua mão.

– Parabéns, recruta – ela disse. – Boa sorte lá fora, nas estrelas. É o que desejo de coração – ela acrescentou.

– Obrigado. Obrigado mesmo.

Ela assentiu com a cabeça, sentou-se novamente e voltou os olhos para o computador. Eu estava dispensado.

No caminho de saída, vi uma mulher mais velha atravessando o estacionamento na direção da junta de recrutamento. Fui até ela.

– Cynthia Smith? – perguntei.

– Sou eu – ela respondeu. – Como o senhor sabe?

– Queria apenas desejar feliz aniversário – eu disse e, em seguida, apontei para o céu. – E dizer que talvez nos encontremos novamente lá em cima.

Ela sorriu quando entendeu tudo. Por fim, consegui sorrir naquele dia. As coisas estavam melhorando.

2_

Nairóbi despregou-se debaixo de nossos pés e diminuía aos poucos. Caminhamos para a lateral como se estivéssemos em um elevador rápido (exatamente o que é o Pé-de-feijão, claro) e observamos a Terra começar a deslizar.

– Parecem formigas aqui de cima! – Leon Deak deu uma risadinha quando parou ao meu lado. – Formigas pretas!

Tive uma vontade imensa de abrir uma fresta da janela e lançar Leon para fora. Infelizmente, não havia janelas que pudesse abrir. A "janela" do Pé-de-feijão era feita dos mesmos compostos de diamante do restante da plataforma, que era transparente para que os viajantes pudessem enxergar lá embaixo. A plataforma era hermeticamente fechada, o que seria útil em poucos minutos, quando estivéssemos alto o bastante e aquela abridinha de janela levaria a descompressão explosiva, hipoxia e morte.

Por isso, Leon não faria um retorno repentino e totalmente inesperado ao abraço da Terra. Que pena. Leon havia grudado em mim em

Chicago como um parasita gordo recheado de salsicha e cerveja. Fiquei surpreso que alguém cujo sangue era obviamente metade composto por gordura de porco tenha chegado aos 75 anos. Passei parte do voo até Nairóbi ouvindo-o peidar e explicar sombriamente sua teoria de composição racial das colônias. Os peidos eram a parte mais agradável daquele monólogo. Nunca fiquei tão ansioso para comprar fones de ouvido e aproveitar os canais de entretenimento oferecidos no voo.

Esperava me livrar dele optando por tomar o primeiro Pé-de--feijão saindo de Nairóbi. Ele parecia o tipo de cara que precisava de um descanso após se ocupar tanto expelindo gases o dia todo. Não tive essa sorte. A ideia de passar mais seis horas com Leon e seus peidos era mais do que eu poderia aguentar. Se a plataforma do elevador tivesse janelas e eu não pudesse lançar Leon para fora, talvez eu mesmo tivesse pulado de uma delas. Em vez disso, pedi licença a Leon, dizendo a única coisa que pareceu mantê-lo sob controle: que eu precisava ir ao banheiro. Leon grunhiu sua permissão. Eu caminhei no sentido anti-horário, mais ou menos na direção dos toaletes, mas mais especificamente procurando um lugar onde Leon não pudesse me encontrar.

Não foi algo fácil de se fazer. A plataforma do Pé-de-feijão tinha o formato de uma rosquinha, com um diâmetro aproximado de cem pés. O "buraco" da rosquinha, por onde a plataforma deslizava para cima, tinha cerca de vinte pés de largura. O diâmetro do cabo era obviamente pouco menor que isso, talvez uns dezoito pés, que, se pensarmos bem, mal parecia grosso o bastante para um cabo estendido por milhares de milhas. O restante do espaço era equipado com cabines e sofás confortáveis onde as pessoas podiam se sentar e conversar, e pequenas áreas onde os viajantes podiam assistir a programas de entretenimento, jogar ou comer. E, claro, havia muitas áreas com janelas para se olhar para fora, lá embaixo, para a Terra, para outros cabos e plataformas de Pés-de-feijão ou para cima, na direção da Estação Colonial.

No geral, a plataforma dava a impressão de ser o agradável saguão de um hotel econômico lançado repentinamente na direção da órbita geoestacionária. O único problema era que ficava difícil se esconder com aquela disposição espaçosa. A viagem não estava muito lotada, não havia tantos passageiros a ponto de ser possível ser encoberto por eles. Por fim, decidi pegar alguma coisa para beber em um quiosque próximo ao centro da plataforma, quase diante de onde Leon estava em pé. Considerando os eixos de visão, aquele era o lugar onde teria a melhor chance de evitá-lo por mais tempo.

Deixar a Terra fisicamente foi uma coisa irritante, graças ao entojo de Leon, mas a facilidade em deixá-la emocionalmente me causou surpresa. Havia decidido um ano antes da minha partida que, sim, eu me alistaria nas FCD. A partir de então, foi uma simples questão de arrumar as coisas e dizer adeus. Quando Kathy e eu havíamos decidido nos alistar, uma década antes, colocamos a casa no nome de nosso filho, Charlie, junto aos nossos, de forma que ele pudesse tomar posse dela sem ter de fazer inventário. Kathy e eu, ao contrário, não possuíamos nada de valor real, apenas algumas bugigangas que acumulamos durante a vida. A maior parte das coisas realmente bacanas foi distribuída entre amigos e família durante o último ano. Charlie lidaria com o restante mais tarde.

Deixar as pessoas não foi tão mais difícil. Elas reagem às notícias com diversos níveis de surpresa e tristeza, pois todo mundo sabe que, assim que se entra nas Forças Coloniais de Defesa, não se retorna. Mas não é como se morrêssemos de verdade. Eles sabem que, em algum lugar lá no espaço, você continua vivo. Ora essa, talvez, depois de um tempo, eles até podiam vir se juntar a nós. É um pouco o que imagino que as pessoas sentiam centenas de anos atrás, quando algum conhecido atrelava cavalos a uma carroça e partia para o Oeste. Elas choravam, sentiam saudade e voltavam aos seus afazeres.

Bem, um ano antes de partir eu contei às pessoas o que estava fazendo. É tempo suficiente para se dizer o necessário, resolver questões e fazer as pazes. Durante esse ano, tive algumas conversas com velhos amigos e familiares e dei a última cutucada em velhas feridas e cinzas. Em quase todos os casos, tudo terminou bem. Algumas vezes pedi perdão por coisas pelas quais particularmente não sentia culpa e, em um caso, me vi na cama com alguém que, de outra forma, eu não me deitaria. Mas a gente faz o que precisa para encerrar um assunto com as pessoas, pois isso as faz se sentirem melhor e não custa muito. Eu preferi me desculpar por algo com que realmente não me importava e deixar alguém na Terra me desejando o bem a ser teimoso e ter alguém esperando que algum alienígena chupasse meu cérebro de canudinho. Uma espécie de seguro contra carma.

Charlie foi minha maior preocupação. Como muitos pais e filhos, tivemos nossas diferenças. Eu não era o pai mais atencioso e ele não era o filho mais independente, ainda vagando pela vida com trinta e poucos anos. Quando descobriu que Kathy e eu queríamos nos alistar, ele explodiu conosco. Nos lembrou de que protestamos contra a Guerra Subcontinental. Que sempre lhe ensinamos que violência não era o caminho. Que o deixamos de castigo por um mês quando ele saiu para praticar tiro ao alvo com Bill Young – algo que pensamos ser um pouco estranho para um homem de 35 anos trazer à tona.

A morte de Kathy encerrou a maioria de nossas discussões, pois ele e eu percebemos que a maioria das coisas pelas quais brigávamos simplesmente não importava. Eu estava viúvo, ele era um solteirão, e por um tempo ele e eu seríamos tudo o que havia restado. Não muito tempo depois, ele conheceu Lisa e se casou com ela, e mais ou menos um ano depois disso teve um filho e foi reeleito prefeito, tudo numa noite muito agitada. Charlie foi um fruto que amadureceu tardiamente, mas um belo fruto. Ele e eu tivemos nossa conversa, quando pedi desculpas por algumas coisas (com sinceridade) e também lhe disse (de forma igualmente sincera) o quanto me orgulhava do homem que ele havia se tornado. Em seguida, nos sentamos no alpendre com nossas cervejas, assistindo ao meu neto Adam rebatendo uma bola de beisebol pendurada num poste no jardim, e conversamos sobre amenidades por um bom tempo. Quando nos despedimos, foi de forma gentil e carinhosa, que é o que se espera entre pais e filhos.

Estava lá, ao lado do quiosque, me demorando com minha Coca-Cola e pensando sobre Charlie e sua família, quando ouvi a voz de Leon grunhindo, seguida por outra voz, baixa, aguda e feminina, dizendo algo em resposta. Mesmo sem querer, olhei para além do quiosque. Leon aparentemente havia conseguido encurralar uma pobre mulher e sem dúvida estava compartilhando uma teoria ridícula qualquer que seu tronco cerebral imbecil estava propagando no momento. Meu senso de cavalheirismo superou meu desejo de me esconder, e fui intervir.

— Tudo o que estou dizendo é que não é exatamente justo que você, eu e todos os americanos tenhamos que esperar até ficarmos mais velhos que o diabo para ter a chance de ir, enquanto todos aqueles indianos são carregados para mundos novinhos em folha tão rápido quanto procriam. O que fazem muito, muito rápido. Simplesmente não é justo. Parece *justo* para você?

— Não, não me parece especialmente justo — a mulher retrucou. — Mas suponho que eles também não achem muito justo o fato de termos varrido Nova Déli e Mumbai da face da Terra.

— Essa é exatamente a questão! — Leon exclamou. — Nós jogamos bombas nucleares sobre os encardidos! Nós *vencemos* aquela guerra! Ganhar deveria valer alguma coisa. E agora, olha o que acontece. Eles perderam, mas estão indo colonizar o universo, e a única maneira de conseguirmos ir é nos alistando para protegê-los! Desculpe dizer isso, mas a Bíblia não afirma que "os mansos herdarão a Terra"? Eu diria que perder uma maldita guerra deixa qualquer um manso à beça.

– Não acho que essa frase quer dizer o que você pensa que ela quer dizer, Leon – eu disse, aproximando-me dos dois.

– John! Veja, este é um homem que sabe do que estou falando – Leon comentou, abrindo um meio sorriso para mim.

A mulher virou-se para me encarar.

– O senhor conhece este cavalheiro? – ela me perguntou com um tom na voz insinuando que se eu o conhecesse, obviamente havia algo de errado comigo.

– A gente se conheceu na viagem para Nairóbi – eu respondi, erguendo levemente a sobrancelha para indicar que ele não era uma companhia que eu escolhera. – Sou John Perry.

– Jesse Gonzales – ela se apresentou.

– Encantado – respondi e, em seguida, virei para Leon. – Leon, você citou errado. O trecho na verdade é do Sermão da Montanha e diz "Bem-aventurados os mansos, porque eles herdarão a Terra". Herdar a Terra significa um prêmio, não uma punição.

Leon piscou, depois bufou.

– Mesmo assim, nós *acabamos* com eles. Arrancamos aquelas cabecinhas marrons. *Nós* deveríamos estar colonizando o universo, não eles.

Abri a boca para retrucar, mas Jesse se apressou em dizer:

– Bem-aventurados os que são perseguidos por causa da justiça, porque deles é o reino dos céus – ela disse, falando para Leon, mas olhando de soslaio para mim.

Leon olhou para nós por um minuto, boquiaberto.

– Vocês não podem estar falando sério – ele disse depois desse momento. – Não há nada na *Bíblia* que diz que *nós* deveríamos ficar presos à Terra, enquanto aquela cambada de encardidos, que nem mesmo acreditam em Jesus, aliás, enchem a galáxia. E, certamente, isso não significa que devemos *proteger* esses desgraçados durante essa povoação. Meu Deus, meu filho foi para essa guerra. Algum encardido atirou nas bolas dele! Nas *bolas*! Eles mereceram o que receberam, filhos da puta. Não me peçam para ficar feliz por que tenho de salvar a pele miserável daqueles caras nas colônias.

Jesse piscou para mim.

– O senhor gostaria de responder desta vez?

– Se não se importar – eu respondi.

– Ah, de forma alguma – disse ela.

– "Eu, porém, vos digo: amai os vossos inimigos" – eu citei –, "e orai pelos que vos perseguem para que vos torneis filhos do vosso Pai que está nos céus; porque ele faz nascer o seu sol sobre maus e bons, e faz chover sobre justos e injustos".

Leon ficou vermelho como um pimentão.

– Porra, vocês estão com os parafusos soltos – disse ele e saiu pisando duro, o mais rápido que sua gordura permitiu.

– Graças a Deus – disse eu. – E, dessa vez, literalmente.

– O senhor é muito bom em citações bíblicas – Jesse observou. – Foi pastor na vida passada?

– Não. Mas morei numa cidadezinha de 2 mil pessoas e 15 igrejas. Ajudava saber essas coisas para se comunicar. E não precisa ser religioso para gostar do Sermão da Montanha. E qual a sua justificativa?

– Aula de religião em escola católica – disse ela. – Ganhei uma medalha de memorização no primeiro ano do ensino médio. É incrível que o cérebro consiga armazenar essas coisas por sessenta anos, mesmo que nos últimos eu não conseguisse lembrar onde estacionava o carro quando ia às compras.

– Bem, de qualquer forma, deixe-me pedir desculpas por Leon – comentei. – Eu mal o conheço, mas já falei com ele o bastante para saber que é um idiota.

– "Não julgueis para que não sejas julgado" – Jesse falou e deu de ombros. – Ele só estava falando o que muita gente acredita. Acho estúpido e errado, mas não quer dizer que eu não entenda. Queria que houvesse outra maneira de ver as colônias que não esperar uma vida inteira e precisar se alistar no exército para isso. Se eu pudesse ser uma colonizadora quando mais jovem, teria sido.

– Então, a senhora não está se alistando para uma vida de aventuras militares – concluí.

– Claro que não – disse Jesse, em tom de leve zombaria. – Por acaso *você* veio por ter um grande desejo de lutar em uma guerra?

– Não – respondi.

Ela assentiu com a cabeça.

– Nem eu. Nem a maioria de nós. Seu amigo Leon certamente não se alistou para servir aos militares, ele não suporta as pessoas que protegeremos. As pessoas se alistam porque não estão prontas para morrer e não querem envelhecer. Alistam-se porque a vida na Terra não é interessante depois de uma certa idade. Ou se alistam para ver um lugar novo antes de morrer. É por isso que me alistei, sabe? Não estou ingressando para lutar ou ser jovem de novo. Apenas quero ver como é estar em *outro* lugar.

Ela se virou para olhar pela janela.

– Olha, sei que é engraçado me ouvir falar isso. Sabe que, até ontem, eu nunca havia saído do Texas?

– Não se sinta mal com isso – disse eu. – O Texas é um estado *bem* grande.

Ela sorriu.

– Obrigada. Não me sinto mal, de verdade. Só é engraçado. Quando eu era criança, costumava ler todos os romances do "Jovem Colono" e assistir aos programas, e sonhava em criar gado arcturiano e combater vermes da areia malignos da colônia Gamma Prime. Então cresci e percebi que os colonos vinham da Índia, do Cazaquistão e da Noruega, países que não conseguem comportar a população que têm, e o fato de eu ter nascido nos Estados Unidos significava que eu não conseguiria ir. E que não havia, de fato, gado arcturiano ou vermes da areia! Fiquei muito decepcionada ao saber disso aos 12 anos.

Ela deu de ombros antes de prosseguir.

– Cresci em San Antonio, "parti" para estudar na Universidade do Texas e voltei a San Antonio por causa de um emprego. No fim, acabei me casando e tirávamos férias na Costa do Golfo. No nosso trigésimo aniversário de casamento, meu marido e eu planejávamos ir para a Itália, mas nunca fomos.

– Que aconteceu?

Ela riu.

– A *secretária dele* aconteceu. *Eles* acabaram indo para Itália em lua de mel. Eu fiquei em casa. Por outro lado, os dois acabaram com intoxicação por frutos do mar em Veneza, então foi bom eu nunca ter ido. Mas não me preocupei em viajar depois disso. Sabia que ia me alistar assim que pudesse, me alistei e aqui estou. Embora agora eu *quisesse* ter viajado mais. Peguei o voo de avião-delta de Dallas para Nairóbi. Foi divertido. Queria ter feito isso mais de uma vez na vida. Sem mencionar *isso aqui* – ela apontou para a janela, na direção dos cabos do Pé-de-feijão –, nunca pensei que viajaria num desses na vida. Digo, o que segura este cabo lá em cima?

– A fé – eu disse. – Você acredita que não vai cair e ele não cai. Tente não pensar muito nisso ou estaremos encrencados.

– Sabe no que acredito? – Jesse pergunta e em seguida responde: – Que quero pegar algo para comer. Vem comigo?

– Fé – Harry Wilson disse e riu. – Bem, talvez a fé esteja segurando o cabo. Porque certamente não tem nada a ver com fundamentos da física.

Harry Wilson juntou-se a Jesse e a mim na cabine onde estávamos comendo.

– Vocês dois parecem se conhecer, isso é uma vantagem sobre todo mundo aqui – ele nos disse quando se aproximou. Convidamos Harry a se juntar a nós e ele aceitou, agradecido. Segundo ele, deu aula de física por vinte anos em uma escola de ensino médio em Bloomington, Indiana, e o Pé-de-feijão o intrigou durante todo o tempo em que estávamos viajando nele.

– O que o senhor quer dizer com "a física não está sustentando os cabos"? – Jesse questionou. – Acredite, não é o tipo de coisa que eu gostaria de ouvir neste momento.

Harry sorriu.

– Desculpe, deixe-me reformular. A física tem a ver com o funcionamento dos cabos, claro. Mas a física envolvida não é do tipo comum. Muitas coisas aqui aparentemente não têm sentido.

– Prevejo uma aula de física a caminho – comentei.

– Dei aula de física para adolescentes por anos – disse Harry e puxou um pequeno bloco de notas e uma caneta. – Não vai doer, acreditem. Tudo bem, prestem atenção. – E Harry começou a desenhar um círculo na parte de baixo da página. – Aqui está a Terra. E aqui – ele desenhou um círculo menor na metade da página – está a Estação Colonial. Ela está na órbita geossincrônica, ou seja, ela acompanha a rotação da Terra. Sempre na altura de Nairóbi. Estão acompanhando?

Assentimos.

– Tudo bem. Agora, a ideia por trás do sistema é que conectamos a Estação Colonial com a Terra por meio de um "pé-de-feijão", uma porção de cabos como aqueles lá fora e um monte de plataformas de elevação, como esta na qual estamos agora, que podem viajar para cima e para baixo. – Harry desenhou uma linha que representava o cabo, e um pequeno quadrado para a plataforma. – A ideia aqui é que os elevadores nesses cabos não precisam alcançar a velocidade de escape para chegar à órbita da Terra, como a carga útil de um foguete faria. Isso é bom, pois não precisamos ir até a Estação Colonial sentindo como se um elefante estivesse com a pata sobre nosso peito. Simples assim. A questão é que esse Pé-de-feijão não age conforme as exigências físicas básicas de um clássico Pé-de-feijão Terra-espaço. Pra começar – Harry desenhou uma linha adicional que passava pela Estação Colonial até o fim da página –, a Estação Colonial não deveria ficar na extremidade do Pé-de-feijão. Por motivos que têm a ver com balanço de massa e dinâmica orbital, deveria haver um cabo adicional estendendo-se para dezenas de milhares de milhas além da Estação Colonial. Sem esse contrapeso, qualquer Pé-de-feijão seria inerentemente instável e perigoso.

– E o senhor está dizendo que este aqui não é – concluí.

– Não apenas *não é* instável, mas provavelmente é a maneira mais segura de viajar que já foi inventada – Harry confirmou. – O Pé-de-feijão está em operação contínua há mais de um século. É o único ponto de partida para colonos. Não houve nenhum acidente atribuído à instabilidade ou à falha de material que estivesse relacionado à instabilidade. Houve a famosa explosão do Pé-de-feijão quarenta anos atrás, mas foi sabotagem, sem relação com a estrutura física do próprio elevador. O Pé-de-feijão em si é admiravelmente estável e tem sido assim desde que foi construído. Mas, de acordo com a física básica, não deveria ser.

– Então o que o mantém? – Jesse voltou a questionar.

Harry sorriu de novo.

– Bem, essa é a questão, não é?

– Quer dizer que o senhor não sabe? – Jesse perguntou.

– *Eu* não sei – Harry admitiu. – Mas isso não deve ser motivo para preocupação, pois sou, ou era, um simples professor de física de uma escola. No entanto, pelo que eu saiba, ninguém tem qualquer pista de como ele funciona. Na Terra, digo. Obviamente a União Colonial sabe.

– Bem, como pode ser assim? – perguntei. – Faz um século que opera, pelo amor de Deus. Ninguém foi atrás de descobrir como funciona de verdade?

– Não foi isso que eu disse – Harry respondeu. – Claro que tentaram. E não permaneceu em segredo durante todos esses anos. Quando o Pé-de-feijão estava sendo construído, houve exigências dos governos e da imprensa para saber como funcionava. A uc disse, basicamente, para eles "descobrirem", e foi assim. Em círculos da física, as pessoas vêm tentando resolver essa questão desde então. É chamado de "O Problema do Pé-de-feijão".

– Título nada original – comentei.

– Bem, os físicos guardam a imaginação para outras coisas. – Harry deu uma risadinha. – O problema é que a questão não foi resolvida principalmente por dois motivos. Primeiro, é incrivelmente complicado... eu salientei questões de massa, mas existem outras questões como força do cabo, oscilações do Pé-de-feijão ocasionadas por tempestades e outros fenômenos atmosféricos e mesmo uma questão sobre como os cabos devem se afunilar. Qualquer uma dessas perguntas é extremamente difícil de resolver no mundo real. Tentar resolver todas de uma vez é impossível.

– Qual é o segundo motivo? – Jesse questionou.

– O segundo é que não há motivo. Mesmo se descobríssemos como construir uma dessas coisas, não conseguiríamos construí-la. – Harry se recostou. – Antes de eu me tornar professor, trabalhei no departamento de engenharia civil da General Electric. Estávamos trabalhando na linha ferroviária Subatlântica na época, e uma das minhas funções era vasculhar antigos projetos e elaborar propostas para ver se alguma tecnologia ou prática tinha aplicação ao projeto da Subatlântica. Uma espécie de última tacada para ver se podíamos fazer alguma coisa para reduzir custos.

– A General Electric faliu por isso, não foi? – perguntei.

– Agora vocês sabem por que queriam reduzir custos – Harry respondeu. – E por isso me tornei professor. Logo depois disso, a General Electric não podia me pagar, muito menos outras pessoas. De qualquer forma, eu repassava propostas e relatórios antigos e tive acesso a alguns documentos secretos, e um dos relatórios era sobre um Pé-de-feijão. A General Electric havia sido contratada pelo governo norte-americano para um estudo de viabilidade de terceiros sobre a construção de um Pé-de-feijão no hemisfério ocidental. Queriam abrir um buraco na Amazônia do tamanho de Delaware e grudá-lo bem na linha do Equador. A General Electric disse para que esquecessem. A proposta dizia que, mesmo considerando alguns grandes avanços tecnológicos, sendo que a maioria dos quais ainda não aconteceu e que nenhum deles abordava a tecnologia que devia envolver este Pé-de-feijão, o orçamento para o projeto seria *três vezes* o produto interno bruto anual dos Estados Unidos. Isso supondo que o projeto não ultrapassasse o orçamento, o que obviamente aconteceria. Agora, isso foi há vinte anos, e o relatório que vi já tinha mais de uma década naquele momento. Mas não acho que os custos caíram muito desde então. Então, nada de novos Pés-de-feijão... Há maneiras mais baratas de levar pessoas e materiais à órbita. *Muito* mais baratas.

Harry inclinou-se para a frente de novo.

– O que leva a duas questões óbvias: como a União Colonial conseguiu criar esta monstruosidade tecnológica e por que eles se deram a esse trabalho?

– Bem, obviamente a União Colonial é mais avançada tecnologicamente do que nós aqui na Terra – Jesse respondeu.

– Obviamente – Harry falou. – Mas por quê? No fim das contas, os colonos são seres humanos. Não só isso, mas como as colônias recrutam especificamente de países pobres com problemas populacionais, os colonos tendem a ter educação precária. Assim que conseguem lares novos, é de se supor que passem mais tempo lutando para sobreviver do que pensando em maneiras criativas de construir Pés-de-feijão. E a tecnologia principal que permitiu a colonização interestelar foi o salto espacial, desenvolvido bem aqui, na Terra, e que permanece substancialmente o mesmo há mais de um século. Então, considerando este cenário, não há motivo para os colonos serem tecnologicamente mais avançados que nós.

De repente, tive um estalo.

– A menos que trapaceiem – eu disse.

Harry abriu um sorrisinho amarelo.

– Exato. É o que penso também.

Jesse olhou para mim e, em seguida, para Harry.

– Não estou acompanhando vocês dois – ela confessou.

– Eles trapaceiam – falei. – Veja, na Terra, estamos ilhados. Aprendemos apenas sobre nós mesmos, fazemos descobertas e refinamos tecnologia o tempo todo, mas é um processo lento, pois fazemos todo o trabalho sozinhos. Mas lá em cima...

– Lá em cima os seres humanos encontram outras espécies inteligentes – Harry continuou. – Algumas que certamente têm tecnologia mais avançada que a nossa. Ou compramos ou fazemos engenharia reversa e descobrimos como funciona. É muito mais fácil descobrir como algo funciona quando se parte de outra coisa do que criá-la do zero.

– É isso que torna o processo uma trapaça – afirmei. – A União Colonial está colando de alguém.

– Bem, por que a União Colonial não compartilha conosco o que descobriu? – Jesse questionou. – Qual a razão de manter as descobertas para ela?

– Talvez acreditem que o que não sabemos não pode nos ferir – respondi.

– Ou outra coisa completamente diferente – Harry aventou, apontando para a janela, onde os cabos do Pé-de-feijão deslizavam. – Sabe, esse Pé-de-feijão não está aqui porque é a maneira mais fácil de levar pessoas até a Estação Colonial. Está aqui porque é uma das mais difíceis... de fato, é a maneira *mais* cara, *mais* tecnologicamente complexa e *mais* politicamente intimidadora de se fazer isso. Sua simples presença é um lembrete de que a UC está literalmente anos-luz à frente do que qualquer ser humano possa fazer aqui.

– Nunca achei intimidador – Jesse admitiu. – Na verdade, nunca pensei muito sobre ele.

– A senhora não é a destinatária dessa mensagem – Harry afirmou. – Se fosse a presidente dos Estados Unidos, no entanto, pensaria diferente. Afinal de contas, a UC mantém todos nós na Terra. Não há viagem espacial, exceto aquelas que a UC permite por meio de colonização e alistamento. Líderes políticos sempre estão sob pressão para deixar a UC de lado e mandar seu povo para as estrelas. Mas o Pé-de-feijão é um lembrete constante. Ele diz: "Até que vocês possam fazer um desses, nem pensem em nos desafiar". E o Pé-de-feijão é a única tecnologia que a UC decidiu nos mostrar. Pense no que eles *não deixaram* que soubéssemos. Posso garantir aos senhores que o presidente dos Estados Unidos já pensou. E isso mantém tanto ele como todos os outros líderes do planeta na linha.

– Nada disso está me fazendo ficar feliz com a União Colonial – Jesse argumentou.

– Não precisa ser sinistro – Harry disse. – Pode ser que a UC esteja tentando proteger a Terra. O universo é um lugar grande. Talvez não estejamos na melhor das vizinhanças.

– Harry, você sempre foi assim, paranoico – perguntei –, ou foi algo que se apossou de você quando ficou mais velho?

– Como você acha que cheguei aos 75? – Harry perguntou com uma risadinha. – De qualquer forma, não tenho nenhum problema com a UC ser muito mais avançada tecnologicamente. Trata-se de trabalhar em benefício próprio. – Ele ergueu um braço. – Olhe para essa coisa. É flácido, velho e não está em muito bom estado. De alguma forma, as Forças Coloniais de Defesa vão pegar este braço... e o restante de mim... e misturar até ficar em forma de combate. E sabem como?

– Não – eu disse. Jesse negou com a cabeça.

– Nem eu – Harry continuou, e deixou o braço cair mole sobre a mesa. – Não tenho ideia de como farão o trabalho. Sabem o que mais? É provável que eu sequer possa imaginar como fazem isso... se considerarmos que somos mantidos em um estado de infância tecnológica pela UC, tentar explicar para mim, agora, seria como tentar explicar esta plataforma de Pé-de-feijão a alguém que nunca viu um meio de transporte mais complexo que uma carroça puxada por cavalos. Mas obviamente o fizeram funcionar. De outra forma, por que recrutariam idosos de 75 anos? O universo não será conquistado por legiões de pacientes geriátricos. Me perdoem – ele acrescentou rapidamente.

– Sem problemas – Jesse disse e sorriu.

– Senhora e senhor – Harry falou, olhando para os dois –, podemos pensar que temos alguma ideia sobre em que estamos nos metendo, mas não acho que tenhamos a mínima noção. Este Pé-de-feijão existe para nos revelar. É maior e mais estranho do que podemos imaginar... e é apenas a primeira parte da jornada. O que virá em seguida será ainda maior e mais estranho. Preparem-se da melhor forma que puderem.

– Que dramático – Jesse comentou, seca. – Não sei como me preparar depois de uma declaração dessas.

– Pois eu sei – disse e saltei para sair da cabine. – Vou fazer xixi. Se o universo é maior e mais estranho do que eu posso imaginar, é melhor descobrir com a bexiga vazia.

– Falou como um legítimo escoteiro – Harry disse.

– Um escoteiro não precisaria mijar tanto quanto eu preciso – retruquei.

– Claro que precisaria – Harry respondeu. – É só lhe dar sessenta anos a mais.

3_

– Não sei vocês – Jesse disse para mim e Harry –, mas até agora isso aqui não tem nada a ver com o que eu esperava do exército.

– Não é tão ruim – comentei. – Aqui, pegue outra rosquinha.

– Não preciso de outra – ela disse, mas ainda assim pegando a rosquinha. – Preciso é dormir um pouco.

Eu entendi o que ela queria dizer. Já fazia mais de dezoito horas desde que eu saíra de casa, quase todas elas consumidas com a viagem. Estava pronto para uma soneca. Em vez disso, estava sentado no imenso refeitório de um cruzador interestelar, tomando café com rosquinhas em meio a mais uns mil outros recrutas, esperando alguém vir e nos dizer o que faríamos em seguida. *Essa* parte, ao menos, era muito parecida com o exército que eu esperava.

A correria seguida de espera começou na chegada. Assim que saímos da plataforma do Pé-de-feijão, fomos recebidos por dois apparatchiks da União Colonial. Informaram-nos que éramos os últimos recrutas aguardados para uma nave que partiria em breve, então deveríamos segui-los rapidamente para que tudo pudesse ser feito dentro do cronograma. Em seguida, um tomou a frente, outro foi para o fundo e, efetiva e ofensivamente, arrebanharam várias dúzias de idosos por uma estação inteira até nossa nave, a NFCD (Nave das Forças Coloniais de Defesa) *Henry Hudson*.

Como eu, Jesse e Harry ficaram visivelmente desapontados com a correria. A Estação Colonial era imensa – mais de uma milha de diâmetro (1800 metros, na verdade, e desconfiei que, após 75 anos de vida, finalmente teria de começar a me acostumar com o sistema métrico) – e era o único porto de transporte para recrutas e colonos. Atravessá-la arrebanhado sem poder parar e admirá-la era como ter 5 anos e ser empurrado loja de brinquedos afora por pais apressados na época do Natal. Quis me jogar no chão e ter um ataque de birra até conseguir o que queria. Infelizmente, eu era velho demais (ou melhor, não era velho o suficiente) para sair ileso com esse tipo de comportamento.

O que vi em nossa caminhada apressada foi uma amostra tentadora. Enquanto nossos apparatchiks nos cutucavam e empurravam pelo caminho, passamos por um imenso espaço de contenção cheio até o limite com o que imaginei serem paquistaneses ou indianos muçulmanos. A maioria deles esperava com paciência para ter acesso às naves circulares que os levariam até uma imensa nave de transporte colonial, uma que estava visível a distância, flutuando diante da janela. Outros podiam ser vistos discutindo com oficiais da UC sobre uma coisa ou outra num inglês carregado de sotaque, consolando crianças que estavam obviamente entediadas ou fuçando os pertences em busca de algo para comer. Em um canto, um grupo de homens estava ajoelhado numa área acarpetada do espaço e orava. Tentei imaginar por um instante como eles haviam determinado onde estava Meca aqui em cima, a 33 mil milhas de distância, e então fomos empurrados e os perdemos de vista.

Jesse me puxou pela manga da camisa e apontou à nossa direita. Em pequenos refeitórios, tive o vislumbre de algo azul com tentáculos segurando um martíni. Alertei Harry. Ele ficou tão intrigado que voltou para olhar, para grande consternação do apparatchik cuidador. Ele enxotou Harry de volta para a manada com um olhar ferino no rosto. Harry, por outro lado, estava sorrindo como um tolo.

– Um Gehaar – ele disse. – Estava comendo asinhas de frango temperadas quando olhei lá dentro. *Nojento.* – Então, deu uma risadinha. Os Gehaar foram os primeiros alienígenas inteligentes que os seres humanos encontraram, na época anterior ao estabelecimento do monopólio sobre viagens espaciais pela União Colonial. Um povo até amigável, mas que comia injetando ácido na comida a partir de dúzias de pequenos tentáculos na cabeça e depois chupavam ruidosamente a gosma resultante por um orifício. Uma meleca.

Harry não se importava, pois tinha visto seu primeiro alienígena ao vivo.

Nosso perambular chegou ao fim quando nos aproximamos de uma área de contenção com as palavras "Henry Hudson/Recrutas FCD" brilhando em um display flutuante. Nosso grupo tomou seus lugares com alívio, enquanto os apparatchiks foram falar com outros coloniais que esperavam na comporta de embarque da nave. Harry, que mostrava uma tendência óbvia à curiosidade, foi até a janela da área de contenção para olhar nossa nave. Jesse e eu nos levantamos, exaustos, e o seguimos. Um pequeno monitor informativo na janela nos ajudou a encontrá-la entre outras naves.

A *Henry Hudson* não estava atracada no portão, claro. É difícil fazer uma espaçonave interestelar com centenas de milhares de toneladas mover-se tranquilamente acoplada a uma estação espacial giratória.

Como acontecia com os transportes de colonos, ela mantinha uma distância razoável durante o transporte de ida e vinda de suprimentos, passageiros e tripulação com naves circulares e barcaças mais manobráveis. A *Hudson* em si estava parada a poucas milhas acima da estação e não tinha o desenho grandalhão, funcional e nada estético de uma roda com raios típico dos transportes coloniais, mas era mais esguia, mais achatada e, o mais importante, tinha um formato nem um pouco cilíndrico ou circular. Mencionei isso a Harry, que assentiu e disse:

– Gravidade artificial em tempo integral. E estável em um campo grande. Muito impressionante.

– Pensei que estivéssemos usando gravidade artificial enquanto subíamos – Jesse falou.

– E estávamos – Harry confirmou. – Quanto mais alto estávamos, mais os geradores de gravidade da plataforma do Pé-de-feijão aumentavam sua força.

– Então qual é a diferença do uso da gravidade artificial em uma espaçonave?

– Só é extremamente difícil – disse Harry. – Precisa de uma quantidade enorme de energia para criar um campo gravitacional, e o tanto de energia que é necessário aplicar aumenta exponencialmente com o raio do campo. Provavelmente eles fizeram algum macete criando vários campos menores em vez de um único campo maior. Mas, mesmo assim, criar os campos em nossa plataforma de Pé-de--feijão provavelmente despendeu mais energia do que precisaria para iluminar sua cidade natal durante um mês.

– Não sei, não – Jesse falou. – Venho de San Antonio.

– Certo. A cidade natal *dele*, então – insistiu Harry, apontando para mim com o dedão estendido. – O fato é que temos um desperdício incrível de energia e, na maioria das situações nas quais se requer gravidade artificial, é mais simples e muito mais barato simplesmente criar uma roda, girá-la e deixar que ela prenda pessoas e coisas na borda interior. Durante o giro, é necessário apenas um mínimo de energia adicional no sistema para compensar o atrito. Ao contrário da criação de um campo de gravidade artificial, que precisa de uma emissão constante e significativa de energia.

Ele apontou para a *Henry Hudson*.

– Veja, há uma nave circular perto da *Hudson*. Usando-a como escala, acredito que a *Hudson* tenha uns 800 pés de comprimento, 200 de largura e cerca de 150 de altura. Criar um único campo de gravidade artificial ao redor *dessa* coisinha certamente deixaria as luzes de San Antonio bem fracas. Mesmo campos múltiplos drenariam uma quantidade incrível de força. Então, ou eles têm uma fonte de energia que pode manter tanto a gravidade como o funcionamento de todos os outros sistemas da nave, de propulsão a recursos de manutenção de vida, ou eles encontraram uma maneira nova e mais energeticamente econômica de criar gravidade.

– É provável que não seja barato – disse eu, apontando para a nave de transporte colonial à direita da *Henry Hudson*. – Veja aquela nave colonial. É uma roda. E a Estação Colonial também está girando.

– As colônias guardam sua melhor tecnologia para uso militar – Jesse comentou. – E *esta* nave está sendo usada apenas para buscar novos recrutas. Acho que você tem razão, Harry. Não temos ideia de onde estamos nos metendo.

Harry deu uma risadinha e virou-se para olhar a *Henry Hudson*, que circulava lentamente enquanto a Estação Colonial girava.

– Amo quando as pessoas se rendem à minha maneira de pensar.

Naquele momento, nossos apparatchiks nos arrebanharam novamente e formaram uma fila para embarcarmos na nave circular. Apresentamos nossos cartões de identificação ao oficial da uc no portão de embarque, que nos registrou em uma lista, enquanto seu parceiro nos presenteava com um tablet, um assistente pessoal digital.

– Obrigado por sua estadia na Terra, receba um adorável presente de despedida – eu lhe disse. Ele pareceu não entender.

As naves circulares não vinham equipadas com gravidade artificial. Nossos apparatchiks nos prenderam e alertaram que, em circunstância nenhuma, deveríamos tentar nos desprender. Para garantir que os mais claustrofóbicos entre nós não o fizessem, as travas nos cintos não estariam sob nosso controle durante o voo. Aquilo resolvia o problema. Os apparatchiks também entregaram toucas plásticas para qualquer um com cabelos longos para prendê-los. Em queda livre, cabelos longos aparentemente iam para todos os lados.

Eles nos disseram que, se alguém sentisse náuseas, deveria usar os sacos de enjoo do bolsão lateral de seus assentos. Enfatizaram a importância de não esperar até o último segundo para usar os sacos de enjoo. Na ausência de gravidade, o vômito flutuaria e incomodaria os demais passageiros, tornando o vomitador uma pessoa muito impopular no restante do voo e, possivelmente, no decorrer de sua carreira militar. Essas instruções foram seguidas por um farfalhar quando vários dos nossos se prepararam. A mulher ao meu lado agarrou com firmeza seu saco de enjoo. Mentalmente, preparei-me para o pior.

Não houve vômito, ainda bem, e a viagem até a *Henry Hudson* foi bastante tranquila. Depois do sinal inicial de *merda, estou caindo* que meu cérebro disparou quando a gravidade se dissipou, foi mais como uma volta suave e prolongada de montanha-russa. Chegamos à nave em aproximadamente cinco minutos. Houve um minuto ou dois de negociações de ancoragem enquanto a porta do ancoradouro da nave se abria, iridescente, aceitava a nave e fechava-se novamente. Seguiram-se outros minutos de espera para o ar ser rebombeado para dentro do ancoradouro. Em seguida, um pequeno formigamento e o repentino reaparecimento do peso. A gravidade artificial havia entrado em operação.

A porta do ancoradouro abriu-se e um oficial totalmente novo apareceu.

– Sejam bem-vindos à NFCD *Henry Hudson* – ele disse. – Por favor, soltem os cintos, recolham seus pertences e sigam o caminho iluminado até a saída do ancoradouro. O ar será bombeado para fora daqui em exatos sete minutos para liberar a nave circular e permitir que outra ancore. Por favor, sejam rápidos.

Fomos todos surpreendentemente rápidos.

Em seguida, fomos levados até o gigantesco refeitório da *Henry Hudson*, onde nos ofereceram café, rosquinhas e um tempo para relaxar. Um oficial nos acompanharia para dar mais explicações. Durante a espera, o refeitório começou a encher com outros recrutas que provavelmente haviam embarcado antes de nós. Depois de uma hora, havia centenas de nós perambulando por ali. Nunca tinha visto tanta gente velha em um lugar ao mesmo tempo. Nem Harry.

– É como uma manhã de quarta-feira no maior bingo do mundo – ele disse e, na sequência, serviu-se de mais café.

Bem no momento em que minha bexiga me informou que eu a havia enchido de café, um cavalheiro de aparência distinta vestindo os tons de azul diplomático da União Colonial entrou no refeitório e caminhou até a frente do recinto. O nível de ruído no lugar começou a diminuir. Era visível que as pessoas ficaram aliviadas por alguém finalmente estar lá para dizer o que diabos estava acontecendo.

O homem ficou parado por alguns minutos até que a sala estivesse em silêncio.

– Bem-vindos – ele disse, e todos pularam. Ele devia ter um microfone oculto, pois sua voz ecoou por alto-falantes na parede. –

Sou Sam Campbell, adjunto da União Colonial para as Forças Coloniais de Defesa. Embora tecnicamente falando eu não seja um membro das Forças Coloniais, fui incumbido pelas FCD para realizar sua orientação em nome delas. Por isso, nos próximos dias, podem me considerar seu oficial superior. Agora, sei que muitos de vocês acabaram de chegar na última nave circular e estão ansiosos para descansar. Outros estão aqui na nave há mais de um dia e estão igualmente ansiosos para saber o que vem a seguir. Pelo bem dos dois grupos, serei breve. Em aproximadamente uma hora, a NFCD *Henry Hudson* sairá de órbita e estará pronta para seu salto inicial até o sistema Fênix, onde pararemos rapidamente para buscar suprimentos adicionais antes de seguirmos para Beta Pyxis III, onde os senhores começarão seus treinamentos. Não se preocupem, creio que nada disso queira dizer algo para os senhores no momento. O que precisam saber é que levará pouco mais de dois dias até chegarmos ao nosso ponto de salto inicial e, durante esse tempo, os senhores passarão por uma série de avaliações físicas e mentais com minha equipe. Seu cronograma está sendo baixado neste momento em seu tablet. Por favor, revisem-no o quanto for conveniente para os senhores. Seu tablet também orientará os senhores para todo lugar a que precisarem ir, então não precisam se preocupar se vão se perder. Aqueles que acabaram de chegar à *Henry Hudson* também encontrarão suas alocações de cabine no tablet. Nesta noite, não esperamos dos senhores nada além de encontrarem o caminho de suas cabines. Muitos de vocês já estão viajando há um tempo, e queremos que estejam descansados para as avaliações de amanhã. Falando nisso, agora é uma boa hora para informá-los sobre o horário da nave, que é o Horário Padrão Universal Colonial. Agora são – ele verificou o relógio – 2138 Colonial. Seu tablet está ajustado ao tempo da nave. Seu dia começa amanhã com café da manhã de 0600 a 0730, seguido por avaliação e aperfeiçoamento físicos. O café da manhã não é obrigatório, os senhores ainda não estão no cronograma militar, mas terão um dia longo amanhã, então sugiro com veemência que se alimentem. Se tiverem qualquer pergunta, seu tablet pode entrar no sistema de informações da *Henry Hudson* e usar a interface de IA para auxiliá-los; use sua caneta para escrever a pergunta ou falem no microfone de seu tablet. Também podem encontrar alguém da equipe da União Colonial em todo o convés de cabines. Por favor, não hesitem em pedir ajuda para eles. Com base em suas informações pessoais, nossa equipe médica já está ciente de quaisquer problemas ou necessidades que os senhores possam ter e talvez tenham marcado consulta para os senhores ainda esta noite, em suas respectivas cabines. Verifique em seu tablet. Os senhores também podem ir à cabine-enfermaria a qualquer momento. Este refeitório estará aberto a noite toda, mas começará o expediente normal amanhã. Novamente, verifiquem em seu tablet os horários e os cardápios. Por fim, a partir de amanhã, todos vocês deverão usar os equipamentos e uniformes de recrutas das FCD, que estão sendo entregues agora em suas cabines.

Campbell parou por um segundo e nos lançou o que eu acho que ele pensou ser um olhar significativo.

– Em nome da União Colonial e das Forças Coloniais de Defesa, dou-lhes as boas-vindas como novos cidadãos e nossos mais novos defensores. Deus os abençoe e os mantenha a salvo do que está por vir. Por ora, se os senhores quiserem observar sairmos de órbita, exibiremos o vídeo em nosso auditório no convés de observação. O auditório é bem grande e tem capacidade para acomodar todos os recrutas, então não se preocupem em não encontrar uma poltrona vaga. A *Henry Hudson* tem uma velocidade excelente, então, por volta do café da manhã, a Terra será um disco muito pequeno e, no jantar, nada mais que um ponto brilhante no céu. Provavelmente será a última chance de avistarem seu planeta natal. Se significar algo para os senhores, sugiro que não percam.

— Então, como é seu novo colega de quarto? — Harry me perguntou, sentando-se ao meu lado no auditório do deque de observação.

— Não quero falar sobre isso, sério — eu falei. Havia usado meu tablet para navegar até minha cabine, onde encontrei meu colega de quarto já arrumando seus pertences: Leon Deak. Ele bateu o olho e disse: "Ah, olhe, é o maluco da Bíblia", e me ignorou deliberadamente, o que custou um pouco num quarto de três por três. Leon já havia se apossado da cama de baixo do beliche (que, para joelhos de no mínimo 75 anos, é a cama desejável). Joguei minha mala na cama de cima, peguei meu tablet e fui buscar Jesse, que estava no mesmo convés. Sua colega de quarto, uma gentil senhora chamada Maggie, não ficou para assistir a *Henry Hudson* sair da órbita. Eu disse a Jesse quem era meu colega de quarto. Ela apenas riu.

Ela riu de novo quando contei a história para Harry, que deu tapinhas compassivos nas minhas costas.

— Não se sinta mal. É só até chegarmos a Beta Pyxis.

— Onde quer que seja — eu comentei. — Como é seu colega de quarto?

— Não sei dizer — Harry falou. — Ele já estava dormindo quando cheguei lá. Pegou a cama de baixo também, o desgraçado.

— Minha colega de quarto foi simplesmente adorável — Jesse comentou. — Ela me ofereceu um biscoito caseiro quando eu a encontrei. Disse que a neta havia feito para ela como presente de despedida.

— Ela não me ofereceu um biscoito — reclamei.

— Bem, ela não vai ter que conviver com você, vai?

— Como estava o biscoito? — Harry quis saber.

– Era como uma pedra de aveia – Jesse respondeu. – Mas a questão não é essa. A questão é que tenho a melhor colega de quarto entre nós. Sou especial. Olhem, lá está a Terra.

Ela apontou quando a tela de vídeo gigantesca se acendeu. A Terra pendia lá com uma fidelidade espantosa. Fosse lá quem tivesse montado aquela tela de vídeo, havia feito um trabalho excelente.

– Queria ter uma tela como essa na minha sala de estar – disse Harry. – Faria as festas mais populares do quarteirão nas finais do futebol americano.

– Olhem só – eu falei. – Em toda a nossa vida, aquele foi o único lugar no qual estivemos. Todos que conhecíamos e amávamos estavam lá. E agora estamos indo embora. Vocês não sentem um negócio?

– Empolgação – Jesse falou. – E tristeza. Mas não muita.

– Certamente, não muita – disse Harry. – Não restava nada a fazer lá além de envelhecer e morrer.

– Você ainda pode morrer, sabia? Afinal, está ingressando no serviço militar – comentei.

– Sim, mas não vou morrer velho – Harry retrucou. – Vou ter uma segunda chance para morrer jovem e deixar um cadáver boa-pinta. Isso vai compensar ter perdido a oportunidade da primeira vez.

– Você é realmente um romântico – Jesse disse, sem expressar emoção.

– Pode apostar – Harry confirmou.

– Ouçam – eu disse. – Estamos começando a partir.

Os alto-falantes do auditório transmitiram a conversa entre a *Henry Hudson* e a Estação Colonial, enquanto negociavam os termos da partida da nave. Em seguida, vieram um retumbar baixo e a mais leve das vibrações, que mal conseguíamos sentir em nossos assentos.

– Motores – Harry disse. Jesse e eu assentimos.

E, em seguida, a Terra lentamente começou a diminuir na tela, ainda gigantesca, brilhante, azul e branca, mas clara e inexoravelmente começando a diminuir em proporção na tela. Em silêncio, nós, as várias centenas de recrutas que vieram assistir, observamos enquanto ela diminuía. Olhei para Harry, que, apesar de seu ímpeto de antes, ficou quieto e pensativo. Jesse tinha uma lágrima no rosto.

– Ei – eu disse e peguei na mão da mulher. – Tristeza, mas não muita, lembra?

Ela sorriu e apertou minha mão.

– Não – ela soltou, rouca. – Não muita. Mas mesmo assim, mesmo assim...

Ficamos sentados por mais um tempo e assistimos a tudo que conhecíamos diminuir na tela panorâmica.

Havia configurado meu tablet para me despertar às 0600, o que ele fez com uma música suave de flautas em seus pequenos alto-falantes e, gradualmente, foi aumentando o volume até eu acordar. Desliguei a música, desci em silêncio da cama superior do beliche e, em seguida, busquei uma toalha no guarda-roupa, acendendo a pequena luz do móvel para enxergar. No guarda-roupa, havia os trajes de recruta de Leon e os meus: dois conjuntos de calças e blusas de moletom da cor azul-clara da União Colonial, duas camisetas azul-claras, dois pares de calça azuis de algodão, dois pares de meias e cuecas brancas e tênis azuis. Aparentemente, não precisávamos nos vestir formalmente entre agora e Beta Pyxis. Vesti as calças de moletom e uma camiseta, peguei uma das toalhas que também estavam penduradas no guarda--roupa e cruzei o corredor para tomar um banho.

Quando voltei, as luzes estavam todas acesas, mas Leon ainda estava em sua cama – as luzes devem ter acendido automaticamente. Pus a blusa de moletom sobre a camiseta e adicionei meias e tênis ao meu traje. Estava pronto para uma corridinha ou, bem, o que quer que fizéssemos naquele dia. Naquele momento, ia ao café da manhã. No caminho, dei um empurrãozinho em Leon. Ele era um idiota, mas mesmo idiotas podem não querer dormir no horário de uma refeição. Perguntei se ele queria tomar café.

– Quê? – ele disse, grogue. – Não. Me deixa em paz.

– Tem certeza, Leon? – perguntei. – Você sabe o que dizem sobre o café da manhã. É a refeição mais importante do dia e tudo o mais. Vamos. Precisa de energia.

Leon grunhiu de verdade.

– Minha mãe já morreu faz trinta anos e, pelo que eu saiba, ela não voltou no seu corpo. Então sai daqui e me deixa dormir, saco.

Foi legal ver que Leon não havia feito as pazes comigo.

– Ótimo – eu disse. – Volto depois do café.

Leon grunhiu e rolou para o lado. Eu segui para o café da manhã.

O café da manhã foi incrível, e eu digo isso na posição de quem se casou com uma mulher que conseguia preparar uma mesa de desjejum que faria Gandhi desjejuar. Peguei dois waffles belgas dourados, crocantes e leves, abusando no açúcar de confeiteiro e na calda que tinha gosto autêntico de xarope de bordo de Vermont (e, se não sabe se já provou xarope de bordo de Vermont, quer dizer que nunca provou), e uma colher de manteiga cremosa que era astuciosamente derretida para preencher as fendas profundas dos quadradinhos do waffle. E ovos com gemas moles que de fato eram moles, quatro fatias grossas de bacon curadas no açúcar mascavo, suco de laranja da fruta que aparentemente não percebeu que havia sido espremida e uma caneca de café fresquinho.

Pensei ter morrido e ido para o céu. Como eu estava oficial e legalmente morto na Terra e voando pelo sistema solar em uma espaçonave, acho que não estava tão longe disso.

– Nossa – o camarada ao lado do qual me sentei no café da manhã disse quando eu pousei minha bandeja carregada. – Olhe todas as gorduras nessa bandeja. Está pedindo uma coronária. Sou médico, sei muito bem.

– A-hã – eu disse e apontei para a bandeja dele. – Parece que você está comendo uma omelete com quatro ovos. Com cerca de uma libra de presunto e outra de queijo cheddar.

– Faça o que eu digo, não faça o que faço. Esse era meu lema quando trabalhava – ele comentou. – Se mais pacientes tivessem me ouvido em vez de seguir meu triste exemplo, estariam vivos agora. Uma lição para todos nós. Aliás, eu sou Thomas Jane.

– John Perry – eu disse, cumprimentando com um aperto de mão.

– Prazer – ele disse. – Embora eu esteja triste também, pois se você comer tudo isso terá um ataque cardíaco fatal dentro de uma hora.

– Não dê ouvidos a ele, John – disse a mulher à nossa frente, cujo prato estava melado com restos de panquecas e salsichas. – O Tom só está tentando fazer você entregar para ele um pouco da sua comida, para não voltar para a fila e pegar mais. Foi assim que perdi metade da minha salsicha.

– Essa acusação é tão irrelevante quanto verdadeira – Thomas retrucou, indignado. – Confesso que estava cobiçando seu waffle belga, sim. Não vou negar. Mas se sacrificar minhas artérias prolongar a vida dele, então terá valido a pena para mim. Considere isso o equivalente culinário de se jogar sobre uma granada para o bem do meu colega.

– Granadas não costumam vir cheias de calda – disse a mulher.

– Talvez devessem vir – Thomas afirmou. – Veríamos muito mais atos altruístas.

– Aqui – eu disse, cortando metade de um waffle. – Jogue-se nesta aqui.

– Vou me jogar de cara – Thomas prometeu.

– Ficamos todos profundamente aliviados por ouvir isso – falei.

A mulher no outro lado da mesa apresentou-se como Susan Reardon, de Bellevue, Washington.

– O que está achando da nossa pequena aventura espacial até agora? – ela me perguntou.

– Se soubesse que a comida era tão boa, teria arranjado um jeito de me alistar anos atrás – respondi. – Quem sabia que a comida do exército seria assim?

– Não acho que estejamos no exército *ainda* – Thomas interveio entre bocadas no waffle belga. – Acho que essa é uma espécie de sala de espera das Forças Coloniais de Defesa, se é que me entende. A comida de exército de verdade vai ser muito mais escassa. Sem mencionar que duvido que ficaremos passeando por aí de tênis como estamos agora.

– Acha que estão aliviando as coisas para nós, então? – perguntei.

– Acho – Thomas respondeu. – Olhe, há milhares de completos estranhos nesta nave, todos sem casa, família ou profissão. É um choque mental tremendo. O mínimo que podem fazer é nos dar uma refeição fabulosa para nos fazer esquecer.

– John! – Harry estava me espiando da fila. Eu acenei para que aproximasse. Ele e outro homem vieram carregando bandejas.

– Este é meu colega de quarto, Alan Rosenthal – ele disse como forma de se apresentar.

– Ex-Bela Adormecida – eu disse.

– Cerca de metade dessa descrição está correta – disse Alan. – Na verdade, sou devastadoramente belo.

Apresentei Harry e Alan para Susan e Thomas.

– Tsc, tsc – Thomas estalou a língua, examinando as bandejas. – Mais dois ataques do coração prestes a acontecer.

– Melhor jogar umas duas tiras de bacon para Tom, Harry – eu avisei. – Do contrário, nunca saberemos como isso vai acabar.

– Fico ressentido com a insinuação de que posso ser comprado com comida – Thomas disse.

– Não foi insinuação – Susan interveio. – Foi uma declaração bastante direta.

– Bem, sei que sua loteria de colega de quarto não foi das melhores – Harry comentou, entregando duas tiras de bacon para Thomas, que as aceitou com seriedade –, mas a minha foi tranquila. Alan é físico teórico. Uma mente brilhante.

– E devastadoramente belo – Susan repetiu.

– Obrigado por lembrar desse detalhe – Alan disse.

– Parece uma mesa de adultos razoavelmente inteligentes – Harry comentou. – Então, o que acham que vamos fazer hoje?

– Tenho uma avaliação física marcada para 0800 – disse eu. – Acho que todos temos.

– Sim – Harry falou. – Mas estou perguntando o que vocês acham que isso significa. Acha que hoje é o dia em que começamos nossas terapias de rejuvenescimento? Hoje é o dia em que paramos de envelhecer?

– Não sabemos se vamos parar de *envelhecer* – Thomas disse. – Todos nós supomos isso, pois imaginamos soldados como jovens. Mas pense. Nenhum de nós chegou a ver um soldado colonial. Supomos, e nossas suposições talvez estejam muito erradas.

– De que adiantariam soldados velhos? – Alan perguntou. – Se vão me botar no campo de batalha assim, não sei que serventia vou ter para qualquer pessoa. Minhas costas são ruins. Caminhar da plataforma do Pé-de-feijão até o portão de embarque ontem quase me matou. Não consigo me imaginar marchando vinte milhas com mochila nas costas e uma arma de fogo.

– Acho que precisamos de alguns reparos, obviamente – Thomas comentou. – Mas isso não é o mesmo que ser feito "jovem" de novo. Sou médico e conheço um pouco dessa área. É possível tornar o corpo humano melhor e alcançar um bom funcionamento em qualquer idade, mas cada idade tem certa capacidade básica. O corpo aos 75 é inerentemente menos rápido, menos flexível e tem menos possibilidades de conserto que numa idade inferior. Ainda é possível fazer coisas incríveis, claro. Não quero me gabar, mas saibam que na Terra eu participava regularmente de corridas de dez quilômetros. Corri uma há menos de um mês. E fiz um tempo melhor do que faria quando estava com 55.

– Como você era aos 55? – questionei.

– Bem, essa é a questão – Thomas respondeu. – Eu era um gordo relaxado aos 55. Precisei de um transplante de coração para levar a sério essa coisa de me cuidar. Na minha opinião, um idoso de 75 anos em excelentes condições pode realmente fazer muitas coisas sem ser "jovem" de fato, mas apenas estando em excelente forma. Talvez seja isso que se exige neste exército. Talvez todas as outras espécies inteligentes no universo sejam presas fáceis. Presumindo que este seja o caso, estranhamente faz sentido contar com soldados velhos, pois os jovens são mais úteis para a comunidade. Eles têm a vida toda pela frente, enquanto *nós* somos iminentemente descartáveis.

– Então, talvez ainda fiquemos velhos, mas muito, muito saudáveis – Harry concluiu.

– Exatamente o que eu disse – Thomas retrucou.

– Olha, pode parar de falar essas coisas. Está me deprimindo – Harry pediu.

– Eu fico quieto se me der sua tigela de frutas – Thomas chantageou.

– Mesmo se nos tornarmos idosos de 75 em boas condições, como você diz – Susan disse –, continuaremos a envelhecer. Em cinco anos, seríamos apenas oitentões em excelentes condições. Existe um limite máximo para nossa vida útil como soldados.

Thomas deu de ombros.

– Nossos serviços valem por dois anos. Talvez precisem apenas nos manter em ordem por esse tempo. A diferença entre 75 e 77 não é tão grande quanto entre 75 e 80. Ou mesmo entre 77 e 80. Centenas de milhares de nós se alistam todos os anos. Depois de dois anos, simplesmente nos trocam por uma tripulação de recrutas "novos".

– Podemos ser retidos por até dez anos – eu ressaltei. – Está nos folhetos. É capaz que eles tenham uma tecnologia para nos manter funcionando por esse período.

– E eles coletaram nosso DNA para o prontuário. Talvez tenham clonado partes reservas ou algo assim.

– Verdade – Thomas admitiu. – Mas dá muito trabalho transplantar cada órgão, osso, músculo e nervos de um corpo clonado para nós. E eles ainda têm de lidar com nosso cérebro, que não pode ser transplantado.

Thomas olhou ao redor e finalmente percebeu que estava deprimindo a mesa toda.

– Não estou dizendo que *não* seremos jovens de novo – ele emendou. – Só pelo que vimos nesta nave, estou convencido de que a União Colonial tem uma tecnologia muito melhor do que qualquer coisa na Terra. Mas, falando como médico, é difícil imaginar como reverterão o processo de envelhecimento de forma tão drástica como pensamos que fariam.

– Entropia é uma merda – Alan disse. – Inventamos teorias para sustentar isso.

– Existe uma pista que sugere que eles vão nos aperfeiçoar, não importa o que aconteça – eu disse.

– Diga logo – Harry disse. – A teoria do exército mais velho da galáxia do Tom está acabando com meu apetite.

– É simples. Se não conseguissem consertar nosso corpo, não nos dariam comida com uma quantidade de gordura que poderia matar a maior parte de nós em um mês.

– Isso é verdade – Susan disse. – Essa é uma teoria excelente, John. Já me sinto melhor.

– Obrigado. E, com base nessa prova, tenho fé que as Forças Coloniais de Defesa vão me curar de todas as doenças, pois agora vou repetir meu prato.

– Traz umas panquecas, já que você vai levantar – Thomas pediu.

– Ei, Leon – eu disse, dando um empurrão naquela massa flácida. – Levante. Acabou o horário de dormir. Você tem uma consulta às 0800.

Leon estava deitado na cama como um pedaço de carne. Revirei os olhos, suspirei e me curvei para lhe dar um empurrão mais forte. E percebi que seus lábios estavam azuis.

Ai, merda, pensei e o sacudi. Nada. Agarrei seu torso e puxei-o para fora da cama para o chão. Era como mover um peso morto.

Agarrei meu tablet e chamei um médico. Em seguida, ajoelhei sobre ele, soprei dentro da boca e pressionei o peito até dois médicos coloniais chegarem e me puxarem para longe dele.

Nesse momento, uma pequena multidão se aglomerou diante da porta aberta. Vi Jesse e estendi o braço para puxá-la para dentro. Ela viu Leon no chão e levou a mão à boca. Eu lhe dei um rápido abraço.

– Como ele está? – perguntei para um dos coloniais, que estava consultando seu tablet.

– Morto – ele disse. – Está morto há cerca de uma hora. Parece que teve um ataque cardíaco. – Ele abaixou o tablet e se levantou, olhando de volta para Leon. – Coitado. Veio até aqui só para a bomba do peito falhar.

– Um voluntário de última hora para as Brigadas Fantasma – o outro colonial disse.

Lancei um olhar severo para ele. Na minha opinião, uma piada naquele momento era de um mau gosto terrível.

4_

– Tudo bem, vamos ver – disse o doutor, olhando para seu tablet grande quando entrei no consultório. – O senhor é John Perry, correto?

– Isso mesmo – respondi.

– Sou o dr. Russell – ele disse e, então, me observou. – Está com cara de quem acabou de perder um cãozinho.

– Na verdade foi meu colega de quarto – comentei.

– Ah, sim – disse o médico, olhando de novo para o tablet. – Leon Deak. Eu o veria logo depois de você. Timing ruim. Bem, vamos tirar isso da agenda, então.

Ele pressionou a tela do tablet por alguns segundos e abriu um sorriso amarelo assim que terminou. A etiqueta médico-paciente do dr. Russell deixava um pouco a desejar.

– Então – ele disse, voltando sua atenção para mim –, vamos dar uma olhada no senhor.

O consultório consistia em dr. Russell, eu, uma cadeira para o médico, uma mesa pequena e dois receptáculos. Os receptáculos tinham contornos humanos, e cada um com uma porta transparente curva que se arqueava sobre uma área delineada. Sobre cada receptáculo havia uma aparelhagem com braço mecânico e uma ponta semelhante a um copo. O "copo" na ponta parecia grande o bastante para encaixar uma cabeça humana. Para ser honesto, aquilo me deixou um pouco nervoso.

– Vá em frente, fique à vontade, e então poderemos começar – disse o dr. Russell, abrindo a porta do receptáculo mais próximo.

– Não precisa que eu tire nada? – perguntei. Pelo que eu me lembrava, um exame físico exigia ser examinado fisicamente.

– Não – ele respondeu. – Mas se for ficar mais confortável, pode tirar.

– Alguém tira a roupa mesmo sem precisar? – questionei.

– Na verdade, sim – ele comentou. – Quando dizem para alguém fazer uma coisa de certa maneira por um bom tempo, vira um hábito difícil de largar.

Mantive minhas roupas. Pus meu tablet na mesa, subi no receptáculo, virei, inclinei o corpo para trás e me recostei. O dr. Russell fechou a porta e se afastou.

– Espere um segundo enquanto eu ajusto o receptáculo – ele disse e tocou a tela do tablet. Senti a depressão no formato humano se mover e ajustar-se às minhas dimensões.

– Que sinistro – disse eu.

O dr. Russell sorriu.

– Você vai notar um pouco de vibração aqui – ele disse, e tinha razão.

– Diga uma coisa – falei enquanto o receptáculo tremia levemente embaixo de mim –, aqueles outros caras que estavam na sala de espera comigo. Para onde foram depois que passaram aqui?

– Por aquela porta lá. – Ele estendeu a mão atrás dele sem tirar os olhos do tablet. – É a área de recuperação.

– Área de *recuperação*?

– Não se preocupe – ele disse. – Acabo de fazer o exame parecer muito pior do que realmente é. Na verdade, estamos prestes a terminar seu escaneamento. – Ele tocou de novo o tablet e a vibração cessou.

– Que faço agora? – perguntei.

– Aguente firme – o dr. Russell pediu. – Temos mais algumas coisas a fazer e precisamos verificar os resultados de seu exame.

– O senhor quer dizer que acabou? – questionei.

– A medicina moderna é maravilhosa, não é? – ele disse. Ele me mostrou a tela do tablet, que estava baixando um resumo do meu escaneamento. – Você nem precisa dizer "aaahhhh" com a língua para fora.

– Sim, mas o quanto ele é detalhado?

– O suficiente. Sr. Perry, quando foi seu último exame físico?

– Cerca de seis meses atrás – respondi.

– Qual foi o prognóstico do seu médico?

– Ele disse que eu estava em boa forma, mesmo com minha pressão um pouco mais alta que o normal. Por quê?

– Bem, basicamente ele está correto – respondeu o dr. Russell –, embora pareça não ter notado o câncer no testículo.

– Perdão? – disse eu.

O dr. Russell passou o dedo na tela do tablet de novo. Dessa vez apareceu uma representação em cor falsa da minha genitália. Era a primeira vez que botavam meus "documentos" na minha cara.

– Aqui – ele disse, apontando uma mancha escura no testículo esquerdo. – Um nódulo. Um desgraçado grandinho também. É câncer, com certeza.

Olhei com raiva para o homem.

– Sabe, dr. Russel, a maioria dos médicos teria encontrado uma maneira mais cuidadosa de dar essa notícia.

– Desculpe, sr. Perry – o dr. Russel disse. – Não quero parecer negligente, mas isso não é um problema de verdade. Mesmo na Terra, o câncer testicular é tratado facilmente, em especial nos estágios iniciais, como é o caso aqui. No pior dos casos, o senhor perderia um testículo, mas não é um contratempo significativo.

– A menos que você seja o dono do testículo – grunhi.

– Essa é mais uma questão psicológica. De qualquer forma, aqui e agora, não quero que o senhor se preocupe com isso. Em alguns dias, o senhor vai receber uma revisão geral física abrangente, e cuidaremos do seu testículo. Nesse meio-tempo, não deve haver nenhum problema. O câncer ainda é localizado no testículo. Não se alastrou para pulmões ou nódulos linfáticos. O senhor está bem.

– E eu vou perder uma bola? – eu quis saber.

O dr. Russell sorriu.

– Acho que o senhor pode manter a bola por ora – ele respondeu. – Caso tenha que abrir mão dela, desconfio que será a menor de suas preocupações. Agora, tirando o câncer que, como eu disse, não é realmente problemático, o senhor está em tão boa forma quanto um homem em sua idade física pode estar. Essa é a boa notícia, não precisamos fazer mais nada com o senhor neste ponto.

– O que o senhor faria se encontrasse algo de realmente errado? – perguntei. – Digo, e se o câncer fosse terminal?

– "Terminal" é um termo bastante impreciso, sr. Perry – respondeu o dr. Russell. – A longo prazo, todos somos casos terminais. No caso deste exame, o que realmente procuramos fazer é estabilizar os recrutas que estão em perigo iminente para que tenhamos certeza de que eles aguentarão os próximos dias. O caso infeliz de seu colega de quarto, o sr. Deak, não é tão incomum. Temos um monte de recrutas que chegaram a este ponto para morrer antes da avaliação. O que não é bom para nenhum de nós.

O dr. Russell consultou o tablet.

– Agora, no caso do sr. Deak, que morreu de ataque cardíaco, provavelmente teríamos removido a formação de placa das artérias e administrado um composto fortalecedor das paredes arteriais para impedir rupturas. É nosso tratamento mais comum. A maioria das artérias com 75 anos podem precisar de algum reparo. Em seu caso, se estivesse num estágio avançado de câncer, teríamos cortado os tumores até um ponto em que eles não oferecessem uma ameaça iminente às suas funções vitais, e reforçaríamos as regiões afetadas para garantir que não tivesse problemas nos próximos dias.

– Por que não curariam? Se podem "reforçar" uma área afetada, parece que poderiam resolver por completo se quisessem.

– Podemos, mas não é necessário – o dr. Russel comentou. – Vocês receberão uma revisão mais abrangente nos próximos dias. Precisamos apenas mantê-los vivos até lá.

– E o que significa "revisão mais abrangente"? – perguntei.

– Significa que, quando tiver sido feita, o senhor vai se perguntar por que ficou preocupado com uma mancha de câncer no testículo – ele respondeu. – Te prometo. Agora, tem mais uma coisa que precisamos fazer aqui. Incline sua cabeça para a frente, por favor.

Inclinei. O dr. Russell abaixou o temido braço com o copo na ponta diretamente no alto da minha cabeça.

– Durante os próximos dois dias, será importante para nós termos uma boa imagem de sua atividade cerebral – ele disse, afastando-se. – Para isso, vou implantar uma série de sensores em seu crânio. – Quando disse isso, ele apertou a tela no tablet, um gesto de que eu estava aprendendo a desconfiar. Houve um leve barulho de sucção quando a cúpula aderiu à minha cabeça.

– Como vai fazer isso?

– Bem, neste momento, provavelmente o senhor sentirá um pequeno comichão no escalpo e na base da nuca – o dr. Russell disse, e eu senti. – Esses são os injetores se posicionando. São como pequenas agulhas hipodérmicas que injetarão os sensores. Os sensores em si são muito pequenos, mas há muitos deles. Cerca de vinte mil, mais ou menos. Não se preocupe, eles são autoesterilizantes.

– Vai doer? – quis saber.

– Não muito – ele comentou e apertou a tela do tablet. Vinte mil microssensores bateram no meu crânio como quatro cabos de machado esmagando simultaneamente minha cabeça.

– Ai, merda! – Agarrei a cabeça e bati as mãos contra a porta do receptáculo. – Filho da puta – gritei para o dr. Russell. – Você disse que não ia doer!

– Eu disse "não muito" – o dr. Russell corrigiu.

– "Não muito" como o quê? Ter a cabeça esmagada por um elefante?

– Não muito como quando os sensores se conectarem uns aos outros – o dr. Russell comentou. – A boa notícia é que, assim que estiverem conectados, a dor para. Agora, aguente firme, vai levar só mais um minuto.

Ele apertou a tela do tablet novamente. Oitenta mil agulhas foram disparadas em todas as direções no meu crânio.

Nunca quis tanto esmurrar um médico em toda a minha vida.

– Não sei – Harry dizia. – Acho que é um visual interessante. – E com isso, esfregou a cabeça, que, como a cabeça de todos, era de um cinza empoeirado manchado onde vinte mil sensores subcutâneos estavam medindo a atividade cerebral.

A tripulação do café da manhã se reuniu de novo no almoço, dessa vez com Jesse e sua colega de quarto, Maggie, reunidas ao bando.

Harry declarou que agora éramos uma gangue, nos batizou de "Velharias" e exigiu que começássemos uma guerra de comida com a mesa ao lado. Ele foi voto vencido, em grande parte porque Thomas observou que qualquer comida que jogássemos se perderia, e o almoço estava ainda melhor que o café da manhã, se isso fosse possível.

– E ainda bem – Thomas falou. – Depois da pequena injeção cerebral da manhã, eu estava quase puto demais para comer.

– Não consigo imaginar – Susan notou.

– Observe que eu disse "quase" – Thomas disse. – Mas vou dizer uma coisa. Queria ter um daqueles receptáculos lá na Terra. Teria economizado minhas horas de consulta em oitenta por cento. Mais tempo para jogar golfe.

– Sua devoção aos seus pacientes é espantosa – Jesse retorquiu.

– Bah! – Thomas exclamou. – Eu jogava golfe com a maioria deles. Todos teriam concordado. E, por mais que me doa dizer isso, aquilo ajudou o meu médico a fazer uma avaliação muito melhor do que eu jamais poderia fazer. Aquela coisa é o sonho de qualquer diagnosticador. Pegou um tumor microscópico no meu pâncreas. Não havia jeito de ter descoberto na Terra até que fosse muito maior ou que o paciente começasse a apresentar sintomas. Alguém mais teve alguma coisa surpreendente?

– Câncer pulmonar – Harry respondeu. – Pequenas manchas.

– Cistos no ovário – Jesse disse. Maggie concordou.

– Artrite reumatoide incipiente – disse Alan.

– Câncer testicular – eu respondi.

Todos na mesa se retorceram.

– Ai – Thomas disse.

– Eles me disseram que vou viver – comentei.

– Você vai ficar torto quando caminhar – disse Susan.

– Chega desse assunto – eu falei.

– O que não entendo é por que não arrumaram esses problemas – Jesse comentou. – Meu médico me mostrou um cisto do tamanho de uma bola de borracha, mas disse para eu não me preocupar. Não acho que eu esteja em condições de não me preocupar com algo assim.

– Thomas, você supostamente é médico – Susan falou e apontou para sua sobrancelha em tons grisalhos. – O que há com esses desgraçadinhos? Por que fazer apenas um escaneamento cerebral?

– Se eu tivesse que chutar, o que farei, pois não tenho a mínima ideia – Thomas disse –, eu diria que eles querem ver nosso cérebro em ação enquanto passamos pelo treinamento. Mas eles não podem fazer isso conosco amarrados em uma máquina, então amarraram as máquinas em nós.

– Obrigada pela explicação convincente do que eu já havia deduzido – Susan disse. – O que estou perguntando é para que vai servir esse tipo de medição?

– Sei lá – Thomas respondeu. – Talvez estejam ajustando novos cérebros para nós no fim das contas. Ou talvez tenham alguma maneira de adicionar novo material cerebral, e precisam ver quais partes de nosso cérebro precisam de um impulso. Só espero que eles não precisem injetar outro conjunto dessas coisas malditas. O primeiro conjunto quase me matou de dor.

– E por falar nisso – Alan disse, virando-se para mim –, soube que você perdeu seu colega de quarto esta manhã. Você está bem?

– Estou bem – disse. – Embora seja deprimente. Meu médico disse que se ele tivesse conseguido comparecer à consulta desta manhã, provavelmente poderiam ter impedido o falecimento, dando para ele um removedor de placa ou algo assim. Sinto que eu deveria ter feito ele sair para o café da manhã. Talvez tivesse mantido o cara em movimento tempo suficiente para levá-lo à consulta.

– Não se culpe por isso – Thomas disse. – Não havia como saber. As pessoas morrem, simples assim.

– Claro, mas não dias antes de receber uma "revisão mais abrangente", como meu médico comentou.

Harry se intrometeu.

– Sem querer ser grosseiro quanto a isso...

– Lá vem bomba – Susan disse.

–... mas quando eu estava na faculdade – Harry continuou, jogando um pedaço de pão em Susan –, se seu colega de quarto morresse, você em geral podia não fazer suas provas finais daquele semestre. Sabem, por causa do trauma.

– E, por incrível que pareça, seu colega de quarto também não fazia – Susan comentou. – Pelo mesmíssimo motivo.

– Nunca pensei nisso dessa forma – Harry admitiu. – De qualquer jeito, acha que eles vão deixar você de fora das avaliações programadas para hoje?

– Duvido – eu disse. – Mesmo se deixarem, não vou aceitar a oferta. O que mais eu faria, ficaria sentado na minha cabine o dia todo? Que deprimente. Morreu uma pessoa lá dentro.

– Você pode se mudar – Jesse comentou. – Talvez o colega de quarto de outra pessoa tenha morrido também.

– Que pensamento mórbido – eu disse. – E, de qualquer forma, não quero me mudar. Sinto muito pela morte de Leon, claro. Mas agora tenho um quarto só para mim.

– Parece que o processo de recuperação começou – Alan observou.

– Estou apenas tentando deixar a dor de lado – expliquei.

– Você não fala muito, não é? – Susan perguntou para Maggie de repente.

– Não – Maggie respondeu.

– Ei, o que vocês têm programado para fazer em seguida? – Jesse questionou.

Todos pegaram os tablets, em seguida pararam, sentindo-se culpados.

– Vamos pensar sobre como neste momento parecemos um bando de estudantes – Susan disse.

– Bem, que seja – Harry falou e tirou seu tablet mesmo assim. – Já juntamos uma gangue de refeitório. Talvez a gente siga junto até o fim.

No fim das contas, Harry e eu fizemos nossa primeira avaliação juntos. Fomos direcionados até uma sala de conferência, onde mesas e cadeiras haviam sido dispostas.

– Que merda – Harry disse quando nos sentamos. – Nós realmente estamos de volta à escola.

Essa impressão foi reforçada quando nossa colonial entrou na sala.

– Agora vocês farão testes de habilidades linguísticas e matemáticas básicas – a oficial disse. – Seu primeiro teste está sendo baixado no seu tablet. É de múltipla escolha. Por favor, respondam ao máximo de perguntas que puderem dentro do tempo-limite de trinta minutos. Se terminarem antes dos trinta minutos, por favor, fiquem sentados ou revisem suas respostas. Não colaborem com os outros recrutas. Podem começar.

Olhei para o meu tablet. Uma pergunta de analogia de palavras estava na tela.

– Só pode ser brincadeira – eu falei. As outras pessoas na sala também estavam dando risadinhas.

Harry levantou a mão.

– Dona? – ele disse. – Qual a pontuação que eu preciso para entrar em Harvard?

– Já ouvi essa antes – a colonial disse. – Todos, por favor, fiquem em silêncio e façam seu teste.

– Tive que esperar sessenta anos para aumentar minhas notas em matemática – Harry disse. – Vamos ver como me saio agora.

Nossa segunda avaliação foi ainda pior.

– Por favor, sigam o quadrado branco. Usem apenas os olhos, não a cabeça.

A colonial reduziu a iluminação na sala. Sessenta pares de olhos concentrados em um quadrado branco na parede. Lentamente, ele começou a se mover.

– Não posso acreditar que vim ao espaço para isso – Harry comentou.

– Talvez as coisas acelerem – falei. – Se tivermos sorte, vamos ter outro quadrado branco para olhar.

Um segundo quadrado branco apareceu na parede.

– Você já esteve aqui antes, não? – Harry perguntou.

Mais tarde, Harry e eu nos separamos, e fiz minhas atividades sozinho.

A primeira sala para onde fui tinha um colonial e uma pilha de blocos.

– Faça uma casa com esses blocos – o colonial disse.

– Só se eu receber um suquinho a mais – retruquei.

– Posso ver o que consigo – o colonial prometeu. Fiz uma casa com os blocos e, em seguida, fui para a sala seguinte, onde o colonial que estava lá pegou um papel e uma caneta.

– Comece no centro do labirinto, tente ver se consegue chegar à margem exterior.

– Céus – eu falei –, um rato dopado poderia fazer isso.

– Talvez – o colonial falou. – De qualquer maneira, vamos ver se você consegue.

Consegui. Na outra sala, o colonial me pediu para falar números e letras em voz alta. Nesse momento parei de me perguntar o porquê daquilo e apenas fiz o que me pediram.

Um pouco depois, naquela tarde, fiquei puto da vida.

– Estive lendo seu prontuário – o colonial disse, um jovem tão magro que parecia que um vento forte o faria levantar voo como uma pipa.

– Ok.

– Diz que você era casado.

– Era.

– Você gostava? De estar casado.

– Claro. Melhor que a alternativa.

Ele abriu um sorriso amarelo.

– Então, o que houve? Divórcio? Fez muita merda?

Quaisquer qualidades odiosamente divertidas que esse cara tivesse estavam desaparecendo rápido.

– Ela morreu – respondi.

– É mesmo? O que aconteceu?

– Ela teve um derrame.

– Derrame, que maravilha – ele falou. – Bum, seu cérebro vira pudim, simples assim. Ainda bem que ela não sobreviveu. Ela viraria um nabo gordo, preso numa cama, sabe? Teria que alimentá-la por um canudinho ou algo assim. – Ele fez barulhos de canudo sendo chupado.

Eu não disse nada. Parte do meu cérebro estava imaginando o quanto de velocidade eu precisaria para quebrar o pescoço dele, mas a maior parte de mim ficou sentada lá, cega com o choque e o ódio. Eu simplesmente não conseguia acreditar no que acabara de ouvir.

Lá no fundo, em alguma parte do meu cérebro, alguém me dizia para voltar a respirar logo ou eu desmaiaria.

O tablet do colonial de repente apitou.

– Tudo bem – ele disse e se levantou rapidamente. – Acabou. Sr. Perry, por favor, peço desculpas pelos comentários que fiz sobre a morte de sua esposa. Meu trabalho aqui é gerar uma reação de fúria no recruta o mais rápido possível. Nossos modelos psicológicos mostraram que o senhor reagiria de forma bastante negativa a comentários como os que acabei de fazer. Por favor, entenda que, em nível pessoal, eu nunca faria tais comentários sobre sua falecida esposa.

Pisquei embasbacado por alguns segundos para o homem. Em seguida, gritei com ele.

– Que merda de teste doentio foi ESSE?!?

– Concordo que é um teste extremamente desagradável e peço desculpas novamente. Estou fazendo meu trabalho conforme solicitado, nada mais.

– Meu Deus! – eu disse. – Tem ideia de como cheguei perto de quebrar a porra do seu pescoço?

– Na verdade, tenho – o homem falou com voz calma e controlada que indicava, de fato, que tinha. – Meu tablet, que estava rastreando seu estado mental, apitou pouco antes de o senhor estar prestes a explodir. Mas, mesmo se não tivesse, eu saberia. Faço isso sempre. Sei o que esperar.

Eu ainda estava tentando me recuperar da fúria.

– Você faz isso com todo recruta? – perguntei. – Como ainda está vivo?

– Entendo essa pergunta – disse o homem. – Na verdade, fui escolhido para esse trabalho porque minha constituição pequena dá a impressão ao recruta de que ele ou ela poderia acabar com a minha raça. Passo muito bem por um escrotinho. No entanto, sou capaz de imobilizar um recruta se precisar. Embora, no geral, eu não precise. Como eu disse, faço muito isso.

– Não é um trabalho muito legal – eu falei. Finalmente havia conseguido voltar ao meu estado mental racional.

– É um trabalho sujo, mas alguém precisa fazer – o homem comentou. – Acho interessante que cada recruta tenha algo diferente que o faz explodir. Mas o senhor tem razão. É um trabalho de estresse elevado. Não é para todo mundo.

– Aposto que você não é muito popular nos bares.

– Na verdade, já me disseram que sou bem charmoso. Quando não estou irritando as pessoas intencionalmente, claro. Sr. Perry, terminamos por aqui. Por favor, siga para a próxima sala à direita para começar a próxima avaliação.

– Eles não vão me irritar de novo, vão?

– Talvez o senhor fique irritado – o homem respondeu –, mas se ficar, será por sua conta. Fazemos esse teste apenas uma vez.

Segui para a porta, mas parei.

– Sei que você está fazendo seu trabalho – eu disse –, mas queria que você soubesse de uma coisa. Minha mulher era uma pessoa maravilhosa. Não merecia ser usada desse jeito.

– Tenho certeza, sr. Perry – o homem confirmou. – Tenho certeza.

Então, saí da sala.

Na próxima, uma jovem muito bonita, que por acaso estava completamente nua, queria que eu lhe contasse qualquer coisa que lembrasse sobre meu aniversário de sete anos.

– Não acredito que eles nos mostraram aquele filme logo antes do jantar – Jesse comentou.

– Não foi logo antes – Thomas disse. – O desenho do Pernalonga foi depois disso. De qualquer forma, não foi tão ruim.

– É, bem, talvez você não fique extremamente enojado com um filme sobre cirurgia intestinal, senhor doutor, mas o resto de nós achou bem perturbador – Jesse retrucou.

– Isso significa que você não quer as costelas? – Thomas falou, apontando para o prato de Jesse.

– Alguém mais teve uma mulher nua perguntando sobre a infância? – perguntei.

– Na minha vez era homem – Susan respondeu.

– Mulher – disse Harry.

– Homem – Jesse falou.

– Mulher – Thomas respondeu.

– Homem – disse Alan.

Todos olhamos para ele.

– Que foi? – Alan perguntou. – Eu sou gay.

– Por quê, hein? – questionei. – Por que a pessoa nua, digo, não sobre Alan ser gay.

– Obrigado – Alan disse, seco.

– Estão tentando provocar reações individuais, é isso – Harry explicou. – Todos os testes de hoje foram de reações intelectuais ou emocionais bem básicas, a base para emoções e capacidades intelectuais mais complexas e sutis. Estão apenas tentando descobrir como pensamos e reagimos em um nível primitivo. A pessoa nua obviamente estava tentando deixar vocês todos perturbados sexualmente.

– Mas e aquela coisa toda de perguntar sobre a infância, é disso que estou falando – eu disse.

Harry deu de ombros.

– O que é o sexo sem um pouco de culpa?

– O que me deixou louco da vida foi aquele em que me deixaram louco da vida – Thomas disse. – Prometi que ia esmagar aquele cara. Ele disse que o Chicago Cubs tinha que ser rebaixado para as ligas menores do beisebol depois de passar dois séculos sem ganhar um Campeonato Mundial.

– Parece razoável para mim – Susan provocou.

– *Não comece* – Thomas retrucou. – Cara. Nossa. Eu estou avisando. Não mexa com os Cubs.

Se o primeiro dia foi todo voltado a feitos humilhantes do intelecto, o segundo dia foi sobre feitos humilhantes de força, ou falta dela.

– Aqui está uma bola – um instrutor me disse. – Bata a bola.

Bati. E me mandaram seguir.

Caminhei por uma pequena pista de atletismo. Pediram para eu correr uma curta distância. Fiz alguns exercícios leves. Joguei videogame. Pediram para eu atirar em um alvo numa parede com uma pistola virtual. Nadei (gostei dessa parte. Sempre gostei de nadar, contanto que minha cabeça ficasse na superfície). Por duas horas, fui colocado em uma sala monitorada com várias dúzias de pessoas e me disseram para fazer o que eu quisesse. Dei umas tacadas de bilhar. Joguei pingue-pongue. Meu Deus, joguei shuffleboard.

Em momento nenhum eu suei.

– Que porra de exército é esse, hein? – perguntei aos Velharias no almoço.

– Faz um pouco de sentido – Harry respondeu. – Ontem tivemos intelecto e emoção básicos. Hoje tivemos movimentos físicos básicos. De novo, parecem interessados na base das atividades de ordem elevada.

– Não sabia que pingue-pongue era indício de atividade física de ordem elevada – retruquei.

– Coordenação entre olho e mão. Ritmo. Precisão.

– E você nunca sabe quando vai ter que rebater uma granada – Alan zombou.

– Exatamente – Harry disse. – Também, o que você quer que eles façam? Bote a gente para correr uma maratona? Todos cairíamos antes de terminar a primeira milha.

– Fale por você, molenga – Thomas provocou.

– Corrigindo – Harry disse. – Nosso amigo Thomas chegaria até a sexta milha antes de o coração implodir. Se ele não tivesse uma cãibra relacionada à comida antes.

– Não seja idiota – Thomas disse. – Todo mundo sabe que é necessário se fortalecer com carboidratos antes de uma corrida. E por isso vou lá pegar mais fettuccine.

– Você não vai correr uma maratona, Thomas – Susan alertou.

– O dia está só começando – Thomas respondeu.

– Na verdade – Jesse disse –, minha agenda está vazia. Não tenho nada planejado para o resto do dia. E amanhã a única coisa na agenda é "Concluir Melhorias Físicas de 0600 a 1200" e uma reunião geral de recrutas às 2000, após o jantar.

– Minha agenda está vazia até amanhã também – eu falei. Um rápida olhada para os dois lados da mesa mostrou que todo mundo estava livre o resto do dia. – Bem, então, o que faremos para nos divertir?

– Sempre tem mais shuffleboard – Susan comentou.

– Tenho uma ideia melhor – Harry disse. – Alguém tem planos para as 1500?

Todos negamos com a cabeça.

– Beleza – Harry comemorou. – Então me encontrem aqui. Tenho um passeio para os Velharias.

– Nós podemos estar aqui? – Jesse perguntou.

– Claro – disse Harry. – Por que não? E, mesmo se não pudéssemos, o que eles vão fazer? Ainda não somos militares de verdade. Não podemos oficialmente ir para a corte marcial.

– Não, mas provavelmente podem nos jogar para fora por uma câmara de ar comprimido – Jesse explicou.

– Não seja boba – retrucou Harry. – Seria um desperdício de ar perfeitamente bom.

Harry nos levou até um convés de observação na área colonial. E, de fato, embora nunca tivessem dito especificamente a nós, recrutas, que não poderíamos ir aos conveses coloniais, também não tinham dito a nenhum de nós que poderíamos (ou deveríamos). Parados como estávamos no convés deserto, nós sete parecíamos sete colegiais matando aula para ver algo proibido.

O que, em certo sentido, era o que éramos.

– Durante nossos pequenos exercícios hoje, eu tive uma conversa com um dos coloniais – Harry comentou –, e ele mencionou que a *Henry Hudson* faria seu salto hoje, às 1535. E imagino que nenhum de nós de fato viu como é um salto, então perguntei para ele onde seria um bom lugar para assistir. E ele disse que seria aqui. Então, aqui estamos, e – Harry olhou para o tablet – quatro minutos adiantados.

– Desculpem por isso – disse Thomas. – Não quis segurar todo mundo. O fettuccine estava excelente, mas meu intestino aparentemente discorda.

– Thomas, por favor, fique à vontade para não compartilhar esse tipo de informação no futuro – Susan repreendeu. – Não conhecemos você tão bem assim.

– Bem, de que outra maneira vocês me conheceriam *tão bem*? – Thomas retrucou. Ninguém se deu ao trabalho de responder.

– Alguém sabe onde estamos agora? No espaço, quis dizer – perguntei após alguns momentos de silêncio terem passado.

– Ainda no sistema solar – Alan disse e apontou para a janela. – Dá pra saber porque ainda podemos ver as constelações. Veja, ali, Órion. Se tivéssemos viajado qualquer distância significativa, as estrelas teriam mudado sua posição relativa no céu. Constelações teriam se espalhado ou ficariam totalmente irreconhecíveis.

– Para onde vamos fazer o salto? – Jesse perguntou.

– Para o sistema Fênix – Alan disse. – Mas isso não lhe diz nada, pois "Fênix" é o nome do planeta, não da estrela. Existe uma constelação chamada "Fênix" e, na verdade, lá está ela – ele apontou para um grupo de estrelas –, mas o planeta Fênix não está próximo de nenhuma dessas estrelas naquela constelação. Se bem me lembro, ele fica mesmo na constelação Lupus, que é bem ao norte – ele apontou para outra série mais apagada de estrelas –, mas não conseguimos ver a estrela daqui.

– Você sabe mesmo de constelações – Jesse disse, admirada.

– Obrigado – Alan agradeceu. – Queria ser astrônomo quando era mais jovem, mas astrônomos ganham uma merreca. Então, me formei físico teórico.

– Muito dinheiro para pensar em novas partículas subatômicas? – Thomas perguntou.

– Bem, não – Alan admitiu. – Mas desenvolvi uma teoria que ajudou a empresa onde eu trabalhava a criar um novo sistema de contenção de energia para embarcações navais. O plano de incentivo de participação nos lucros da empresa me deu um por cento por isso. O que deu mais dinheiro do que conseguiria gastar e, acredite, eu me esforcei.

– Deve ser legal ser rico – Susan disse.

– Não era nada mal – Alan concordou. – Claro, não sou mais rico. A gente abre mão de tudo ao se alistar. E perde outras coisas, também. Digo, em cerca de um minuto, todo aquele tempo que passei memorizando as constelações terá sido um esforço desperdiçado. Aonde vamos não há Órion, Ursa Menor ou Cassiopeia. Talvez pareça estúpido, mas é inteiramente possível que eu sinta mais falta das constelações do que do dinheiro. Sempre é possível fazer mais dinheiro. Mas não vamos voltar aqui. É a última vez que vejo essas velhas amigas.

Susan foi até Alan e pousou a mão em seu ombro. Harry baixou os olhos para o tablet.

– E lá vamos nós – ele disse e começou uma contagem regressiva. Quando chegamos ao "um", todos erguemos os olhos para a janela.

Não foi algo dramático. Em um segundo estávamos olhando para um céu cheio de estrelas. No segundo seguinte, estávamos olhando para outro. Se alguém piscasse, teria perdido. E, ainda assim, era possível dizer que era um céu totalmente estranho. Talvez nenhum de nós tivesse o conhecimento de Alan sobre constelações, mas a maioria de nós sabia como identificar Órion e a Ursa Maior. Não estavam em lugar nenhum, uma ausência sutil, ainda que substancial. Olhei para Alan. Ele estava parado como um pilar, a mão na de Susan.

– Estamos virando – Thomas falou. Ele observou quando as estrelas deslizaram no sentido anti-horário na mudança de curso da *Henry Hudson*. De repente, a enorme margem azul do planeta Fênix pairou sobre nós. E sobre ele (ou abaixo dele a partir da nossa orientação) havia uma estação espacial tão grande, tão gigantesca e tão agitada que tudo que pudemos fazer foi arregalar os olhos para ela.

Por fim, alguém falou. E, para surpresa de todos, foi Maggie.

– Olhem isso – ela disse.

Todos viramos para olhá-la. Ela ficou visivelmente irritada.

– Não sou *muda*, só não falo muito. *Isso* merece algum tipo de comentário.

– Não brinca – Thomas falou, virando-se para olhar. – Faz a Estação Colonial parecer um cocô de mosca.

– Quantas naves você vê? – Jesse me perguntou.

– Não sei. Dúzias. Pelo que sei, poderiam ser centenas. Nem sabia que existiam tantas naves espaciais.

– Se algum de nós ainda pensava que a Terra era o centro do universo humano – Harry comentou –, este é um momento excelente para revisar essa teoria.

Todos nós ficamos parados, olhando para o novo mundo pela janela.

* * *

Meu tablet me acordou com um alarme às 0545, o que era notável, pois havia configurado para me acordar às 0600. A tela estava piscando. Havia uma mensagem com o título URGENTE nela. Toquei na mensagem.

AVISO:

Das 0600 às 1200, conduziremos o regime de aperfeiçoamento físico para todos os recrutas. Para garantir o processamento imediato, todos os recrutas devem permanecer em suas cabines durante esse horário para que os oficiais coloniais cheguem e os escoltem às sessões de aperfeiçoamento físico. Para auxiliar no decorrer tranquilo desse processo, as portas das cabines serão trancadas às 0600. Por favor, use esse tempo para cuidar de atividades pessoais que exijam uso do banheiro e de outras áreas fora de sua cabine. Se após as 0600 você precisar usar as instalações sanitárias, entre em contato com um funcionário colonial em seu convés de cabines através do tablet.

Você será notificado quinze minutos antes de sua consulta. Por favor, esteja com roupas adequadas e preparado quando os oficiais coloniais chegarem à sua porta. O café da manhã não será servido; almoço e jantar serão servidos nos horários habituais.

Na minha idade, você não precisa me dizer duas vezes para ir mijar. Saí cambaleando até o banheiro para cuidar disso e esperei que minha consulta fosse mais cedo que mais tarde, pois não queria ter de pedir permissão para me aliviar.

Minha consulta não foi nem mais cedo, tampouco mais tarde. Às 0900, meu tablet deu o alerta, e às 0915 ouvi uma batida seca na minha porta e a voz de um homem chamando meu nome. Abri a porta e vi dois coloniais à minha frente. Recebi permissão para fazer uma rápida parada no banheiro e depois os segui do meu convés até a sala de espera do dr. Russell. Esperei por um tempo antes de receber permissão para entrar em sua sala de exames.

– Sr. Perry, que bom ver o senhor de novo – ele falou, estendendo a mão. Os coloniais que me acompanhavam saíram pela porta dos fundos. – Por favor, entre no receptáculo.

– Da última vez que fiz isso o senhor enfiou milhares de pedacinhos de metal na minha cabeça – eu falei. – Desculpe se não pareço muito entusiasmado em entrar nisso aí de novo.

– Entendo – o dr. Russell admitiu. – No entanto, hoje não vai haver dor. E estamos com pouco tempo, então, se o senhor não se importar. – Ele apontou para o receptáculo.

Relutante, entrei na máquina.

– Se eu sentir uma picadinha sequer, vou bater no senhor – alertei.

– Muito justo – o dr. Russell disse quando fechou a porta do receptáculo. Observei que, diferente da última vez, ele trancou a porta do receptáculo com parafusos. Talvez ele tivesse levado a ameaça a sério. Não me importei. – Diga, sr. Perry – ele falou enquanto aparafusava a porta –, o que achou dos últimos dois dias?

– Foram confusos e irritantes – respondi. – Se eu soubesse que seria tratado como uma criança em idade pré-escolar, provavelmente não teria me alistado.

– É o que todo mundo diz – o dr. Russel comentou. – Então, deixe-me explicar um pouco do que estávamos tentando fazer. Instalamos aquela série de sensores por dois motivos. Primeiro, como o senhor talvez tenha imaginado, estávamos monitorando suas atividades cerebrais enquanto o senhor realizava várias funções básicas e vivenciava certas emoções primitivas. O cérebro de todo ser humano processa informações e experiências mais ou menos da mesma forma, mas ao mesmo tempo cada pessoa usa determinados caminhos e processos únicos. É como todo ser humano, que tem cinco dedos, mas cada um tem impressões digitais únicas. O que estamos tentando fazer é isolar suas "impressões digitais" mentais. Faz sentido?

Eu assenti.

– Ótimo. Então agora o senhor sabe por que teve de fazer aquelas coisas ridículas e estúpidas por dois dias.

– Como falar com uma mulher nua sobre meu aniversário de sete anos – eu concordei.

– Conseguimos várias informações úteis desse teste – o dr. Russell comentou.

– Não sei como – disse eu.

– É a parte técnica – ele me garantiu. – De qualquer forma, os últimos dias nos deram uma boa ideia de como seu cérebro usa as vias neurais e processa todos os tipos de estímulos, e essas são as informações que podemos usar como modelo.

Antes que eu pudesse perguntar *modelo para quê*, o dr. Russell continuou.

– Em segundo lugar, a série de sensores faz mais do que um registro de como seu cérebro age. Também pode transmitir, em tempo real, as atividades cerebrais. Isso é importante, pois, diferente de processos mentais específicos, a consciência não pode ser registrada. Precisa ser transmitida ao vivo se tiver que fazer a transferência.

– A transferência.

– Isso mesmo – o dr. Russell confirmou.

– O senhor se importa se eu perguntar de que diabos está falando? – perguntei.

O dr. Russell sorriu.

– Sr. Perry, quando o senhor se alistou no exército, achou que deixaríamos o senhor jovem de novo, certo?

– Achei – respondi. – Todo mundo acha. Vocês não podem fazer guerra com velhos, mesmo recrutando velhos. Devem ter algum jeito de nos rejuvenescer.

– Como o senhor acha que fazemos isso? – o dr. Russell questionou.

– Sei lá. Geneterapia. Partes de substituição clonadas. Troca dos nossos órgãos velhos por novos.

– O senhor está meio certo – ele disse. – Usamos geneterapia e substituição clonada. Mas não "trocamos" nada, exceto *o senhor*.

– Não entendo – eu disse. Senti muito frio, como se a realidade estivesse sendo puxada debaixo dos meus pés.

– Seu corpo é velho, sr. Perry. É velho e não vai funcionar por muito mais tempo. Não há por que tentar salvá-lo ou atualizá-lo. Não é uma coisa que se valoriza quando envelhece ou tem partes substituíveis que o mantém rodando como novo. Tudo que o corpo humano faz quando fica mais velho é envelhecer. Então, vamos nos livrar dele. Vamos nos livrar dele inteiro. A única parte que vamos salvar é a única parte sua que não se degenerou… sua mente, sua consciência, sua noção de "eu".

O dr. Russell caminhou até a porta ao fundo, por onde os coloniais haviam saído, e bateu nela. Em seguida, voltou até mim.

– Dê uma boa olhada em seu corpo, sr. Perry – ele disse. – Pois está prestes a dizer adeus a ele. O senhor vai para outro lugar.

– Para onde estou indo, dr. Russell? – perguntei. Eu mal conseguia salivar o bastante para falar.

– O senhor vem para cá – ele falou e abriu a porta.

Do outro lado, os coloniais entraram de novo. Um deles estava empurrando uma cadeira de rodas com alguém nela. Estiquei o pescoço para olhar. E comecei a tremer.

Era eu.

De cinquenta anos antes.

5_

– Agora, quero que relaxe – o dr. Russell disse para mim.

Os coloniais empurraram o eu mais jovem na cadeira de rodas até o outro receptáculo e estavam no processo de encaixar o corpo nele. Ele (ou eu ou seja lá o que fosse) não oferecia resistência. Pareciam estar deslocando alguém em coma. Ou um cadáver. Fiquei fascinado. E horrorizado. Uma voz pequenina em meu cérebro me dizia que havia sido bom eu ter ido ao banheiro antes de entrar, pois, do contrário, eu teria me mijado todo.

– Como… – eu comecei e engasguei. Minha boca estava seca demais para falar. O dr. Russell falou com um dos coloniais, que saiu e voltou com um pequeno copo d'água. O médico ergueu o copo para me dar água, o que foi bom, porque não teria conseguido pegá-la. Ele falou comigo enquanto eu bebia.

– "Como" em geral está ligado a uma entre duas perguntas – ele disse. – A primeira é "Como vocês fizeram uma versão mais jovem de mim?". A resposta para isso é que dez anos atrás nós coletamos uma amostra genética e usamos para fazer seu novo corpo. – Ele afastou a xícara.

– Um clone – eu disse, finalmente.

– Não – o dr. Russell retrucou. – Não exatamente. O DNA foi bastante modificado. Você pode ver a diferença mais óbvia: a pele do seu novo corpo.

Olhei para trás e percebi que, no choque anterior de ver uma versão mais jovem de mim, não enxerguei uma diferença evidente e gritante.

– Ele é verde – eu comentei.

– Quer dizer, *você* é verde – o dr. Russell corrigiu. – Ou será, em cinco minutos. Então, esse é o primeiro "como". O segundo é: "Como você vai me levar lá para dentro?". – Ele apontou para meu doppelgänger de pele verde. – E a resposta para isso é: vamos transferir sua consciência.

– Como? – perguntei.

– Pegaremos a representação da atividade cerebral que é rastreada pelo conjunto de sensores e enviaremos essa representação, e você, para lá – o dr. Russell explicou. – Reunimos as informações cerebrais padrão que coletamos nos últimos dois dias e as usamos para preparar seu novo cérebro para sua consciência, então, quando o enviarmos para lá, as coisas vão parecer familiares. Estou dando uma versão simplificada das coisas, obviamente, pois é muito mais complicado. Mas, por ora, basta. Agora, vamos conectá-lo.

O dr. Russell estendeu a mão e começou a manobrar o braço do receptáculo sobre a minha cabeça. Comecei a afastar a cabeça, então ele parou.

– Não vamos botar mais nada desta vez, sr. Perry – ele disse. – O capacete injetor foi substituído por um amplificador de sinal. Não há com o que se preocupar.

– Desculpe – eu disse e voltei minha cabeça à posição.

– Não precisa pedir desculpas – ele disse e encaixou o capacete sobre minha cabeça. – O senhor está indo melhor que a maioria dos recrutas. O cara antes do senhor gritou como um porco e desmaiou. Tivemos de transferi-lo inconsciente. Ele vai acordar jovem, verde e muito, muito perturbado. Acredite, o senhor está sendo um doce.

Sorri e olhei para o corpo que logo seria eu.

– Onde está o capacete dele? – perguntei.

– Não precisa – o dr. Russell respondeu e começou a digitar em seu tablet. – Como eu disse, este corpo foi bastante modificado.

– Parece sinistro – eu falei.

– Vai parecer diferente assim que estiver lá dentro. – Ele terminou de mexer no tablet e virou-se para mim. – Tudo bem, estamos prontos. Deixe-me dizer o que vai acontecer em seguida.

– Por favor – eu disse.

Ele virou o tablet para mim.

– Quando eu apertar este botão – ele apontou o botão na tela –, seu conjunto de sensores começará a transmitir sua atividade cerebral para o amplificador. Assim que sua atividade cerebral estiver mapeada o suficiente, vou conectar este receptáculo a um banco informatizado especializado. Ao mesmo tempo, uma conexão semelhante será aberta no seu novo cérebro ali. Quando as conexões se encaixarem, transmitiremos sua consciência para o novo cérebro. Quando a atividade cerebral estabelecer-se no seu novo cérebro, interromperemos a conexão, e lá estará o senhor, em seu novo cérebro e corpo. Alguma pergunta?

– Esse procedimento já falhou? – perguntei.

– Sabia que o senhor perguntaria – o dr. Russell disse. – A resposta é sim. Em raras ocasiões, algo pode dar errado. No entanto, é extremamente raro. Faço isso há vinte anos, milhares de transferências, e perdi uma pessoa só. A mulher teve um derrame severo durante o processo de transferência. Seus padrões cerebrais ficaram caóticos e a consciência não foi transferida. Todas as outras pessoas fizeram bem a passagem.

– Então, contanto que eu não morra de verdade, vou viver – eu concluí.

– Uma maneira interessante de pensar. Mas, é, o senhor está certo.

– Como sei quando a consciência foi transferida?

– Saberemos por aqui – o dr. Russell apertou a lateral do tablet. – E saberemos porque o senhor vai nos contar. Acredite, o senhor vai saber quando tiver feito a transferência.

– Como o *senhor* sabe? – perguntei. – Já fez isso? Foi transferido?
O médico sorriu.

– Na verdade, sim – ele respondeu. – De fato, duas vezes.

– Mas o senhor não é verde – eu falei.

– Essa é a segunda transferência. Você não precisa ficar verde para sempre – ele disse, quase saudoso. Em seguida, piscou e olhou novamente para o tablet. – Desculpe, mas teremos que interromper as perguntas agora, sr. Perry, pois tenho muitos recrutas para transferir após o senhor. Está pronto para começar?

– Caramba, não, não estou pronto – respondi. – Estou tão assustado que acho que vou me borrar.

– Então, deixe-me reformular a frase – ele falou. – Está pronto para acabar com isso?

– Meu Deus, estou – eu disse.

– Então, vamos lá – o dr. Russell falou e tocou a tela do tablet.

O receptáculo deu um baque surdo, como se algo houvesse se mexido fisicamente dentro dele. Olhei para o médico.

– O amplificador – ele disse. – Essa parte deve levar cerca de um minuto.

Assenti com um grunhido e olhei para o meu novo eu. Estava aninhado no receptáculo, imóvel, como uma figura de cera em que alguém espirrara corante verde durante o processo de moldagem. Tinha minha aparência de muito tempo atrás – melhor do que a minha aparência, na verdade. Eu não era o jovem adulto mais atlético da paróquia. Essa versão minha parecia musculosa, como um nadador de competição. E tinha uma *bela* cabeleira.

Eu não conseguia nem imaginar como seria estar naquele corpo.

– Estamos em resolução plena – o dr. Russell anunciou. – Abrindo conexão. – Ele tocou no tablet.

Houve um pequeno chacoalho e, em seguida, senti de repente como se tivesse um grande espaço de eco no meu cérebro.

– Uau – eu disse.

– Câmara de eco? – o dr. Russell perguntou. Eu assenti. – É o banco informatizado – ele respondeu. – Sua consciência está percebendo o pequeno atraso entre lá e aqui. Não se preocupe. Tudo bem, abrindo a conexão entre o novo corpo e o banco informatizado. – Encostou novamente no tablet.

Do outro lado da sala, o novo eu abriu os olhos.

– Consegui – o dr. Russell disse.

– Ele tem olhos de gato – eu reparei.

– O senhor tem olhos de gato – o dr. Russell comentou. – As duas conexões estão limpas e sem ruídos. Vou começar a transferência agora. O senhor vai se sentir um pouco desorientado. – Um toque no tablet...

... e eu caí

beeeeeeeeeeeem profundamente

(e senti como se estivesse sendo pressionado com força através de um fino colchão de tela)

e todas as lembranças que eu tinha bateram no rosto como se
eu me chocasse contra uma parede de tijolos
um flash nítido de estar em pé no altar
observando kathy atravessar o corredor
vendo seu pé ficar preso na barra do vestido
um pequeno vacilar no passo
então ela corrigiu, linda
depois sorriu para mim como se dissesse
"ah, como se **isso** fosse me impedir"
(outro flash de kathy "onde eu botei a porcaria da baunilha" e, então,
o baque da tigela no ladrilho da cozinha)

(mas que droga, kathy)

E então sou *eu* de novo, encarando o consultório do dr. Russell, sentindo-me zonzo e olhando direto para o rosto do médico e também para sua nuca e pensando comigo *Caramba, que truque legal,* e parece como se eu tivesse pensado isso em som estéreo.

E aí cai a ficha. Estou em dois lugares ao mesmo tempo.

Sorrio e vejo o antigo eu e o novo eu sorrindo ao mesmo tempo.

– Estou rompendo as leis da física – digo ao dr. Russell com duas bocas.

E ele diz:

– Você se transferiu.

E, então, ele toca naquele maldito tablet.

E só tem um eu de novo.

O *outro* eu. Sei disso pois não estou mais encarando o novo eu, estou olhando para o velho eu.

E ele me encara como se soubesse que algo realmente estranho havia acabado de acontecer.

E depois o olhar parece dizer: *Não sou mais necessário.*

E fecha os olhos.

* * *

– Sr. Perry – o dr. Russell disse e, em seguida, repetiu e me deu tapinhas leves na bochecha.

– Sim – respondi. – Estou aqui. Desculpe.

– Qual é seu nome completo, sr. Perry?

Pensei por um segundo. E então:

– John Nicholas Perry.

– Data de aniversário?

– Dez de junho.

– Qual o nome de sua professora da segunda série?

Olhei bem para o dr. Russell.

– Meu Deus, cara. Não conseguia lembrar nem quando estava no meu corpo *antigo*.

O dr. Russell sorriu.

– Bem-vindo à nova vida, sr. Perry. O senhor fez a passagem como manda o figurino. – Ele destrancou e abriu a porta do receptáculo. – Pode sair, por favor.

Encaixei minhas mãos – minhas mãos verdes – na lateral do receptáculo e empurrei para fora. Avancei com meu pé direito e cambaleei um pouco. O dr. Russell aproximou-se e me escorou.

– Cuidado – ele disse. – Você foi um homem mais velho por bastante tempo. Vai levar um tempo até se lembrar de como é estar num corpo jovem.

– Como assim?

– Bem, para começar, pode arrumar o corpo.

Ele tinha razão. Eu estava meio curvado (crianças, tomem leite, tem cálcio). Me endireitei e dei outro passo para a frente. E outro. Boas notícias, eu me lembrava de como andar. Abri um sorrisinho de garoto quando caminhei pela sala.

– Como se sente? – o dr. Russell perguntou.

– Me sinto *jovem* – eu disse, com só um pingo de felicidade.

– Pois deveria – o dr. Russell comentou. – Esse corpo tem uma idade biológica de 20 anos. Na verdade, é mais jovem que isso, mas podemos criá-los com rapidez hoje em dia.

Dei um pulo para testar e senti como se tivesse ricocheteado metade do caminho até a Terra.

– Não tenho nem idade mais para beber – observei.

– Por dentro, ainda tem 75 – o dr. Russell falou.

Com essas palavras, parei meu saltitar e fui até meu corpo antigo que jazia no receptáculo. Parecia triste e murcho, como uma mala antiga. Estendi a mão para tocar meu velho rosto. Estava quente e senti a respiração. Eu me encolhi.

– Ainda está vivo – eu falei, me afastando.

– O cérebro está morto – o dr. Russell comentou rapidamente. – Todas as suas funções cognitivas fizeram a transferência. Assim que fizeram, eu fechei este cérebro. Está funcionando no piloto automático... respirando e bombeando sangue, mas nada mais e apenas provisoriamente. Quando o deixarmos sozinho, estará morto em poucos dias.

Eu virei devagar para o antigo corpo.

– O que vai acontecer com ele? – perguntei.

– Vamos armazená-lo por um curto período – o dr. Russell disse. – Sr. Perry, odeio apressá-lo, mas é hora de o senhor voltar aos seus aposentos para que eu possa continuar meu trabalho com outros recrutas. Ainda temos vários para transferir antes do meio-dia.

– Tenho algumas perguntas sobre este corpo – eu disse.

– Temos um folheto. Vou mandar para o seu tablet.

– Nossa, obrigado – falei.

– Não há de quê – ele falou e assentiu para os coloniais. – Estes homens vão escoltá-lo até sua cabine. Parabéns de novo.

Fui até os coloniais, e nos viramos para sair. Em seguida, parei.

– Espere um pouco – eu falei. – Esqueci de uma coisa.

Fui novamente até meu antigo corpo que ainda estava no receptáculo. Olhei para o dr. Russell e apontei para a porta.

– Preciso destrancar isso aqui – eu falei.

O dr. Russell assentiu. Destranquei, abri e peguei a mão esquerda do meu velho corpo. No dedo anular estava uma aliança dourada simples. Tirei-a e encaixei no meu dedo. Em seguida, peguei meu velho rosto com as duas mãos novas.

– Obrigado – eu disse para mim. – Obrigado por tudo.

Depois, saí com os coloniais.

O NOVO VOCÊ
Uma apresentação ao seu Novo Corpo
para recrutas das Forças Coloniais de Defesa
da equipe da Colonial Genetics
Dois séculos construindo corpos melhores!

[Essa era a página inicial do folheto que me esperava no meu tablet. Você só precisa imaginar a ilustração, que ecoava o famoso estudo do corpo humano de Da Vinci, apenas com um homem nu e verde onde o outro cara costumava ficar. Mas continuemos.]

Você já deve ter recebido o novo corpo das Forças Coloniais de Defesa. Parabéns! Seu novo corpo é resultado de décadas de refinamento tecnológico por cientistas e engenheiros da Colonial Genetics e foi otimizado para as exigências rigorosas do serviço das FCD. Este documento servirá como uma breve

introdução às características e funções importantes de seu novo corpo e trará respostas a algumas das questões mais comuns que recrutas têm sobre o novo corpo.

NÃO É APENAS UM NOVO CORPO – É UM CORPO MELHOR

Certamente você já notou o tom verde da pele de seu novo corpo. Não é apenas um fator cosmético. Sua nova pele (KloraDerm™) contém clorofila para fornecer ao novo corpo uma fonte extra de energia e otimizar o uso tanto de oxigênio como de dióxido de carbono pelo corpo. Resultado: você se sentirá mais saudável por mais tempo e mais apto a cumprir suas funções como recruta a serviço das FCD! Esse é apenas o início das melhorias que encontrará em seu corpo. Aqui vão mais algumas:

- Seu tecido sanguíneo foi substituído pelo SmartBlood™ – um sistema revolucionário que aumenta a capacidade de transporte de oxigênio em quatro vezes, enquanto protege seu corpo contra doenças, toxinas e morte por perda de tecido sanguíneo!
- Nossa tecnologia patenteada CatsEye™ dará a você uma visão que você precisa ver para crer! Contagens maiores de cones e bastonetes trazem uma melhor resolução de imagem que pode ser alcançada nos sistemas evoluídos da maneira mais natural, e amplificadores de luz especialmente projetados permitem que você veja claramente em situações extremas de baixa luminosidade.
- Nosso pacote UncommonSense™ de aperfeiçoamento de sentidos permite que você toque, cheire, ouça e deguste como nunca antes, pois nossa colocação expandida de nervos e conexões otimizadas aumenta seu alcance perceptivo em todas as categorias sensoriais. Você sentirá a diferença desde o primeiro dia!
- O quanto você deseja ser forte? Com a tecnologia HardArm™, que aumenta naturalmente a força muscular e diminui o tempo de reação, você ficará mais forte e mais rápido do que jamais sonhou ser possível

– tão forte e rápido, na verdade, que, por lei, a Colonial Genetics não tem permissão para comercializar esta tecnologia para o mercado consumidor. Esta é uma "mãozinha" de verdade para vocês, recrutas!

- Nunca mais fique desconectado! Você nunca perderá seu computador BrainPal™ porque ele está abrigado em seu cérebro. Nossa Interface Adaptável Auxiliar funciona *com* você para possibilitar o acesso ao BrainPal™ da maneira que quiser. Seu BrainPal™ também serve para coordenar tecnologias não orgânicas em seu novo corpo, como o SmartBlood™. Os recrutas das FDC confiam nessa tecnologia incrível – e você também confiará.

CONSTRUINDO UM NOVO VOCÊ

Sem dúvida você ficará maravilhado com a quantidade de coisas que seu novo corpo pode fazer. Mas você já imaginou como ele foi projetado? Talvez você se interesse em saber que seu corpo é nada menos que o último modelo de uma linha de corpos avançados e aperfeiçoados projetada pela Colonial Genetics. Por meio de tecnologia própria, adaptamos as informações genéticas de outras espécies e o que há de mais moderno em tecnologia minirrobótica para melhorar seu novo corpo. É um trabalho duro, mas que nos traz muita felicidade pelo esforço!

Desde nossos primeiros aperfeiçoamentos, há quase dois séculos, ampliamos progressivamente nosso trabalho. Para introduzir mudanças e melhorias, primeiro lançamos mão de técnicas avançadas de modelagem computacional para simular os efeitos de cada melhoria proposta no sistema integral do corpo. As melhorias que passam por esse processo são então testadas em modelos biológicos. Em seguida, e apenas nesse momento, as melhorias são incorporadas no projeto final de corpo, integradas com o DNA "inicial" fornecido por você. Resta garantir que cada aperfeiçoamento do corpo seja seguro, testado e projetado para fazer um você melhor!

PERGUNTAS COMUNS SOBRE SEU NOVO CORPO

1. *Meu novo corpo tem um nome de série?*

   Sim! Seu novo corpo é conhecido como série Defender XII, modelo "Hércules". Tecnicamente, é conhecido como CG/FCD Modelo 12, Revisão 1.2.11. Este modelo de corpo serve apenas para uso das Forças Coloniais de Defesa. Além disso, cada corpo tem seu próprio número de série para fins de manutenção. Você pode acessar seu número através do seu BrainPal™. Não se preocupe, você poderá usar seu nome de batismo no dia a dia!

2. *Meu novo corpo envelhece?*

   O corpo da série Defender é projetado para oferecer às FCD o melhor desempenho durante toda a sua vida operacional. Para tanto, técnicas regenerativas avançadas são empregadas em nível genético para reduzir as tendências entrópicas naturais. Com um regime básico de manutenção, seu novo corpo permanecerá em condições excelentes enquanto você operá-lo. Também verá que ferimentos e incapacidades serão corrigidos rapidamente – então, você poderá estar novo em folha em um piscar de olhos!

3. *Posso passar essas melhorias incríveis aos meus filhos?*

   Não. Seu corpo e seus sistemas biológico e tecnológico são patenteados pela Colonial Genetics e não podem ser transmitidos sem permissão. Também, devido à natureza abrangente dos aperfeiçoamentos da série Defender, seu DNA não é mais geneticamente compatível com humanos não modificados, e testes de laboratório indicam que a procriação entre um série Defender e outro cria incompatibilidades letais ao embrião em qualquer caso. Além disso, as FCD determinaram que a capacidade de transmissão de informações genéticas não é essencial à missão de seus soldados. Portanto, cada modelo Defender é estéril, embora outras funcionalidades correlatas permaneçam intactas.

4. *Tenho preocupações com as implicações teológicas deste novo corpo. Que devo fazer?*

Embora a Colonial Genetics e as FCD não mantenham uma posição oficial quanto a ramificações teológicas ou psicológicas da transferência de consciência de um corpo para outro, entendemos que muitos recrutas podem ter perguntas ou preocupações. Cada transporte de recrutas contém sacerdotes que representam as principais religiões da Terra e um complemento adicional de terapeutas psicológicos. Aconselhamos procurá-los e discutir com eles suas preocupações.

5. *Quanto tempo permanecerei no meu novo corpo?*

Os corpos da série Defender são projetados para uso das FCD. Enquanto permanecer nas FCD, você poderá usar e desfrutar dos avanços tecnológicos e biológicos desse novo corpo. Quando deixar as FCD, você receberá um corpo humano novo e inalterado baseado em seu DNA original.

Todos nós da Colonial Genetics damos os parabéns pelo seu novo corpo! Sabemos que ele servirá bem a você em seus serviços nas Forças Coloniais de Defesa. Obrigado pelos seus serviços às colônias e aproveite... seu novo corpo.

Deixei o tablet de lado, fui até a pia da cabine e olhei para o meu novo rosto no espelho.

Era impossível ignorar os olhos. Meu corpo antigo tinha olhos castanhos – um castanho turvo, mas com manchas douradas interessantes. Kathy costumava me dizer que havia lido que manchas de cor na íris não passavam de tecido adiposo adicional. Então, eu tinha olho gordo.

Se os olhos antigos eram gordos, os novos eram certamente obesos. Eram dourados da pupila até a borda, onde adquiriam um tom esverdeado. A borda da íris era de um verde-esmeralda profundo. Pontas daquela cor apontavam para as pupilas. As pupilas eram filetes, apertadas pela luz que incidia diretamente sobre o espelho. Desliguei aquela luz e também a iluminação principal. A única luz no recinto era um pequeno LED no tablet. Meus olhos antigos nunca teriam sido capazes de enxergar nada além daquilo.

Meus novos olhos levaram apenas um instante para se ajustarem. Era inegável que o quarto estivesse escuro, mas eu podia identificar cada objeto claramente. Voltei ao espelho e olhei para ele. Meus olhos estavam dilatados como alguém em overdose de beladona. Liguei a luz da pia e observei como meus olhos se contraíram com velocidade impressionante.

Tirei as roupas e dei a primeira olhada real para o novo corpo. Minha primeira impressão da forma se revelou correta. Por falta de um termo melhor, eu estava totalmente marombado. Corri a mão pelo meu peito e pela barriga tanquinho. Nunca havia tido aquela condição atlética na minha vida. Não tinha ideia de como conseguiram fazer aquele novo eu tão em forma. Imaginei quanto tempo levaria para chegar à forma flácida que eu tive durante meus verdadeiros vinte e poucos anos. Então me perguntei, dada a quantidade de tempo que gastaram no DNA daquele corpo, se era sequer possível deixá-lo molenga. Eu esperava que não. Gostava daquele novo eu.

Ah, e das sobrancelhas para baixo eu era totalmente liso, sem pelos. *Liso* mesmo – nem um pelinho em lugar nenhum. Braços lisos, pernas lisas, costas lisas (digo, não que não fossem lisas antes), partes íntimas lisas. Esfreguei o queixo para sentir se havia algum vestígio de barba. Liso como bumbum de bebê. Ou meu próprio bumbum agora. Olhei para minhas partes. Para ser honesto, sem pelos, elas pareciam um pouco desoladas. Meus cabelos eram cheios, mas de um castanho indefinível. Não haviam mudado muito desde a minha encarnação anterior.

Ergui a mão diante do rosto para dar uma olhada no tom da pele. Tinha um tom de verde-claro, mas não brilhante, o que era bom. Não acho que aguentaria ficar da cor de licor Chartreuse. Minha pele tinha um tom uniforme em todo o corpo, embora os mamilos e a cabeça do pênis fossem levemente mais escuros. Basicamente, parecia ter o mesmo contraste de cor de antigamente, apenas em uma tonalidade diferente. Uma coisa que percebi, no entanto, foi que minhas veias estavam mais aparentes e cinzentas. Desconfiei que fosse lá a cor que tivesse o SmartBlood™ (o que quer que isso fosse), não era vermelho-sangue. Voltei a me vestir.

Meu tablet apitou e eu o peguei. Havia uma mensagem aguardando. Nela se lia:

Você tem acesso ao sistema computadorizado BrainPal™. Gostaria de ativá-lo agora?

Havia botões na tela com "SIM" e "NÃO". Escolhi "SIM".

De repente, uma voz profunda, forte e tranquilizadora saiu do nada. Eu quase senti arrepiar os pelos que não tinha.

— Olá! — disse a voz. — Você está em interface com seu computador interno BrainPal, com a Interface Adaptável Auxiliar patenteada! Não se assuste. Graças à integração do BrainPal, a voz que você está ouvindo está sendo enviada diretamente aos centros auditivos do seu cérebro.

Que bom, pensei. *Vai ter outra voz na minha cabeça agora.*

— Após esta breve sessão introdutória, você poderá desligar a voz a qualquer momento. Começaremos com algumas opções que você poderá escolher respondendo "sim" ou "não". Neste momento, seu BrainPal pede para que você diga "sim" e "não" quando instruído para que possa aprender a reconhecer essa resposta. Então, quando estiver pronto, por favor diga a palavra "sim". Pode dizê-la a qualquer momento.

A voz parou. Eu hesitei, um pouco confuso.

— Por favor, diga "sim" agora — a voz repetiu.

— Sim! — eu falei, um pouco nervoso.

— Obrigado por dizer "sim". Agora, por favor, diga "não".

— Não — eu disse e, por um momento, me perguntei se o BrainPal™ pensaria que eu estava dizendo "não" para a solicitação, ficaria ofendido e fritaria meu cérebro na própria calda cinzenta.

– Obrigado por dizer "não" – a voz falou, revelando-se um tanto literal. – Enquanto avançamos juntos, você aprenderá no tempo certo que não precisará verbalizar esses comandos para que seu BrainPal responda a eles. No entanto, no curto prazo, você provavelmente desejará verbalizar enquanto se acostuma à comunicação com seu BrainPal. Neste momento, você tem a opção de continuar com o áudio ou trocar por uma interface de texto. Gostaria de trocar agora para uma interface de texto?

– Nossa, sim – eu disse.

Procederemos agora com uma interface de texto, foi o que li numa linha de texto flutuando diretamente na minha linha de visão. O texto contrastava perfeitamente contra o que eu encarava. Movi a cabeça e o texto permaneceu no centro, o contraste mudando para ficar perfeitamente legível em todos os momentos. Sensacional.

Recomenda-se que durante sua sessão de texto inicial, você permaneça sentado para evitar que se machuque, escreveu o BrainPal. **Por favor, sente-se.** Eu me sentei.

Durante suas sessões iniciais com seu BrainPal™, será mais fácil se comunicar pela verbalização. Para ajudar o BrainPal™ a entender suas perguntas, vamos ensinar o BrainPal™ a entender sua voz. Por favor, fale os seguintes fonemas conforme você os lê.

Em meu campo de visão, foi projetada uma lista de fonemas. Eu os li da direita para a esquerda. O BrainPal em seguida me fez ler várias orações curtas. Eu li.

Obrigado, o BrainPal escreveu. **Seu BrainPal™ agora poderá receber instruções pelo som de sua voz. Gostaria de personalizar seu BrainPal™ agora?**

– Sim – eu disse.

Muitos usuários do BrainPal™ preferem dar um nome para o BrainPal™ diferente de BrainPal™. Gostaria de dar um nome ao seu BrainPal™ agora?

– Sim – eu disse.

Por favor, fale o nome que você gostaria de dar ao seu BrainPal™.

– Cuzão – eu disse.

Você selecionou "Cuzão", escreveu o BrainPal e, mérito dele, soletrou a palavra corretamente. **Saiba que muitos recrutas já selecionaram este nome para seus BrainPals™. Gostaria de escolher outro nome?**

– Não – eu disse e fiquei feliz por vários de meus colegas recrutas também terem esse sentimento pelo BrainPal.

Seu BrainPal™ agora é Cuzão, o BrainPal escreveu. **Você pode mudar este nome no futuro se quiser. Agora, precisa escolher uma frase de acesso para acionar Cuzão. Embora Cuzão esteja ligado em todos os momentos, ele só reagirá aos comandos após ter sido ativado. Por favor, escolha uma frase curta. Cuzão sugere "Ativar Cuzão", mas você pode escolher outra frase. Por favor, diga sua frase de ativação agora.**

– Ô, Cuzão – eu disse.

Você escolheu "Ô, Cuzão". Por favor, fale novamente para confirmar. Eu falei. Em seguida, ele me pediu para escolher uma frase de desativação. Escolhi (claro) "Cai fora, Cuzão".

Gostaria que Cuzão se referisse a si mesmo na primeira pessoa?

– Claro – eu respondi.

Eu sou Cuzão.

– Claro que é.

Aguardo seus comandos e perguntas.

– Você é inteligente? – perguntei.

Sou equipado com um processador natural de linguagem e outros sistemas para entender perguntas e comentários e oferecer respostas, o que quase sempre dá uma impressão de inteligência, especialmente quando conectados com redes maiores de computadores. Os sistemas BrainPal™, no entanto, não são inteligentes em si. Por exemplo, esta é uma resposta automática a uma pergunta frequente.

– Como você me entende?

Neste estágio, estou reagindo à sua voz, Cuzão escreveu. **Enquanto você fala, monitoro seu cérebro e aprendo como ele se ativa quando deseja se comunicar comigo. Com o tempo, serei capaz de entendê-lo sem que você precise falar. E, no tempo certo, você também poderá aprender a me usar sem interfaces audíveis ou visuais conscientes.**

– O que você faz? – quis saber.

Tenho uma série de habilidades. Gostaria de ver uma lista formatada?

– Por favor – respondi.

Uma lista gigantesca apareceu diante dos meus olhos.

Para ver uma lista de subcategorias, por favor selecione um tópico e diga "Expandir [categoria]". Para realizar uma ação, por favor diga "Abrir [categoria]".

Percorri a lista. Aparentemente, havia poucas coisas que Cuzão não pudesse fazer. Podia mandar mensagens a outros recrutas. Podia baixar relatórios. Era capaz de tocar música ou vídeo. Abrir jogos. Podia buscar qualquer documento em um sistema. Armazenar quantidades incríveis de dados. Podia realizar cálculos complexos. Diagnosticar enfermidades e oferecer sugestões de cura. Conseguia criar redes entre um grupo escolhido de outros usuários de BrainPal. Podia oferecer traduções instantâneas de centenas de idiomas humanos e alienígenas. Conseguia até mesmo oferecer informações de campo de visão a qualquer outro usuário do BrainPal. Acionei essa opção. Eu mal me reconheci, duvido que reconheceria qualquer um dos Velharias. De forma geral, Cuzão era uma coisa bem útil para ter instalada no cérebro.

Ouvi o som de trancas sendo abertas na minha porta. Olhei para cima.

– Ô, Cuzão – eu disse. – Que horas são?

São 1200, escreveu Cuzão. Passei a maior parte dos noventa minutos brincando com ele. Bem, já era suficiente. Eu estava pronto para ver algumas pessoas reais.

– Cai fora, Cuzão – eu disse.

Tchau, Cuzão escreveu. O texto desapareceu logo após a minha leitura.

Alguém bateu na porta. Fui até ela para abrir. Imaginei que fosse Harry e me perguntei como seria sua aparência.

Ele parecia uma linda morena com pele verde-oliva e pernas para mais de metro.

– Você não é o Harry – eu disse, de um jeito incrivelmente idiota.

A morena olhou para mim e me examinou de cima a baixo.

– John? – ela falou por fim.

Eu a encarei sem expressão por um segundo, e o nome me veio – pouco antes de o número de identificação flutuar fantasmagórico diante dos meus olhos.

– Jesse – eu confirmei.

Ela assentiu. Eu a encarei. Abri a boca para dizer alguma coisa. Ela me agarrou e me beijou com tanto entusiasmo que eu fui lançado para trás de volta à minha cabine. Ela conseguiu fechar a porta com um chute enquanto caíamos no chão. Eu estava impressionado.

Havia me esquecido como era fácil para um jovem conseguir uma ereção.

Também havia me esquecido quantas vezes um jovem conseguia ter uma ereção.

– Não me leve a mal – disse Jesse, deitada sobre mim depois da terceira (!) vez. – Mas não estou tão interessada assim em você.

– Graças a Deus – eu falei. – Se estivesse, não sobraria quase nada de mim.

– Não me entenda mal – disse ela. – Eu gosto de você. Mesmo antes do – nesse momento, ela gesticulou, tentando pensar em uma maneira de descrever o transplante rejuvenescedor completo de corpo –... da *mudança*, você era inteligente, gentil e engraçado. Um bom amigo.

– A-hã – respondi. – Sabe, Jesse, em geral esse papo de "vamos ser amigos" é para *evitar* o sexo.

– Só não quero que você se iluda sobre o que aconteceu.

– Eu fiquei com a impressão de que aconteceu por termos sido magicamente transportados para o corpo de jovens de 20 anos e ficarmos tão empolgados com isso que não deu para evitar fazer sexo selvagem com a primeira pessoa que víssemos.

Jesse me encarou por um segundo e, depois, caiu na gargalhada.

– Sim! É exatamente isso. Embora, no meu caso, tenha sido a segunda pessoa. Eu tenho uma colega de quarto, sabe?

– É mesmo? Como a Maggie ficou?

– Ai, meu Deus – Jesse respondeu. – Ao lado dela, pareço uma baleia encalhada, John.

Corri a mão sobre as ancas de Jesse.

– É uma baleia encalhada deliciosa, Jesse.

– Eu sei! – disse ela e, num repente, se sentou sobre mim. Ela ergueu os braços para cima e cruzou-os atrás da cabeça, erguendo os seios já maravilhosamente firmes e grandes. Senti suas coxas irradiarem calor enquanto envolviam minha cintura. Sabia que, mesmo que não tivesse uma ereção naquele momento, uma estava prestes a acontecer.

– Quer dizer, olhe para mim – ela disse, sem necessidade, pois eu não havia tirado os olhos dela desde o momento em que ela havia se sentado. – Estou *maravilhosa*. Não digo isso por vaidade. É que nunca fui tão bonita na vida real. Não chegava nem perto disso.

– Acho difícil acreditar – comentei.

Ela agarrou os seios e apontou os mamilos para o meu rosto.

– Está vendo esses seios? – ela disse, e balançou o esquerdo. – Na vida real, este aqui era um número menor que este aqui, e ainda era grande demais. Depois da puberdade, sempre sofri de dores nas costas. E acho que ficaram firmes assim por uma semana, quando estava com 13 anos. *Acho*.

Ela estendeu as mãos, agarrou as minhas e pousou-as sobre sua barriga lisa e perfeita.

– Nunca tive uma *dessas* também. Sempre carreguei um pneuzinho aqui embaixo, mesmo antes de ter filhos. Depois do segundo, bem, vamos dizer que se eu tivesse tido um terceiro isso aqui teria virado um pneu de caminhão.

Deslizei as mãos para trás dela e agarrei a bunda de Jesse.

– E isso aqui? – eu perguntei.

– Panorâmica – Jesse respondeu e riu. – Eu era grande, meu caro.

– Ser grande não é crime. Kathy era das maiores. E eu gostava.

– Não tive problemas com isso na época – ela disse. – Problemas com corpo são idiotices. Por outro lado, não trocaria agora. – Ela correu as mãos pelo corpo, provocante. – Estou toda sensual! – E com isso, deu uma risadinha, jogando a cabeça para o lado. Eu ri.

Jesse inclinou-se para a frente e me encarou.

– Estou achando essa coisa de olhos de gato incrivelmente fascinante – ela disse. – Fico me perguntando se eles de fato usaram DNA de gatos para fazê-los. Sabe, misturaram DNA de gato com os nossos. Eu não me incomodaria com ter uma parte gata.

– Não acho que seja realmente DNA de gato – comentei. – Não estamos exibindo outros atributos felinos.

Jesse voltou a se acomodar para trás.

– Como o quê? – ela perguntou.

– Bem – eu disse, deixando minhas mãos correrem sobre os seios dela –, por exemplo, gatos machos têm farpas no pênis.

– Corta essa – Jesse disse.

– Não, é verdade – eu confirmei. – São as farpas que estimulam a fêmea a ovular. Pode pesquisar. De qualquer forma, não tem farpas aqui embaixo. Acho que você teria notado se tivesse.

– Isso não prova nada – Jesse desafiou e, de repente, empurrou a parte traseira para trás e estendeu a dianteira para a frente para se deitar bem em cima de mim. Ela abriu um sorriso libertino. – Pode ser que não estejamos fazendo com intensidade o bastante para fazê-las pular para fora.

— Estou sentindo um desafio aí – eu falei.

— Eu também estou sentindo alguma coisa – ela falou e se contorceu.

— No que você está pensando? – Jesse me perguntou mais tarde.

— Estou pensando em Kathy – respondi –, e na frequência com que nos deitávamos assim, como estamos fazendo agora.

— Você diz, no carpete – Jesse disse, sorrindo.

Dei um tapinha de leve em sua cabeça.

— Não essa parte. Apenas ficar assim deitados depois do sexo, conversando e aproveitando a companhia do outro. Fizemos isso na primeira vez que falamos sobre nos alistar.

— Por que trouxe isso à tona? – Jesse quis saber.

— Não trouxe – respondi. – Kathy comentou. Era meu aniversário de 60 anos e eu estava deprimido por estar ficando velho. Então, ela sugeriu que nos alistássemos quando chegasse a hora. Fiquei um pouco surpreso. Sempre fomos antimilitares. Protestamos contra a Guerra Subcontinental, sabe, quando isso não era muito bem-visto.

— Muitas pessoas protestaram contra aquela guerra – Jesse falou.

— Claro, mas nós protestamos *de verdade*. A gente até virou um pouco motivo de piada na cidade.

— Então, como ela justificou a entrada no Exército Colonial?

— Ela disse que não era contra a guerra ou os militares de forma geral, apenas contra *aquela* guerra e nossos militares. Disse que as pessoas tinham o direito de se defender e que provavelmente havia um universo terrível lá no espaço. E disse que, além daqueles motivos nobres, também seríamos jovens de novo.

— Mas vocês não poderiam se alistar juntos – Jesse disse. – A menos que fossem da mesma idade.

– Ela era um ano mais nova que eu – eu falei. – E falei sobre isso com ela... disse que, se eu entrasse no exército, estaria oficialmente morto, não ficaríamos mais casados e não dava para saber se nos veríamos de novo.

– O que ela disse?

– Disse que eram detalhes técnicos. Ela me encontraria de novo e me arrastaria para o altar como fizera antes. E ela teria feito isso mesmo. Nesse quesito, ela conseguia ser uma fera.

Jesse apoiou-se no cotovelo e olhou para mim.

– Sinto muito por ela não estar aqui com você, John.

Eu sorri.

– Tudo bem. Sinto falta da minha mulher de vez em quando, só isso.

– Eu entendo. Sinto falta do meu marido também.

Olhei para ela de relance.

– Pensei que ele havia abandonado você por uma mulher mais jovem e depois os dois tivessem sofrido uma intoxicação alimentar.

– Foi, foi isso mesmo, e mereciam ter vomitado até as tripas – Jesse confirmou. – Eu não sinto falta do *homem*, na verdade. Mas sinto falta de ter um *marido*. É legal ter alguém com quem você sabe que deve ficar. É legal ser casada.

– É legal mesmo ser casado – concordei.

Jesse aconchegou-se em mim e passou um braço sobre meu peito.

– Claro que *isso* é legal também. Fazia um tempo desde a última vez que fiz isso.

– Ficar deitada no chão?

Foi a vez dela de me dar um tapinha.

– Não. Ou sim, na verdade. Mas, mais especificamente, ficar deitada no chão depois do sexo. Aliás, fazer sexo. Você não quer saber quanto tempo faz desde que transei pela última vez.

– Claro que quero.

– Seu nojento. Oito anos.

– Não é de se estranhar que você tenha pulado em mim no minuto em que me viu – eu comentei.

– Tem razão. Por acaso você estava num local conveniente.

– Localização é tudo, é o que minha mãe sempre me dizia.

– Você teve uma mãe estranha. E aí, Vaca, que horas são?

– Quê?

– Estava falando com a voz na minha cabeça – ela respondeu.

– Bonito o nome que você deu para ela.

– Qual é o nome do seu?

– Cuzão.

Jesse assentiu.

– Parece adequado. Bem, a Vaca me falou que é 1600 e pouco. Temos duas horas até o jantar. Sabe o que isso significa?

– Não sei. Acho que quatro vezes é meu limite, mesmo eu estando jovem e supermelhorado.

– Relaxa. Significa que temos tempo suficiente para uma soneca.

– Posso pegar um cobertor?

– Não seja bobo. Só porque transei no carpete não significa que quero dormir nele. Você tem uma cama extra. Vou usar.

– Então vou ter que dormir sozinho?

– Vou te recompensar – Jesse respondeu. – Me lembre disso quando eu acordar.

Eu lembrei. Ela cumpriu.

– *Ca-ram-ba* – Thomas falou quando se sentou à mesa, carregando uma bandeja com tanta comida empilhada que era um milagre ele ter conseguido levantá-la. – Não acham que estamos todos de parar o trânsito?

Ele tinha razão. Os Velharias haviam rejuvenescido incrivelmente bem. Thomas, Harry e Alan poderiam ser modelos masculinos. De todos os quatro, eu era definitivamente o patinho feio, e estava… bem, eu estava *lindo*. Quanto às mulheres, Jesse estava estonteante. Susan estava ainda mais, e Maggie, francamente, parecia uma deusa. Chegava a doer olhar para ela.

Chegava a doer olhar para todos nós. Daquele jeito gostoso, atordoante. Todos passamos alguns minutos nos encarando. E não éramos apenas nós. Quando dei uma vasculhada no refeitório, não consegui encontrar um ser humano feio nele. Era agradavelmente perturbador.

– É impossível – de repente Harry comentou comigo. Olhei para ele. – Eu olhei ao redor também. Não era possível que todos no refeitório fossem tão bonitos originalmente nessa idade quanto estavam agora.

– Fale por você, Harry – Thomas disse. – Na verdade, acho que estou um tom menos atraente do que quando eu era mais verde.

– Você continua verde – Harry retrucou. – E, tirando o cético aqui…

– Vou até um espelho chorar – Thomas comentou.

– …é quase impossível que todo mundo esteja na mesma situação. Garanto a vocês que eu não era bonito assim aos 20. Eu era gordo. Espinhento. E já estava ficando careca.

– Pode parar – Susan falou. – Estou ficando excitada.

– E eu estou tentando comer – Thomas reclamou.

– Dou risada disso agora, pois estou *assim* – Harry disse, correndo a mão pelo corpo como se para apresentar o modelo do ano. – Mas que o novo eu tem pouco a ver com o velho eu, isso é verdade.

– Parece que está te incomodando – disse Alan.

– E incomoda um pouco – Harry admitiu. – Digo, eu já *aceitei*. Mas quando alguém me dá um cavalo, eu olho os dentes. Por que estamos tão bonitos?

– Genes bons – Alan respondeu.

– Óbvio, mas de quem? Nossos? Ou de algo que eles misturaram em um laboratório em qualquer lugar?

– Estamos todos em excelente forma agora, só isso – Jesse interveio. – Eu estava falando com John que este corpo está em muito melhor forma do que meu corpo real foi no passado.

Maggie de repente se pronunciou.

– Eu falo assim também – ela falou. – Digo o "meu corpo real" quando quero dizer "meu corpo antigo". É como se este corpo não fosse real ainda para mim.

– É bem real, minha amiga – Susan disse. – Você ainda precisa mijar com ele. Eu bem sei.

– Quem disse isso foi a mulher que *me* criticou por dar muitos detalhes das coisas – Thomas disse.

– Minha questão, pois eu tinha uma – Jesse falou –, é que, enquanto estavam revigorando nossos corpos, tiraram um tempo para tonificar o restante de nós também.

– Concordo – Harry disse. – Mas isso não nos diz por que fizeram isso.

– É para a gente criar afeto – Maggie disse.

Todos olharam.

– Ora, ora, veja quem está mostrando as asinhas.

– Me erra, Susan – disse Maggie. Susan deu uma risadinha sarcástica. – Olha só, isso é psicologia humana básica. Ficamos inclinados a gostar de pessoas que achamos atraentes. Além disso, todo mundo neste refeitório, até mesmo nós, somos basicamente estranhos uns para os outros, e teremos poucos, se é que teremos, motivos para nos unir em pouco tempo. Fazer com que tenhamos boa aparência é uma maneira de promover laços, ou será, assim que começarmos o treinamento.

– Não vejo como isso vai ajudar o exército se todos estivermos paquerando em vez de lutar – Thomas comentou.

– Não é isso – Maggie disse. – A atração sexual é apenas um lado da questão aqui. É uma questão de inspirar rapidamente a confiança e a devoção. Instintivamente, as pessoas confiam e querem ajudar aqueles que elas acham atraentes, independentemente do desejo sexual. Por isso os apresentadores de telejornal sempre são bonitos. É por isso que pessoas atraentes não precisam dar duro na escola.

– Mas somos todos atraentes agora – eu falei. – Na terra dos incrivelmente atraentes, um bonitinho poderia estar enrascado.

– E, mesmo agora, alguns de nós estão melhores que outros – Thomas falou. – Todas as vezes que olho para Maggie, sinto como se o oxigênio fosse sugado da sala. Sem querer ofender, Maggie.

– Tudo bem – Maggie respondeu. – De qualquer forma, o ponto de partida aqui não é cada um de nós como estamos agora. É como éramos antes. Em pouco tempo, esse será automaticamente o ponto de partida que usaremos, e uma vantagem de curto prazo é tudo que eles buscavam.

– Então, você está dizendo que não se sente sem oxigênio quando olha para mim? – Susan perguntou para Thomas.

– Não quis ofender – Thomas confessou.

– Falando em privação de oxigênio, vou me lembrar disso quando estiver estrangulando você – Susan falou.

– Vocês dois, parem de namorico – Alan interrompeu e voltou sua atenção para Maggie. – Acho que você tem razão nessa história de atração, mas também acho que está se esquecendo de uma pessoa pela qual deveríamos estar mais atraídos: nós mesmos. Pelo bem ou pelo mal, esses corpos em que estamos ainda são estranhos para nós. Digo, entre o fato de eu estar verde e ter um computador chamado "Merdinha" na minha cabeça… – Ele parou e olhou para todos nós. – Qual o nome dos seus BrainPals?

– Cuzão – eu respondi.

– Vaca – Jesse disse.

– Songomongo – falou Thomas.

– Cabeção – Harry disse.

– Satanás – disse Maggie.

– Docinho – Susan disse. – Pelo visto, sou a única que gosta do meu BrainPal.

– Parece mais que você foi a única a não ficar perturbada por ter uma voz de repente ecoando no crânio – Alan comentou. – Mas essa é minha opinião. De repente, tornar-se jovem e ter mudanças físicas e mecânicas enormes cobra um preço da psique. Mesmo se estivermos felizes em ser jovens de novo, e eu sei que estou, ainda estaremos apartados de nosso próprio eu. Fazer com que tenhamos boa aparência é uma maneira de ajudar a nos "acomodarmos".

– Estamos lidando com um povo bem astuto – disse Harry com uma objetividade sinistra.

– Ai, anime-se, Harry – Jesse falou e lhe deu um cutucãozinho. – Você é a única pessoa que conheço que vê uma conspiração sombria no fato de ser jovem e sexy.

– Você me acha sexy? – Harry perguntou.

– Você é um sonho, queridinho – Jesse respondeu e piscou os olhos de um jeito teatral para ele.

Harry abriu um sorriso idiota.

– Essa é a primeira vez neste século que alguém diz isso para mim. Tudo bem, eu me rendo.

O homem que estava à frente do auditório cheio de recrutas era um veterano calejado. Nossos BrainPals informaram que ele esteve nas Forças Coloniais de Defesa por catorze anos e participou de várias batalhas cujos nomes não significavam nada para nós naquele momento, mas sem dúvida teriam sentido em algum ponto no futuro. Aquele homem fora a novos lugares, conhecera novas raças e exterminou-as no ato. Parecia estar no auge de seus 23 anos de idade.

– Boa noite, recrutas – ele começou após todos termos nos acomodado. – Sou o tenente-coronel Bryan Higgee e, pelo restante de sua jornada, serei seu comandante. Para questões práticas, isso significa muito pouco. Entre agora e nossa chegada à Beta Pyxis III daqui a uma semana, vocês terão apenas um objetivo. No entanto, é bom lembrá-los que, a partir deste ponto, vocês estarão sujeitos às regras e aos regulamentos das Forças Coloniais de Defesa. Já estão com seus novos corpos e, com novos corpos, virão novas responsabilidades. Talvez vocês estejam se perguntando sobre seus novos corpos, sobre o que eles podem fazer, quanto estresse eles conseguem suportar e como poderão usá-los a serviço das Forças Coloniais de Defesa. Todas essas perguntas logo serão respondidas quando vocês começarem o treinamento em Beta Pyxis III. Mas, neste momento, seu principal objetivo é simplesmente habituar-se à sua nova pele. E assim, pelo restante de sua viagem, esta é a ordem: divirtam-se.

Aquele discurso suscitou um murmúrio e alguns risos espalhados nas fileiras. A ideia de diversão ser uma ordem era inesperadamente engraçada. O tenente-coronel Higgee abriu um sorrisinho melancólico.

– Entendo que isso parece uma ordem incomum. Seja como for, divertir-se com seu novo corpo será a melhor maneira de se acostumarem com as novas habilidades que vocês têm. Quando começarem seu treinamento, exigiremos de vocês um desempenho máximo desde o início. Não haverá "progressão", não temos tempo para isso. O universo é um lugar perigoso. Seu treinamento será curto e difícil. Não poderemos arcar com o fato de vocês estarem desconfortáveis em seu corpo. Recrutas, considerem esta próxima semana como uma ponte entre sua vida antiga e a nova. Nesse período, que todos acharão muito curto no fim das contas, vocês poderão usar esses novos corpos, projetados para uso militar, para desfrutar dos prazeres que tinham como civis. Descobrirão que a *Henry Hudson* está cheia de recreações e atividades que vocês adoravam na Terra. Usem-nas. Aproveitem-nas. Acostumem-se com o funcionamento de seu novo corpo. Aprendam um pouco sobre seu potencial e vejam se podem descobrir seus limites. Senhoras e senhores, vamos nos encontrar novamente para um *briefing* final antes de vocês iniciarem seu treinamento. Até lá, divirtam-se. Não estou exagerando quando digo que, embora a vida nas Forças Coloniais de Defesa tenha suas recompensas, essa pode ser a última vez que vocês estarão inteiramente tranquilos nos novos corpos. Sugiro que usem esse tempo com sabedoria. Sugiro que se divirtam. Isso é tudo. Estão dispensados.

Ficamos todos *insanos*.

Para começar, claro, com o sexo. Todo mundo estava fazendo com todo mundo, em mais lugares da nave do que provavelmente é sensato comentar. Após o primeiro dia, no qual ficou claro que qualquer lugar um pouco isolado seria usado para trepadas entusiasmadas, tornou-se uma questão de educação fazer muito barulho enquanto se deslocava para alertar o casal que você estava entrando no cômodo. Em algum momento durante o segundo dia veio a público que eu tinha um quarto só para mim. Fui assediado com súplicas para usá-lo. Foram sumariamente negadas. Nunca havia dirigido uma casa de má fama e não começaria naquele momento. As únicas pessoas que podiam foder no meu quarto éramos eu e meus convidados.

Havia apenas uma convidada. E não foi a Jesse. Foi Maggie, que, como se revelou, tivera uma queda por mim mesmo quando eu estava todo enrugado. Depois de nosso *briefing* com Higgee, ela meio que armou uma emboscada na minha porta, o que me fez imaginar que aquele era, de certo modo, o procedimento operacional padrão para mulheres pós-mudança. Independentemente disso, ela era muito divertida e, ao menos em particular, nem um pouco retraída. Descobri que havia sido professora na faculdade Oberlin College, ensinando filosofia de religiões orientais. Escreveu seis livros sobre o assunto. Que coisas ficamos sabendo sobre as pessoas...

Os outros Velharias também se arranjaram. Jesse fez par com Harry após nossos encontros iniciais, enquanto Alan, Tom e Susan se arranjaram de alguma forma centrada em Tom. Era bom que ele gostasse de comer muito, pois precisaria de muita energia.

A ferocidade com a qual os recrutas se lançaram ao sexo sem dúvida parecia inadequada se vista de fora, mas fazia todo o sentido pela nossa posição (fosse em pé, deitada ou curvada). Pegue um grupo de pessoas que, em geral, fazia pouco sexo por falta de parceiros ou declínio de saúde e libido, enfie-as em corpos jovens, novos em folha, atraentes e de alto desempenho e jogue-os no espaço, longe de tudo que conheciam e de todos que amaram. A combinação desses três elementos era uma receita para o sexo. Fazíamos porque podíamos e porque era melhor que a solidão.

Claro que não foi a única coisa que fizemos. Usar esses novos corpos lindos apenas para o sexo seria como cantar uma música de uma nota só. Disseram que nossos corpos haviam sido renovados e melhorados, e descobrimos que era verdade de maneiras simples e surpreendentes. Harry e eu tivemos de cancelar um jogo de pingue-pongue quando ficou claro que nenhum de nós ganharia – não porque ambos éramos incompetentes, mas porque nossos reflexos e coordenação de mãos e olhos tornavam quase impossível fazer a bola passar pelo outro. Fizemos voleios por trinta minutos e teria ido mais longe se a bola de pingue-pongue que estávamos usando não tivesse rachado por ser atingida com força e velocidade tremendamente altas. Foi ridículo. Foi maravilhoso.

Outros recrutas descobriram a mesma coisa que nós de outras maneiras. No terceiro dia, eu estava em uma turma que assistia a dois recrutas embrenhados no que possivelmente foi a luta de artes marciais mais emocionante já disputada. Eles faziam coisas com o corpo que simplesmente não teriam sido possíveis considerando a flexibilidade humana normal e a gravidade padrão. Em algum momento, um dos homens deu um chute que lançou o outro para longe no salão. Em vez de despencar numa pilha de ossos quebrados, como tenho certeza que eu teria feito, o outro cara deu um salto para trás *no ar*, levantou-se e avançou de novo para cima do oponente. Pareciam efeitos especiais. De certa forma, eram.

Depois da luta, os dois homens estavam ofegantes e fizeram reverência um ao outro. Em seguida, os dois caíram um sobre o outro, rindo e soluçando ao mesmo tempo, histericamente. É algo estranho, maravilhoso e, ainda assim, perturbador ser tão bom em algo quanto você sempre quis ser e ser ainda melhor que isso.

As pessoas exageravam, claro. Eu vi uma recruta saltar de uma plataforma alta, ou com a ideia de que podia voar ou, senão, ao menos de que conseguiria aterrissar sem se machucar. Pelo que entendi, ela arrebentou a perna direita, o braço direito, a mandíbula e rachou o crânio. No entanto, ficou viva após o salto, uma ocorrência que provavelmente não teria existido na Terra. Contudo, o mais impressionante foi que ela estava de volta à ativa dois dias depois, o que obviamente se devia mais à tecnologia médica colonial do que aos poderes de recuperação da tonta. Espero que alguém tenha lhe dito para não fazer algo tão idiota assim no futuro.

Quando as pessoas não estavam brincando com o corpo, brincavam com a mente, ou com os BrainPals, o que era quase a mesma coisa. Quando eu passeava pela nave, com frequência via recrutas simplesmente sentados, olhos fechados, meneando lentamente a cabeça. Estavam ouvindo música ou assistindo a um filme ou algo semelhante, a obra invocada em seu cérebro apenas para eles. Eu mesmo fiz isso: enquanto buscava o sistema da nave, encontrei uma compilação de todos os desenhos dos Looney Tunes já criados, tanto os do período clássico da Warner e depois de os personagens entrarem em domínio público. Certa noite, passei horas assistindo ao Coiote sendo esmagado e explodido. Parei quando Maggie exigiu que eu escolhesse entre ela e o Papa-Léguas. Escolhi Maggie. No fim das contas, eu poderia ter o Papa-Léguas a qualquer momento. Baixei todos os desenhos no Cuzão.

"Escolher os amigos" foi algo que fiz muito. Todos os Velharias sabiam que nosso grupo era, no melhor dos casos, temporário. Éramos simplesmente sete pessoas unidas aleatoriamente, em uma situação que não tinha esperança de permanência. Mas nos tornamos amigos, e amigos próximos, no curto período em que estivemos juntos. Não é exagero dizer que eu me tornei tão próximo de Thomas, Susan, Alan, Harry, Jesse e Maggie como de qualquer um na última metade da minha vida "normal". Viramos um bando e uma família, inclusive nas pequenas espetadas e brigas. Demos uns aos outros alguém para cuidar, algo de que precisávamos em um universo que não sabia ou não se importava que existíssemos.

Estávamos conectados. E nos unimos mesmo antes de sermos biologicamente estimulados a fazê-lo pelos cientistas das colônias. E quando a *Henry Hudson* se aproximou ainda mais de nosso destino final, soube que sentiria falta deles.

– Nesta sala, agora, há 1022 recrutas – disse o tenente-coronel Higgee. – Daqui a dois anos, 400 de vocês estarão mortos.

Higgee estava novamente diante do auditório. Desta vez, tinha um pano de fundo: Beta Pyxis III flutuava atrás dele, uma gigantesca bola de gude com riscas azuis, brancas, verdes e marrons. Todos estávamos ignorando o planeta e concentrados no tenente-coronel Higgee. Sua estatística havia prendido a atenção de todos, um feito se considerássemos o horário (0600 horas) e o fato de que a maioria de nós ainda estava cambaleante da última noite de liberdade que acreditávamos ter.

– No terceiro ano – ele continuou –, outros 100 de vocês morrerão. Outros 150 nos anos quatro e cinco. Após dez anos, e, sim, recrutas, é muito provável que vocês *sirvam* os dez anos inteiros, 750 de vocês terão morrido em serviço. Três quartos de vocês, mortos. Essas têm sido as estatísticas de sobrevivência, não apenas dos últimos dez ou vinte anos, mas em mais de duzentos anos de atividades das Forças Coloniais de Defesa.

O silêncio era sepulcral.

– Sei o que vocês estão pensando neste momento, pois eu pensei o mesmo quando estava no mesmo lugar – disse o tenente-coronel Higgee. – Estão pensando "Que porra estou fazendo aqui? Esse cara está dizendo que vou morrer em dez anos!". Mas lembrem-se de que, na Terra, provavelmente vocês estariam mortos em dez anos também. Frágeis, velhos, tendo uma morte inútil. Talvez vocês morram nas Forças Coloniais de Defesa. É *muito* provável que vocês morram nas Forças Coloniais de Defesa. Mas sua morte não será em vão. Terão morrido para manter a humanidade viva em nosso universo.

A tela atrás de Higgee apagou para ser substituída por um campo estelar tridimensional.

– Vou explicar nossa posição – ele disse e, quando o fez, várias dezenas de estrelas reluziram em verde, aleatoriamente distribuídas pelo campo. – Aqui estão os sistemas que os seres humanos colonizaram, onde ganharam uma cabeça de ponte na galáxia. E estes são os lugares onde sabemos que existem raças alienígenas com tecnologia e exigências de sobrevivência comparáveis às nossas. – Dessa vez, centenas de estrelas fulguraram, vermelhas. Os pontos humanos de luz estavam totalmente cercados. Ouvimos arfadas no auditório.

– A humanidade tem dois problemas – continuou o tenente-coronel Higgee. – O primeiro é estar em uma corrida com outras espécies sencientes e semelhantes para colonizar. Colonização é a chave para a sobrevivência de nossa raça. Simples assim. Precisamos colonizar ou seremos impedidos e retidos por outras raças. Essa concorrência é acirrada. A humanidade tem poucos aliados entre as raças sencientes. Poucas raças aliam-se a outras, uma situação que existia muito antes de a humanidade pisar nas estrelas. Sejam quais forem os sentimentos sobre a possibilidade de democracia a longo prazo, a realidade é que, no fundo, estamos em concorrência violenta e furiosa. Não podemos refrear nossa expansão e esperar conseguir alcançar uma solução pacífica que permita a colonização por todas as raças. Fazer isso seria condenar a humanidade. Então, lutamos para colonizar. Nosso segundo problema é que, quando encontramos planetas adequados para colonização, com frequência são habitados por vida inteligente. Quando podemos, vivemos com a população nativa e trabalhamos para alcançar a harmonia. Infelizmente, na maioria das vezes, não somos bem-vindos. É lamentável quando isso acontece, mas as necessidades da humanidade são e devem ser nossa prioridade. E desse modo as Forças de Defesa Civil se tornam invasores.

A tela voltou para Beta Pyxis III.

– Em um universo perfeito, não precisaríamos das Forças Coloniais de Defesa – Higgee afirmou. – Mas este não é um universo perfeito. E por isso as Forças Coloniais de Defesa têm três mandamentos. O primeiro é proteger as colônias humanas existentes e defendê-las de ataques e invasões. O segundo é localizar novos planetas adequados para colonização e controlá-los contra predação, colonização e invasão de raças concorrentes. O terceiro é preparar os planetas com populações nativas para a colonização humana. Como soldados das Forças Coloniais de Defesa, vocês deverão obedecer a todos os três mandamentos. Não é uma tarefa fácil, nem simples, nem limpa em diversos aspectos. Mas precisa ser feita. A sobrevivência da humanidade exige isso e nós exigiremos isso de vocês. Três quartos de vocês morrerão em dez anos. Apesar das melhorias no corpo, nas armas e na tecnologia dos soldados, essa é uma constante. Mas em seu rastro vocês deixarão o universo como um lugar onde seus filhos, os filhos de seus filhos e todos os filhos da humanidade poderão crescer e prosperar. É um custo alto, mas que vale a pena pagar. Alguns de vocês podem se perguntar o que receberão pessoalmente por seus serviços. O que vão ganhar após seu período de serviço será outra nova vida. Poderão colonizar e recomeçar em um mundo novo. As Forças Coloniais de Defesa atenderão suas reivindicações e oferecerão tudo de que vocês precisarem. Não podemos prometer que terão sucesso na nova vida, isso depende de vocês. Mas terão um início excelente e a gratidão de seus colegas colonos pelo tempo de serviço a eles. Ou poderão fazer como eu fiz e se realistarem. Vocês ficariam surpresos em saber quantos se realistam.

Beta Pyxis III piscou por um momento e desapareceu, deixando Higgee como foco único da atenção.

– Espero que todos vocês tenham seguido meu conselho de se divertir na última semana – ele disse. – Agora o trabalho começa. Em uma hora, vocês serão transportados para fora da *Henry Hudson* para iniciar seu treinamento. Há várias bases de treinamento aqui. Suas missões serão transmitidas por meio dos BrainPals. Podem voltar às cabines para arrumar seus pertences. Não se incomodem com roupas, serão fornecidas na base. Seu BrainPal informará onde se reunir para o transporte. Boa sorte, recrutas. Que Deus os proteja, e que vocês possam servir à humanidade com distinção e orgulho.

E, em seguida, o tenente-coronel Higgee nos saudou. Eu não sabia o que fazer. Nenhum de nós sabia.

— Vocês já têm suas ordens — disse o tenente-coronel Higgee. — Estão dispensados.

Nós sete estávamos reunidos, apinhados nos assentos em que tínhamos acabado de nos sentar.

— Certamente não vão deixar muito tempo para despedidas — disse Jesse.

— Verifiquem seus computadores — Harry falou. — Talvez alguns de nós estejamos nas mesmas bases.

Verificamos. Harry e Susan foram alocados na Base Alfa. Jesse na Beta. Maggie e Thomas estavam na Gama; Alan e eu ficamos na Delta.

— Estão dividindo os Velharias — Thomas comentou.

— Não fique tão melancólico. Você sabia que estava para acontecer — disse Susan.

— Fico melancólico se eu quiser — retrucou Thomas. — Não conheço mais ninguém. Vou sentir falta até de você, velha chata.

— Está se esquecendo de uma coisa — Harry disse. — Talvez não possamos ficar juntos, mas ainda podemos manter contato. Temos nossos BrainPals. Tudo que precisamos fazer é criar uma caixa de entrada para cada um. O clube dos "Velharias".

— Isso funciona aqui — Jesse interveio. — Mas não sei quando estivermos em serviço. Podemos ficar a uma galáxia de distância um do outro.

— As naves ainda se comunicam entre si por Fênix — Alan disse. — Cada nave tem drones de salto que vão para Fênix recolher ordens e comunicar a situação da nave. Eles levam correspondência também. Talvez leve um tempo para nossas notícias chegarem para os outros, mas ainda assim chegam.

– Como mandar mensagens em garrafas – Maggie se pronunciou. – Garrafas com poder de fogo superior.

– Faremos isso, então – Harry disse. – Vamos ser uma pequena família. Vamos cuidar uns dos outros, não importa onde estivermos.

– Agora você está ficando melancólico também – Susan disse.

– Não estou preocupado em sentir *sua* falta, Susan – disse Harry. – Você vai comigo. Vou sentir falta é dos outros.

– Um pacto, então – eu disse. – Permaneceremos Velharias, na alegria e na tristeza. Cuidado, universo!

Estendi a mão. Um a um, cada Velharia pôs a mão sobre a minha.

– Meu Deus – Susan falou pondo sua mão sobre a pilha. – Agora *eu* fiquei melancólica.

– Vai passar – Alan comentou. Susan lhe deu um tapa de leve com a outra mão.

Ficamos daquele jeito o máximo que pudemos.

PARTE 2

7_

Em uma planície distante de Beta Pyxis III, o sol local, Beta Pyxis, estava apenas começando sua jornada a leste pelo céu. A composição da atmosfera dava ao céu uma tonalidade azul-piscina, mais verde que o da Terra, mas ainda se podia chamar de azul. Na planície acidentada, a grama agitava-se púrpura e laranja à brisa matutina. Animais semelhantes a pássaros com dois pares de asas podiam ser vistos brincando no céu, testando as correntes e redemoinhos com giros e mergulhos loucos e caóticos. Era nossa primeira manhã em um novo mundo, a primeira que eu ou qualquer um dos meus ex-colegas de nave presenciava. Era lindo. Se não houvesse um sargento-mor grande e furioso ali, urrando no meu ouvido, teria sido quase perfeito.

Infelizmente, havia.

— Eu joguei pedra na cruz mesmo! — o sargento-mor Antonio Ruiz declarou após ter fuzilado com os olhos os sessenta de nós em seu pelotão de recrutas, mais ou menos em posição de sentido (assim esperávamos) na pista de aterrissagem do porto de transporte circular da Base Delta. – Está claro que acabamos de perder a batalha para o maldito universo. Olho para os senhores, e as palavras "extremamente fodidos" pulam direto na minha cabeça. Se os senhores são o melhor que a Terra tem a oferecer, é hora de a gente ficar de quatro e deixar os caras nos enrabarem com um tentáculo.

Essas palavras causaram risadinhas involuntárias em vários recrutas. O sargento-mor Antonio Ruiz podia ter saído da tela de uma televisão. Era exatamente o que se esperava de um oficial de treinamento: grande, raivoso e abusivo em vários níveis desde o início. Sem dúvida, nos próximos segundos, ele avançaria sobre um dos recrutas risonhos, gritaria obscenidades e ordenaria cem flexões. É o que você aprende quando assiste a 75 anos de filmes de guerra.

– Ha, ha, ha, é? – disse o sargento-mor Antonio Ruiz, olhando para nós. – Não pensem que eu não sei o que os senhores estão pensando, seus merdas. Sei que os senhores estão gostando da minha apresentação no momento. Que divertido! Sou igual a todos aqueles oficiais de treinamento que os senhores viram no cinema! Só que eu não sou um daqueles esquisitos!

As risadinhas divertidas pararam. Essa última parte não estava no roteiro.

– Os senhores não *entendem* – sargento-mor Antonio Ruiz disse. – Os senhores estão com a impressão de que estou falando assim porque é algo que os oficiais de treinamento devem fazer. Estão com a impressão de que, após algumas semanas de treinamento, minha máscara bronca, mas justa, começará a cair e eu vou mostrar um indício de estar impressionado com muitos dos senhores, e que, no final de seu treinamento, terão ganhado meu respeito ressentido. Os senhores estão com a impressão de que vou pensar com carinho nos senhores enquanto estiverem lá fora, deixando o universo seguro para a humanidade, certo de que fiz dos senhores combatentes melhores. Sua *impressão*, senhoras e senhores, é completa e irrevogavelmente equivocada pra caralho.

O sargento-mor Antonio Ruiz caminhou para diante e passou a fileira em revista.

– Sua impressão é equivocada pra caralho porque, diferente dos senhores, eu realmente estive lá fora, no universo. Eu vi contra quem estamos lutando. Eu vi homens e mulheres que eu conhecia pessoalmente virando pedaços de carne fumegante que ainda conseguiam gritar. Na minha primeira viagem a serviço, meu comandante virou um bufê de almoço para uma porcaria de alienígena.

Uma risadinha abafada veio de algum lugar atrás de mim. O sargento-mor Antonio Ruiz parou e inclinou a cabeça.

– Ah, um dos senhores pensa que estou *brincando*. Um dos senhores, desgraçados idiotas, sempre acha. É por isso que eu mantenho *isso aqui* à mão. Ativar agora – ele disse, e de repente, na frente de cada um de nós, uma tela de vídeo apareceu. Demorou um segundo desorientador antes de eu perceber que Ruiz tinha de alguma forma ativado meu BrainPal remotamente, acionando um sinal de vídeo. O vídeo parecia ter sido feito de uma pequena câmera acoplada a um capacete. Vimos vários soldados acocorados em um fosso, discutindo planos para a viagem do dia seguinte. Então, um dos soldados parou de falar por um segundo e bateu com a mão espalmada na terra. Ele ergueu os olhos apavorados e gritou "lá vem" uma fração de segundo antes de o chão se abrir embaixo dele.

O que aconteceu na sequência foi tão rápido que nem mesmo o giro instintivo e em pânico do dono da câmera foi rápido o bastante para não registrar tudo o que se passou. Não foi agradável. No mundo real, alguém estava vomitando, ironicamente coincidindo com a ação do dono da câmera. Foi uma bênção o vídeo ter apagado logo depois disso.

– Não pareço tão engraçado agora, hein? – o sargento-mor Antonio Ruiz disse, zombando. – Não pareço mais aquela porra de oficial de treinamento estereotipado feliz, não é? Os senhores não estão mais em uma comédia militar, estão? Bem-vindos à bosta do universo! O universo é um lugar fodido, meus amigos. E não estou falando isso para os senhores porque estou executando uma rotinazinha divertida de oficial de treinamento. Aquele homem que foi fatiado e picado estava entre os melhores combatentes que já tivemos o privilégio de conhecer. Nenhum dos senhores é páreo. E, ainda assim, vejam o que aconteceu com *ele*. Pensem no que vai acontecer com *os senhores*. Estou falando isso porque acredito sinceramente, do fundo do meu coração, que se os senhores são o melhor que a humanidade pode fazer, estamos magnífica e totalmente fodidos. Os senhores acreditam em mim?

Alguns dos nossos conseguiram murmurar um "Sim, senhor" ou algo próximo disso. O restante de nós ainda estava vendo um replay da evisceração na mente, sem o benefício do BrainPal.

– Senhor? Senhor?!?! Sou uma porra de sargento-mor, seus retardados. Não me deram essa patente à toa! Os senhores responderão com "sim, sargento-mor" quando precisarem responder positivamente e "não, sargento-mor" quando a resposta for negativa. Entenderam?

– Sim, sargento-mor! – respondemos.

– Os senhores podem fazer melhor que isso! Respondam de novo!

– Sim, sargento-mor – gritamos. Alguns de nós obviamente à beira das lágrimas pelo som daquele último berro.

– Pelas próximas doze semanas, meu trabalho será tentar treinar os senhores para serem soldados e, por Deus, eu vou fazer isso, e farei mesmo que eu já possa dizer que nenhum dos senhores, seus desgraçados, está pronto para o desafio. Quero que cada um pense no que estou dizendo aqui. Isso aqui não é um treino militar dos velhos tempos na Terra, no qual oficiais de treinamento precisam condicionar os gordos, fortalecer os fracos ou educar os estúpidos. Cada um vem com uma vida de experiência e um corpo novo que está no auge da condição física. Acharam que isso facilitaria meu trabalho. Pois. Não. Facilita. Cada um de vocês tem 75 anos de maus hábitos e noções de mérito pessoal que preciso arrancar em três malditos meses. E cada um acha que seu novo corpo é uma espécie de brinquedo novinho em folha. É, eu sei o que os senhores ficaram fazendo na última semana. Fodendo igual a macacos descontrolados. Adivinhem? *Acabou* a diversão. Nas próximas doze semanas, terão sorte se conseguirem tempo pra bater umazinha no chuveiro. Seu brinquedinho novo vai ter que trabalhar, belezinhas. Porque eu preciso transformar os senhores em soldados. E *isso* vai ser um trabalho de tempo integral.

Ruiz retomou a caminhada diante dos recrutas.

– Quero deixar uma coisa clara. Eu não gosto, nem nunca vou gostar, de nenhum dos senhores. Por quê? Porque eu sei que, apesar do ótimo trabalho feito por mim e pela minha equipe, inevitavelmente os senhores vão fazer todos nós passarmos vergonha. Isso me deixa *puto*. Faz com que eu acorde à noite sabendo que, não importa o quanto eu os ensine, é inevitável que vão falhar com aqueles que lutarem com os senhores. O melhor que posso fazer é garantir que, quando caírem, não vão levar a merda do pelotão inteiro com os senhores. É isso mesmo, se só causarem *a própria morte*, contarei como sucesso. Agora, talvez os senhores achem que isso é algum tipo de ódio generalizado que eu tenho por muitos dos senhores. Garanto que não é o caso. Os senhores vão falhar, mas vão falhar de um jeito único e, portanto, vou desgostar de cada um individualmente. Ora, mesmo agora, cada um tem qualidades que me irritam pra caralho. Acreditam em mim?

– Sim, sargento-mor!

– Mentira! Alguns dos senhores ainda estão pensando que eu só odeio o cara do lado. – Ruiz estendeu um braço e apontou na direção da planície e do sol nascente. – Usem seus belos novos olhos para enfocar aquela torre de transmissão lá adiante. Vocês mal conseguem vê-la. Está a dez quilômetros de distância, senhoras e senhores. Vou encontrar alguma coisa em cada um de vocês que me deixará puto e, quando eu encontrar, os senhores vão correr até aquela merda de torre. Se não estiverem de volta em uma hora, esse pelotão inteiro vai correr até lá amanhã de manhã. Estão entendidos?

– Sim, sargento-mor!

Eu percebi as pessoas fazendo cálculos mentais. Ele estava dizendo para corrermos uma milha a cada cinco minutos, somando ida e volta. Eu tinha a forte impressão de que correríamos de novo amanhã.

– Quem dos senhores era militar na Terra? Dê um passo à frente, agora – Ruiz ordenou. Sete recrutas avançaram.

– Que *desgraça* – Ruiz falou. – Não há nada que eu odeie mais na porra do universo inteiro que um recruta veterano. Gastamos tempo e esforço extra com os senhores, malditos, fazendo-os desaprenderem cada coisinha idiota que aprenderam na Terra. Tudo que os senhores, seus filhos da puta, tiveram que fazer foi combater humanos! E até nisso foram mal! Ah, sim, nós *vimos* toda aquela sua Guerra Subcontinental. Uma merda. Seis malditos anos para derrubar um inimigo que mal tinha armas de fogo e ainda tiveram que trapacear para vencer. Ataques nucleares são para cagões. *Cagões.* Se as FCD lutassem como as forças norte-americanas lutaram, sabe onde a humanidade estaria hoje? Em um asteroide, raspando algas de paredes de túneis de merda. E quantos idiotas são fuzileiros?

Dois recrutas avançaram.

– Porra, os senhores são os *piores* – Ruiz comentou, apontando direto para a cara deles. – Os senhores, idiotas convencidos, matam mais soldados das FCD que qualquer espécime alienígena, fazendo coisas do jeito dos fuzileiros em vez de fazer o que *deviam* ter feito. Provavelmente tinham tatuagem do lema "Semper Fi" em algum lugar do corpo velho, não tinham? Não tinham?

– Sim, sargento-mor! – os dois responderam.

– Têm muita sorte por terem deixado esse corpo para trás, porque eu *juro* que teria imobilizado os senhores e arrancado essas coisas. Ah, e não pensem que eu não faria. Bem, diferente dos seus preciosos fuzileiros de merda, ou de qualquer ramo militar lá embaixo, aqui em cima o oficial de treinamento *é* Deus. Eu poderia transformar o intestino dos senhores em salsicha e tudo que aconteceria comigo é que eles me diriam para mandar outros recrutas limparem a bagunça. – Ruiz afastou-se para fuzilar todos os recrutas veteranos com os olhos. – Isso aqui são as forças armadas *de verdade*, senhoras e senhores. Os senhores não estão no exército, na marinha, na aeronáutica ou nos fuzileiros agora. São das *nossas* forças. E todas as vezes que se esquecerem disso, vou estar lá para pisar nas suas cabeças ocas. Agora, comecem a correr!

Eles correram.

– Quem é homossexual? – Ruiz perguntou. Quatro recrutas deram um passo para a frente, inclusive Alan, que estava em pé ao meu lado. Eu vi as sobrancelhas dele arquearem quando avançou.

– Alguns dos melhores soldados da história foram homossexuais – Ruiz comentou. – Alexandre, o Grande. Ricardo Coração de Leão. Os espartanos tinham um pelotão especial cujos soldados eram amantes, com a ideia de que um homem lutaria com mais empenho para proteger seu amor do que faria por outro soldado normal. Alguns dos melhores combatentes que conheci pessoalmente não eram mais bichas por falta de espaço. Que soldados excelentes, todos eles. Mas vou contar uma coisa que me deixa puto sobre todos os senhores: são os que escolhem o momento errado para abrir o jogo. *Por três vezes diferentes* eu estava lutando junto com um gay quando as coisas ficaram ferradas, e todas as malditas vezes eles escolheram *aquele exato* momento para me dizer o quanto me amavam. *Caralho*, não podia haver hora pior. Alguns alienígenas estavam tentando sugar meu cérebro, e meu colega de esquadrão queria discutir nossa relação! Como se eu já não estivesse *ocupado demais*. Façam um favor aos seus colegas de esquadrão. Estão com tesão, cuidem disso durante a licença, não quando uma criatura está tentando arrancar seu coração fora. Agora corram!

E assim eles foram.

– Quem faz parte de uma minoria?

Dez recrutas avançaram.

– Besteira. Olhe ao redor dos senhores, desgraçados. Aqui em cima, todo mundo é verde. Não há minorias. Os senhores querem ser uma maldita minoria? Ótimo. Há vinte bilhões de seres humanos no universo. Há quatro *trilhões* de membros de outras espécies sencientes, e *todas* elas querem transformar você em aperitivo do almoço. E essas são apenas as que conhecemos! O primeiro de vocês que reclamar que é minoria aqui em cima vai tomar um chute do meu pé verde latino no meio da fuça. Vão!

Eles partiram na direção da planície.

E assim continuou. Ruiz tinha reclamações específicas contra cristãos, judeus, muçulmanos e ateus, servidores públicos, médicos, advogados, professores, operários, donos de animais de estimação, portadores de armas, praticantes de artes marciais, fãs de luta livre e, estranhamente (pelo fato de isso incomodá-lo e também pelo fato de que havia uma pessoa no pelotão que se encaixava na categoria), dançarinos de sapateado. Em grupos, pares e sozinhos, os recrutas foram esfolados e forçados a correr.

No fim das contas, percebi que Ruiz estava olhando diretamente para mim. Eu permaneci em posição de sentido.

– Puta que me pariu – Ruiz falou. – Sobrou um retardado!

– Sim, sargento-mor – gritei o mais alto que pude.

– Acho difícil acreditar que o senhor não se encaixe em nenhuma das categorias que ataquei! – Ruiz comentou. – Desconfio que esteja evitando uma corridinha matinal agradável!

– Não, sargento-mor! – eu urrei.

– Eu simplesmente me recuso a admitir que não haja nada sobre o senhor que eu despreze – Ruiz disse. – De onde você é?

– Ohio, sargento-mor!

Ruiz fez uma careta. Não havia nada lá. A inocuidade extrema de Ohio finalmente trabalhava a meu favor.

– Ganhava a vida com quê, recruta?

– Era autônomo, sargento-mor!

– Fazia o quê?

– Era escritor, sargento-mor!

O sorrisinho feroz de Ruiz estava de volta. Obviamente ele detestava aqueles que trabalhavam com as palavras.

– Não me diga que escrevia ficção, recruta – ele disse. – Tenho uma coisa com romancistas.

– Não, sargento-mor!

– Meu Deus, cara! O que o senhor escrevia?

– Escrevia peças publicitárias, sargento-mor!

– Publicidade! Que tipo de estupidez anunciava?

– Meu trabalho mais famoso de publicidade envolvia Willie Rodinha, sargento-mor!

Willie Rodinha era o mascote dos Pneus Nirvana, que faziam pneus para veículos especiais. Eu desenvolvi a ideia básica e o slogan, e os artistas gráficos da empresa assumiram a partir daí. A chegada de Willie Rodinha coincidiu com o ressurgimento das motocicletas. A moda durou vários anos, e Willie fez um bom dinheiro para a Nirvana, como mascote publicitário e também com o licenciamento de bichos de pelúcia, camisetas, copos e outros. Um show de entretenimento para crianças foi planejado, mas não vingou. Era uma bobagem, mas, por outro lado, o sucesso de Willie me permitiu nunca mais correr atrás de clientes. Funcionou muito bem. Até aquele momento, ao que parecia.

Ruiz de repente avançou, quase encostando o rosto no meu, e berrou.

– O *senhor* é a mente brilhante por trás do Willie Rodinha, recruta?

– Sim, sargento-mor! – Havia um prazer perverso em gritar com alguém cujo rosto estava a apenas poucos milímetros do seu.

Ruiz ficou diante do meu rosto por alguns segundos, examinando-o com seus olhos, me desafiando a me encolher. Ele realmente rosnava. Em seguida, ele se afastou e começou a desabotoar a camisa. Permaneci em posição de sentido, mas de repente fiquei muito, muito assustado. Ele arrancou a camisa, virou o ombro direito para mim e avançou novamente.

– Recruta, me diga, o que vê no meu ombro?

Eu abaixei os olhos e pensei: *Caralho, não.*

– Uma tatuagem do Willie Rodinha, sargento-mor!

– Está certo – retrucou Ruiz. – Vou contar uma história, recruta. Lá na Terra, fui casado com uma mulher maldosa, cruel. Uma víbora de verdade. Eu tinha uma coisa tão forte por ela que, mesmo que já fosse uma morte lenta com picadas de agulha ser casado com ela, eu ainda pensei em suicídio quando ela pediu o divórcio. Quando estava no fundo do poço, eu estava num ponto de ônibus, pensando em me jogar na frente do próximo que passasse. Então eu ergui os olhos e vi um anúncio com o Willie Rodinha nele. E você sabe o que estava escrito?

– "Às vezes, você só precisa botar o pé na estrada", sargento-mor! – Aquele slogan havia demorado quinze segundos para ser escrito. Que mundo louco.

– Exatamente – ele disse. – E quando encarei aquele anúncio, tive o que alguns chamam de epifania… soube que eu precisava botar o pé na porra da estrada. Eu me divorciei daquela lesma maléfica, cantei louvores, pus minhas coisas numa mala e dei no pé. Desde aquele dia abençoado, Willie Rodinha tem sido meu avatar, o símbolo do meu desejo de liberdade pessoal e de expressão. Ele salvou minha vida, recruta, e vou ser eternamente grato.

– Não há de quê, sargento-mor! – eu berrei.

– Recruta, estou honrado por ter tido a chance de conhecê-lo. Além disso, o senhor é o primeiro recruta na história da minha carreira sobre o qual não encontrei motivos imediatos para odiar. Nem consigo dizer o quanto isso me perturba e me enerva. Mas fico tranquilo em saber que logo, possivelmente nas próximas horas, sem dúvida o senhor vai fazer alguma coisa para me deixar puto. Para ter certeza de que vai fazer, vou nomeá-lo líder do pelotão. É um trabalho ingrato pra cacete que não tem lado bom, pois vai ter que pressionar esses recrutas bundas-moles duas vezes mais que eu, porque para cada uma das várias cagadas que eles fizerem, o senhor também vai levar uma parte da culpa. Eles vão odiá-lo, desprezá-lo, tramar sua queda, e eu estarei lá para lhe dar uma ração extra de merda quando eles conseguirem. O que acha disso, recruta? Fique à vontade para se expressar!

– Parece uma merda bem fodida, sargento-mor! – eu gritei.

– Isso é verdade, recruta – Ruiz disse. – Mas o senhor se fodeu no momento em que aterrissou no meu pelotão. Agora, corra. Não posso ter um líder que não corra com seu pelotão. Vai!

– Não sei se dou os parabéns ou fico apavorado por você – Alan me disse quando seguíamos na direção do refeitório para o café da manhã.

– Pode fazer os dois – eu disse. – Embora provavelmente faça mais sentido ficar apavorado. Eu estou. Ah, lá estão eles. – Apontei um grupo de recrutas, três homens e duas mulheres, que estavam circulando na frente do refeitório.

Mais cedo naquele dia, quando eu estava a caminho da torre de comunicação durante a minha corrida, meu BrainPal quase me fez colidir com uma árvore ao piscar uma mensagem de texto diretamente no meu campo de visão. Consegui desviar apenas encolhendo um ombro e disse para o Cuzão trocar para a navegação via voz antes de eu me matar. Cuzão obedeceu e começou a ler a mensagem.

– *Nomeação de John Perry como líder do 63º Pelotão de Treinamento pelo sargento-mor Antonio Ruiz foi processada. Parabéns por sua promoção. Agora você tem acesso aos arquivos pessoais e informações de BrainPal relacionados aos recrutas do 63º Pelotão de Treinamento. Atenção: essas informações são para uso oficial apenas. O acesso para uso não militar dá direito à exclusão imediata da posição de líder de pelotão e um julgamento na corte marcial a critério do comandante da base.*

– Ótimo – eu disse, saltando uma pequena vala.

– *Você precisará se apresentar ao sargento-mor Ruiz com sua seleção para líderes de esquadrão ao final do período do café da manhã do pelotão* – Cuzão continuou. – *Gostaria de avaliar os arquivos do pelotão para auxiliar em seu processo de seleção?*

Gostaria. E foi o que fiz. Cuzão vomitou detalhes em alta velocidade de cada recruta enquanto eu corria. Quando cheguei à torre de comunicação, havia reduzido a lista para vinte candidatos. Quando estava próximo à base, já havia dividido o pelotão inteiro entre os líderes de esquadrão e enviado uma mensagem para cada um dos cinco novos líderes me encontrarem no refeitório. Aquele BrainPal certamente já estava começando a ser útil.

Também observei que consegui voltar à base em 55 minutos e não havia passado nenhum outro recruta no meu caminho de volta. Consultei Cuzão e descobri que o mais lento dos recrutas (ironicamente, um dos ex-fuzileiros) havia feito o percurso em 58 minutos e 13 segundos. Não correríamos até a torre de comunicação no dia seguinte, ou ao menos não por sermos lentos. Porém, não duvidava da capacidade do sargento-mor Ruiz de encontrar outra desculpa. Eu esperava não ser aquele que lhe daria essa desculpa.

Os cinco recrutas viram a mim e a Alan quando chegamos e reagiram de repente, ficando mais ou menos em posição de sentido. Três deles saudaram imediatamente, seguidos de uma forma um tanto acanhada pelos outros dois. Eu saudei de volta e sorri.

– Não esquentem com isso – eu disse para os dois que atrasaram. – É novidade para mim também. Venham, vamos entrar na fila e conversar enquanto comemos.

– Não quer que eu saia? – Alan me perguntou quando chegamos à fila. – Provavelmente você tem muito a conversar com esses caras.

– Não – respondi. – Gostaria que você ficasse. Quero sua opinião sobre os caras. Também tenho notícias, você será o subcomandante de nosso esquadrão. E como tenho que ser babá de um pelotão inteiro, isso significa que você não ficará sem trabalho. Espero que não se importe.

– Eu dou conta – Alan disse, sorrindo. – Obrigado por me colocar em seu esquadrão.

– Ei – disse eu. – De que adiantaria estar no comando se eu não pudesse fazer uso de um favoritismo à toa. Além disso, quando eu cair, você estará lá para amortecer minha queda.

– Esse sou eu – Alan comentou. – Seu air bag de carreira militar.

O refeitório estava lotado, mas nós sete conseguimos nos apossar de uma mesa.

– Apresentações – eu disse. – Vamos nos apresentar. Sou John Perry e, ao menos por ora, sou líder de pelotão. Este é meu subcomandante de esquadrão, Alan Rosenthal.

– Angela Merchant – disse a mulher que estava à minha frente. – De Trenton, Nova Jérsei.

– Terry Duncan – disse o camarada ao lado dela. – Missoula, Montana.

– Mark Jackson, St. Louis.

– Sarah O'Connell. Boston.

– Martin Garabedian. Sunny Fresno, Califórnia.

– Bem, temos diversidade geográfica aqui – eu disse. Isso rendeu uma risadinha, o que foi bom. – Serei rápido com isso, pois se eu me demorar muito, vai ficar claro que não tenho a mínima ideia da merda que estou fazendo. Basicamente, vocês cinco foram escolhidos pois há algo em seu histórico que sugere que conseguirão dar conta de ser líderes de esquadrão. Escolhi Angela porque era diretora-presidente de empresa. Terry era dono de um rancho de gado. Mark era coronel no exército e, com todo o respeito ao sargento Ruiz, eu realmente acho que é uma vantagem.

– Bom ouvir isso – Mark comentou.

– Martin era da câmara municipal de Fresno. E Sarah aqui deu aulas para o jardim de infância por trinta anos, o que automaticamente a torna a mais qualificada de todos nós.

Outra risada. Cara, eu estava com sorte.

– Vou ser honesto – eu disse. – Não planejo ser durão com vocês. O sargento Ruiz já faz esse papel e eu seria apenas uma imitação ruim. Não é meu estilo. Não sei qual será o estilo de comando de vocês, mas quero que vocês façam o que for preciso para manter os olhos em seus recrutas e fazer com que consigam passar pelos próximos três meses. Na verdade, não ligo de ser o líder do pelotão, mas acho que me importo muito em garantir que cada recruta deste pelotão tenha as habilidades e o treinamento de que precisarão para sobreviver lá fora. O filmezinho caseiro de Ruiz chamou a minha atenção e espero que tenha chamado a de vocês.

– Meu Deus, como chamou – Terry disse. – Eles deixaram o pobre-diabo como se fosse um bife cru.

– Queria que tivessem mostrado aquilo antes de nos alistarmos – Angela comentou. – Talvez eu tivesse decidido ficar velha.

– É guerra – Mark disse. – É o que acontece.

– Vamos fazer o que pudermos para garantir que nosso pessoal supere coisas como aquela – afirmei. – Mas enfim, dividi o pelotão em seis esquadrões de dez. Estou à frente do esquadrão A, Angela fica com o B, Terry, C, Mark, D, Sarah, E e Martin, F. Dei a vocês permissão para examinar os arquivos de recrutas com seu BrainPal. Escolham seus subcomandantes e me enviem detalhes até a hora do almoço de hoje. Vocês dois devem manter a disciplina e o treinamento correndo bem. Do meu ponto de vista, todo o motivo para eu ter selecionado vocês, pessoal, foi porque assim não terei nada a fazer.

– Exceto comandar seu esquadrão – comentou Martin.

– É aí que eu entro – disse Alan.

– Vamos nos encontrar todos os dias, no almoço – eu disse. – E faremos as outras refeições com nossos respectivos esquadrões. Se tiverem algo que precise da minha atenção, claro, entrem em contato comigo imediatamente. Mas *espero* que vocês tentem resolver o máximo de problemas que puderem sozinhos. Como eu disse, não estou planejando ter um estilo durão, mas, para o bem ou para o mal, sou o líder do pelotão, então vale o que eu disser. Se eu sentir que vocês não estão sendo satisfatórios, primeiro vou informá-los e, só depois, se isso não funcionar, vou substituí-los. Não é nada pessoal, é para garantir que todos recebamos o treinamento de que precisamos para sobreviver fora daqui. Todos estão de acordo?

Cabeças assentindo em todo o círculo.

– Excelente – falei e ergui meu copo. – Então, vamos brindar ao 63º Pelotão de Treinamento. Que ele chegue inteiro até o fim.

Batemos nossos copos e, em seguida, começamos a comer e conversar. *As coisas estão indo bem*, eu pensei.

Não levaria muito tempo para mudar essa opinião.

O dia em Beta Pyxis tem 22 horas, 13 minutos e 24 segundos. Tínhamos duas dessas horas para dormir.

Descobri esse fato encantador em nossa primeira noite, quando Cuzão me assustou com uma sirene penetrante que me fez acordar tão rapidamente que caí da cama, que, obviamente, era a cama de cima do beliche. Após verificar para saber se não havia quebrado o nariz, li o texto que flutuava no meu crânio.

Líder de pelotão Perry, esta mensagem serve para informá- -lo que o senhor tem — nessa parte havia um número, que naquele momento mostrava 1 minuto e 48 segundos e contando — **até o sargento-mor Ruiz e seus assistentes entrarem em seus alojamentos. Você deve estar com seu pelotão acordado e em posição de sentido quando eles entrarem. Quaisquer recrutas que não estiverem em posição de sentido serão disciplinados e haverá registros no vosso prontuário.**

Imediatamente encaminhei a mensagem para meus líderes de esquadrão pelo grupo de comunicação que eu havia criado para eles no dia anterior, enviei um sinal de alarme geral para os BrainPals do pelotão e acendi as luzes do alojamento. Houve alguns poucos segundos divertidos, quando cada recruta no pelotão foi sacudido até acordar por um estouro de ruídos que apenas ele ou ela conseguia ouvir. A maioria saltou da cama, totalmente desorientada. Eu e os comandantes de esquadrão pegamos aqueles que ainda estavam deitados e os botamos em pé aos chacoalhões. Dentro de um minuto, estávamos todos em pé e em posição de sentido, e os poucos segundos restantes foram gastos convencendo alguns recrutas especialmente lerdos que não era hora de mijar, se vestir ou fazer qualquer coisa além de ficar lá em pé e não irritar Ruiz quando ele passasse pela porta.

Não que isso importasse.

– Que merda é essa? – Ruiz questionou. – Perry!

– Sim, sargento-mor!

– Que diabos o senhor estava fazendo durante seu alerta de dois minutos? Batendo punheta? Seu pelotão não está pronto! Não está vestido para as tarefas que terão de fazer logo! Qual é a sua desculpa?

– Sargento-mor, a mensagem declarava que o pelotão devia estar em posição de sentido quando o senhor e sua equipe chegassem! Ela não especificava a necessidade de vestimentas!

– Meu Deus, Perry! O senhor não pensou que estar vestido é parte de estar em posição de sentido?

– Não presumi que deveria pensar, sargento-mor!

– Presumir que deveria pensar? O senhor está dando uma de espertinho, Perry?

– Não, sargento-mor!

– Bem, presuma que seu pelotão deve estar lá fora para o campo de paradas, Perry. O senhor tem 45 segundos. Vai!

– Esquadrão! – eu berrei e corri ao mesmo tempo, esperando por Deus que meu esquadrão estivesse seguindo bem atrás de mim. Quando passei pela porta, ouvi Angela gritando para o esquadrão B segui-la. Havia escolhido bem. Chegamos aos campos de parada, meu esquadrão formando uma fila bem atrás de mim. Angela formou sua fila bem à minha direita, com Terry e o restante em formação na sequência. O último homem do esquadrão F estava em formação na marca de 44 segundos. Incrível. Ao redor dos campos de parada, outros pelotões de recrutas também estavam em formação, também no mesmo estado sem roupa que o 63º. Senti alívio por um instante.

Ruiz avançou por um momento, seguido por seus dois assistentes.

– Perry! Que horas são?

Acessei meu BrainPal.

– 0100 no horário local, sargento-mor!

– Incrível, Perry. O senhor consegue falar as horas. Que horas as luzes apagaram?

– 2200, sargento-mor!

– Correto novamente! Agora, alguns dos senhores podem estar se perguntando por que estamos acordando os senhores com apenas duas horas de sono. Somos cruéis? Sádicos? Tentando acabar com os senhores? Sim, isso é tudo verdade. Mas essas *não* são as razões pelas quais os acordamos. O motivo é simplesmente este: *os senhores não precisam dormir mais que isso.* Graças a esses novos corpos, necessitam dormir apenas duas horas! Estavam dormindo oito horas por noite porque os senhores estavam acostumados com isso. Não mais, senhoras e senhores. Todo aquele sono está desperdiçando *meu* tempo. Duas horas é tudo de que precisam, então, a partir de agora, duas horas é tudo que *terão*. Muito bem. Quem pode me dizer por que eu fiz vocês correrem aqueles vinte quilômetros em uma hora ontem?

Um recruta ergueu a mão.

– Fale, Thompson – Ruiz falou.

Ou havia memorizado os nomes de cada recruta do pelotão ou estava com o BrainPal ligado, dando as informações para ele. Eu não arriscaria adivinhar qual opção era a correta.

– Sargento-mor, o senhor nos fez correr porque odeia cada um de nós individualmente!

– Excelente resposta, Thompson. Mas o senhor está correto apenas em parte. Fiz vocês correrem vinte quilômetros em uma hora porque vocês *podem*. Mesmo o mais lento de vocês terminou a corrida dois minutos antes do tempo. Isso significa que, sem treinamento, sem mesmo um pingo de esforço *real*, cada um de vocês, malditos, pode manter o ritmo de medalhistas de ouro olímpico lá da Terra. E sabem por que isso? Sabem? É porque *nenhum dos senhores é mais um ser humano*. São *melhores*. Só não sabem disso ainda. Merda, os senhores passaram uma semana trepando pelas paredes de uma espaçonave como brinquedinhos de corda e provavelmente não entendem do que são capazes. Bem, senhoras e senhores, isso vai mudar. A primeira semana de seu treinamento será toda para fazê-los acreditar nisso. E os senhores *vão* acreditar. Não terão *escolha*.

E, então, corremos 25 quilômetros com nossas roupas de baixo.

Corridas de 25 quilômetros. Sprints de 100 metros em 7 segundos. Saltos verticais de 6 pés de altura. Saltar sobre buracos de 3 metros no chão. Erguer 200 quilos em pesos livres. Centenas e mais centenas de agachamentos, barras fixas e flexões. Como disse Ruiz, a parte difícil não era fazer essas coisas – a parte difícil era acreditar que poderiam ser feitas. Recrutas estavam caindo cada vez mais a cada passo do caminho pelo que poderia ser mais bem descrito como falta de sangue-frio. Ruiz e seus assistentes caíam sobre esses recrutas e os apavoravam para que realizassem os exercícios (e me mandavam fazer flexões porque eu ou meus líderes de esquadrão obviamente não apavoramos os recrutas o bastante).

Todo recruta – *todo* recruta – teve seu momento de dúvida. O meu veio no quarto dia, quando o 63º Pelotão se espalhou ao redor da piscina da base, cada recruta segurando um saco de areia de 25 quilos nos braços.

– Qual é o ponto fraco do corpo humano? – questionou Ruiz enquanto circulava o pelotão. – Não é o coração, ou o cérebro, ou os pés ou qualquer lugar que os senhores pensaram. Digo aos senhores o que é. É o sangue, e essa é a má notícia, porque seu sangue está em todo lugar no corpo. Carrega oxigênio, mas também leva doenças. Quando os senhores são feridos, o sangue coagula, mas muitas vezes não é rápido o bastante para impedir que os senhores morram de hemorragia. Mas, quando se chega a esse ponto, o que causa a morte é, na verdade, a privação de oxigênio. O sangue fica indisponível porque é despejado no maldito chão, onde não serve para porra nenhuma aos senhores. As Forças Coloniais de Defesa, em sua sabedoria divina, dispensaram o sangue humano. Foi substituído pelo SmartBlood. SmartBlood é feito de bilhões de nanorrobôs que fazem tudo que o sangue fazia, mas melhor. Não é orgânico, então não é vulnerável a ameaças biológicas. Ele dá o comando de coagulação para o BrainPal em milissegundos: você pode perder a porra da perna e não vai ter hemorragia. O mais importante para os senhores agora é que cada "célula" do SmartBlood tem quatro vezes a capacidade de transporte de oxigênio dos glóbulos vermelhos naturais.

Ruiz parou de andar.

– Isso é importante para os senhores saberem agora porque estão prestes a pular na piscina com seus sacos de areia. Vão mergulhar até o fundo. E vão *ficar* lá por no mínimo seis minutos. Seis minutos é suficiente para matar um ser humano médio, mas cada um dos senhores *pode* ficar lá embaixo por esse período sem perder uma única célula cerebral. Para incentivá-los a ficar lá embaixo, o primeiro que emergir vai limpar latrinas por uma semana. E se esse recruta emergir antes de seis minutos, digamos que cada um dos senhores desenvolverá um relacionamento próximo e pessoal com uma latrina em algum lugar desta base. Entenderam? Então, podem cair!

Mergulhamos e, conforme prometido, fomos direto até o fundo da piscina com três metros de profundidade. Comecei a ficar apavorado quase que imediatamente. Quando eu era criança, caí numa piscina tampada, rasguei a cobertura e passei vários minutos desorientado e aterrorizado, tentando abrir caminho para a superfície. Não foi tanto tempo a ponto de começar a me afogar, foi apenas o bastante para desenvolver uma aversão eterna de ter minha cabeça totalmente envolvida pela água. Depois de trinta segundos, comecei a sentir como se precisasse de um grande sorvo de ar fresco. Não havia maneira de eu durar um minuto, muito menos seis.

Senti um puxão. Virei um pouco descontroladamente e vi Alan, que havia mergulhado ao meu lado, estendendo a mão. Através da escuridão, consegui vê-lo dar tapinhas na cabeça e apontando para a minha. Naquele segundo, Cuzão me notificou que Alan estava pedindo um link. Subvocalizei aceitação e ouvi um simulacro sem emoção da voz de Alan na cabeça.

[Algo de errado?], perguntou Alan.

[Fobia], subvocalizei.

[Sem pânico], Alan respondeu. *[Esqueça que está embaixo da água.]*

[Não vai rolar], retruquei.

[Então finja], Alan disse. *[Veja em seus esquadrões se alguém mais está tendo problemas e ajude-os.]*

A calma estranha da voz simulada de Alan ajudou. Abri um canal com meus comandantes de esquadrão para checá-los e ordenar que fizessem o mesmo com seus esquadrões. Cada um deles tinha um ou dois recrutas à beira do pânico e trabalharam para acalmá-los. Ao meu lado, consegui ver Alan dando conta de nosso esquadrão.

Três minutos, então quatro. No grupo de Martin, um dos recrutas começou a se debater, retorcendo o corpo para a frente e para trás enquanto o saco de areia na mão servia de âncora. Martin soltou seu saco de areia e partiu para cima do recruta, agarrando-o com brutalidade pelos ombros, e depois trouxe a atenção do recruta para o seu rosto. Acessei o BrainPal de Martin e ouvi-o dizer *[Concentre-se nos meus olhos]* ao recruta. Pareceu ajudar, o recruta parou de se debater e começou a relaxar.

Cinco minutos e estava claro que, com ou sem estoque de oxigênio estendido, todos estavam começando a sentir o incômodo. As pessoas começaram a ajustar a posição dos pés, ou pular no mesmo lugar, ou agitar seus sacos de areia. Em um canto, pude ver uma recruta batendo a cabeça no saco de areia. Parte de mim riu, outra parte pensou em fazer o mesmo.

Cinco minutos e quarenta e três segundos, e um dos recrutas no esquadrão de Mark soltou o saco de areia e começou a rumar para a superfície. Mark soltou o próprio saco de areia e avançou em silêncio, agarrando o recruta pelo tornozelo e usando seu peso para arrastá-lo de volta. Eu pensei que o subcomandante de Mark provavelmente deveria ajudar seu líder de esquadrão com o recruta. Uma verificação rápida me informou que o recruta *era* o subcomandante.

Seis minutos. Quarenta recrutas largaram seus sacos de areia e partiram para a superfície. Mark largou o tornozelo do subcomandante e, em seguida, empurrou-o por baixo para garantir que ele chegasse primeiro à superfície e pegasse a limpeza das privadas que quase distribuíra entre o pelotão inteiro. Preparei-me para soltar meu saco de areia quando percebi Alan sacudindo a cabeça.

[Líder do pelotão], ele enviou. *[Deveria ficar mais tempo.]*

[Quer me foder, me beija antes], eu mandei.

JOHN SCALZI

[Desculpe, não faz meu tipo], ele respondeu.

Fiz 7 minutos e 31 segundos antes de subir, já achando que meus pulmões explodiriam. Mas consegui superar meu momento de dúvida. E acreditei. Eu era algo mais que humano.

Na segunda semana, fomos apresentados à nossa arma.

– Este é o fuzil de infantaria MU-35, edição padrão das FCD – disse Ruiz, segurando o seu enquanto os nossos estavam onde haviam sido colocados, ainda dentro da embalagem protetora, na terra do campo de paradas aos nossos pés. – O "MU" significa "Multiuso". Dependendo de sua necessidade, ele pode criar e disparar instantaneamente seis diferentes projéteis ou feixes. Incluem balas de fuzil e tiros de variedades explosivas e não explosivas, que podem ser disparados semiautomática ou automaticamente, granadas de baixo impacto, foguetes guiados de baixo impacto, líquido inflamável de alta pressão e feixes de micro-ondas. Isso é possível pelo uso de munição nanorrobótica de alta densidade – Ruiz ergueu um bloco com brilho fosco que parecia ser de metal. Um bloco semelhante estava próximo do fuzil aos meus pés – que se monta autonomamente antes do disparo. Isso permite uma máxima flexibilidade da arma com o mínimo de treino, um fato que os senhores, pedaços tristes de carne ambulatorial, sem dúvida vão apreciar. Aqueles que têm experiência militar vão se lembrar de como era necessário montar e desmontar com frequência sua arma. *Os senhores não farão isso com seu MU-35.* O MU-35 é uma máquina de extrema complexidade, então nem ousem foder com ele! Ele contém capacidade de autodiagnóstico e reparo onboard. Também pode conectar-se com seu BrainPal para alertá-los sobre problemas, se houver, o que não haverá, pois em trinta anos de serviço não houve um MU-35 que falhasse. Isso porque, diferentemente de seus cientistas militares de merda na Terra, nós podemos fabricar uma arma que funciona! Seu trabalho é não estragar sua arma, seu trabalho é *disparar* sua arma. Confie nela, pois tenho quase certeza de que ela é mais inteligente que os senhores. Lembrem-se disso e talvez sobrevivam. Os senhores vão ativar seu MU-35 momentaneamente, tirando-o de sua embalagem protetora e acessando-o com o BrainPal. Assim que o fizerem, os MU-35 serão realmente dos senhores. Enquanto estiverem na base, apenas os senhores vão disparar seus respectivos MU-35, e apenas quando receberem permissão de seu líder de pelotão ou de seu comandante de esquadrão, que deve, por sua vez, ter permissão de seu oficial de treinamento. Em situações reais de combate, apenas soldados das FCD com BrainPal fabricados pelas FCD poderão disparar seu MU-35. Contanto que não emputeçam seus colegas de esquadrão, nunca vão precisar temer que sua arma seja usada contra os senhores. A partir deste momento, os senhores levarão seu MU-35 aonde forem. Vão levá-lo com os senhores quando forem dar uma cagada. Quando forem para o chuveiro. Não se preocupem em molhá-lo, ele cuspirá tudo que considerar estranho. Vão levá-lo para as refeições. Vão dormir com ele. Se os senhores conseguirem tempo para transar, melhor que seu MU-35 fique bem ao alcance da visão. Os senhores aprenderão como usar esta arma. Ela vai salvar sua vida. Os fuzileiros norte-americanos são umas portas, mas uma coisa que fizeram bem foi a Oração do Fuzileiro. Em parte, ela diz: "Este é o meu fuzil. Há muitos como ele, mas este é o meu. Meu fuzil é meu melhor amigo. É minha vida. Devo dominá-lo como devo dominar minha vida. Meu fuzil, sem mim, é inútil. Sem meu fuzil, eu sou inútil. Devo disparar meu fuzil com precisão. Devo atirar com mais firmeza que meu inimigo que está tentando me matar. Devo atirar antes que ele atire em mim. E vou". Senhoras e senhores, levem essa oração dentro do coração. Este é seu fuzil. Peguem-no para ativá-lo.

Ajoelhei e retirei o fuzil de sua embalagem plástica. Mesmo com tudo que Ruiz havia descrito sobre o fuzil, o MU-35 não parecia muito impressionante. Tinha peso, mas não era desajeitado, era bem equilibrado e bem dimensionado para manejar. Do lado da coronha do fuzil havia um adesivo. "PARA ATIVAR COM BRAINPAL: inicie o BrainPal e diga 'Ativar MU-35, número de série ASD-324-DDD-4E3C1'".

– Ô, Cuzão – eu disse. – Ativar MU-35, número de série ASD--324-DDD-4E3C1.

ASD-324-DDD-4E3C1 está ativada para Recruta das FCD John Perry, respondeu Cuzão. **Por favor, carregue munição agora.** Um pequeno display gráfico pairou no canto do meu campo de visão, mostrando-me como carregar meu fuzil. Abaixei para pegar o bloco retangular que era minha munição – e quase perdi o equilíbrio tentando erguê-lo. Fiquei impressionado com o peso. Não estavam brincando sobre a parte da "alta densidade". Eu o encaixei no meu fuzil conforme instruído. Quando o fiz, o gráfico que me mostrava como carregar o fuzil desapareceu e um contador saltou no seu lugar, onde se lia:

Opções de disparo disponíveis

Observação: usar um tipo de munição diminui a disponibilidade de outros tipos

Disparos de fuzil: 200

Disparos de revólver: 80

Disparos de granada: 40

Disparos de mísseis: 35

Disparos de fogo: 10 minutos

Micro-ondas: 10 minutos

Atualmente selecionado: disparos de fuzil.

– Selecione disparos de revólver – eu disse.

Disparos de revólver selecionado, Cuzão respondeu. **Por favor, selecione o alvo.**

De repente, todos os membros do pelotão tinham um contorno verde brilhante de alvo. Olhar diretamente para um fazia uma interface piscar. Caramba, eu pensei, e selecionei um, um recruta do esquadrão de Martin chamado Toshima.

Alvo selecionado, Cuzão confirmou. **Você pode disparar, cancelar ou selecionar um segundo alvo.**

– Uau – eu disse, cancelei o alvo e encarei minha MU-35. Virei para Alan, que estava segurando sua arma perto de mim. – Estou assustado com minha arma.

– Nem me diga – Alan disse. – Eu quase explodi você dois segundos atrás com uma granada.

Minha resposta a essa confissão chocante foi interrompida quando, do outro lado do pelotão, Ruiz de repente avançou até ficar cara a cara com um recruta.

– O que o senhor acabou de dizer, recruta? – Ruiz questionou. Todos ficaram em silêncio enquanto se viraram para ver quem havia despertado a ira de Ruiz.

O recruta era Sam McCain. Em uma de nossas reuniões de almoço, lembrei que Sarah O'Connell o descrevera como mais boca que cérebro. Não era surpresa que houvesse sido da área de vendas por grande parte da vida. Mesmo com Ruiz a um milímetro do seu nariz, McCain manifestava insolência. Uma insolência um pouco surpresa, mas ainda assim insolência. Obviamente não sabia o que deixou Ruiz tão nervoso, mas o que quer que fosse, ele esperava sair daquela situação ileso.

– Estava apenas admirando minha arma, sargento-mor – McCain disse, erguendo o fuzil. – E estava dizendo ao recruta Flores aqui como quase fico com pena dos pobres-diabos que vamos combater lá...

O restante do comentário dele ficou perdido no tempo quando Ruiz agarrou o fuzil do surpreso recruta McCain e, com um giro extremamente relaxado, o acertou na têmpora com a parte reta da coronha do fuzil. McCain despencou como um saco de roupa suja. Ruiz calmamente estendeu a perna e encaixou uma bota na garganta de McCain. Em seguida, girou o fuzil. O recruta ergueu os olhos, horrorizado, para o cano da arma.

– Não está tão arrogante agora, está, seu merdinha? – Ruiz disse. – Imagine que sou seu inimigo. Quase sente pena de mim agora? Eu o desarmei em menos tempo que se leva para *respirar*, caralho. Lá fora, aqueles *pobres-diabos* se movem mais rápido do que o senhor acreditaria. Vão usar seu fígado para fazer patê e comer com biscoito de água e sal enquanto você ainda estiver tentando mirar neles. Então, nunca fique *quase com pena* dos pobres-diabos. Não precisam de sua compaixão. Vai se lembrar disso, recruta?

– Vou, sargento-mor – McCain rouquejou sobre a bota. Estava quase soluçando de chorar.

– Vamos garantir – Ruiz disse, apertou o cano no espaço entre os olhos de McCain e puxou o gatilho com um *clique* seco. Todos os membros do pelotão se encolheram. McCain molhou-se todo.

– Idiota – Ruiz disse após McCain perceber que, de fato, não estava morto. – Você não ouviu o que eu disse? A MU-35 só pode ser disparada por seu proprietário quando estiver na base. Que é *você*, cuzão. – Ele se empertigou e jogou com desdém o fuzil para McCain, em seguida se voltou para o pelotão.

– Os senhores, recrutas, são ainda mais estúpidos do que eu imaginava – Ruiz declarou. – Ouçam uma coisa agora: nunca houve um militar na história inteira da raça humana que foi para a guerra equipado com mais do que o *mínimo* que precisava para combater seu inimigo. A guerra é cara. Custa dinheiro, custa vidas, e nenhuma civilização tem uma quantidade infinita nem de um, nem de outro. Então, quando lutarem, conservem. Vão usar e se equipar apenas com o tanto que precisarem, nunca com mais.

Ele nos encarou com raiva.

– Alguma dessas coisas é compreensível para os senhores? Alguém entre os senhores *entende* o que estou tentando dizer? Os senhores não receberam esses corpos novos em folha e belas armas tinindo porque queremos lhes dar uma vantagem injusta. Os senhores têm esses corpos e armas porque são o *mínimo* absoluto que fará com que os senhores lutem e sobrevivam lá fora. Não *queríamos* lhes dar esses corpos, seus merdas. Só que, se não déssemos, a raça humana já estaria *extinta*. Entenderam agora? Os senhores *finalmente* têm uma ideia do que vão combater? Têm?

Mas nem tudo se resumia a tomar ar fresco, fazer exercícios e aprender a matar pela humanidade. Às vezes, tínhamos aulas.

– Durante seu treinamento físico, os senhores aprenderam a superar suas crenças e inibições relacionadas às capacidades do seu novo corpo – o tenente Oglethorpe disse para um auditório cheio com os batalhões de 60 a 63. – Agora, precisamos fazer isso com sua mente. É hora de dispensar algumas ideias preconcebidas e preconceitos profundamente arraigados, alguns dos quais os senhores provavelmente nem têm consciência.

O tenente Oglethorpe apertou um botão no púlpito onde estava. Atrás dele, duas telas acenderam. Naquela à esquerda do público, um pesadelo saltou à vista – algo preto e retorcido, com garras serrilhadas de lagosta que se aninhavam pornograficamente dentro de um orifício tão úmido que quase se podia sentir o fedor dele. Sobre a pilha disforme daquele corpo, três talos com olhos nas pontas, ou antenas, ou o que quer que fosse espreitavam. Algo ocre pingava deles. H. P. Lovecraft teria saído correndo e gritando.

À direita havia uma criatura vagamente semelhante a um cervo com mãos habilidosas, quase humanas, e um rosto estranho que parecia falar de paz e sabedoria. Se não fosse possível fazer esse cara de bicho de estimação, ao menos seria possível aprender algo sobre a natureza do universo com ele.

O tenente Oglethorpe pegou uma caneta laser e apontou na direção do pesadelo.

— Este cara é um membro da raça Bathunga. Os Bathunga são um povo profundamente pacífico, têm uma cultura que remonta a centenas de milhares de anos e apresentam uma compreensão de matemática que faz a nossa parecer adição simples. Vivem nos oceanos, filtrando plânctons, e coexistem entusiasticamente com seres humanos em vários mundos. Esses são os caras do bem, e este cara — ele bateu no quadro — é extraordinariamente bonito para sua espécie.

Ele bateu no segundo quadro, que tinha o homem-cervo amigável.

— Agora, esse desgraçadinho aqui é um Salong. Nosso primeiro encontro oficial com os Salong aconteceu após rastrearmos uma colônia desviada de seres humanos. As pessoas não devem colonizar autonomamente, e o motivo ficou bem óbvio aqui. Os colonos aterrissaram em um planeta que também era alvo de colonização para os Salong. Em algum momento, os Salong decidiram que os seres humanos davam uma boa refeição, então atacaram os humanos e montaram um criadouro de carne humana. Todos os machos humanos adultos, exceto um punhado, foram mortos, e o esperma daqueles que foram mantidos foi "ordenhado". As mulheres foram artificialmente inseminadas e seus recém-nascidos retirados, encarcerados e engordados como bezerro para vitela. Isso aconteceu anos antes de descobrirmos o lugar. Quando chegamos, as tropas das FCD destruíram a colônia Salong e fizeram churrasco do líder da colônia em um piquenique. Nem é preciso dizer que estamos lutando com esses filhos da putas comedores de bebês desde então.

— Os senhores entendem aonde quero chegar com isso? — perguntou Oglethorpe. — Supor que os senhores sabem diferenciar os bonzinhos dos bandidos vai matar vocês. Não podem confiar em propensões antropomórficas quando alguns dos alienígenas mais parecidos conosco preferem fazer hambúrguer com humanos a fazer a paz.

Em outro momento, Oglethorpe pediu que adivinhássemos qual a única vantagem que soldados baseados na Terra tinham sobre os soldados das FCD.

– Certamente não é no condicionamento físico ou na artilharia – ele disse –, pois nesses dois pontos estamos bem à frente. Não, a vantagem que os soldados têm na Terra é que eles sabem quem serão seus oponentes e também, com certa variação, como a batalha será conduzida, com que tipo de tropas, tipos de armas e conjunto de objetivos. Por isso, a experiência de batalha em uma guerra ou missão pode ser diretamente aplicável à outra, mesmo se as causas da guerra ou os objetivos de batalha forem totalmente diversos. As FCD não têm nenhuma vantagem. Por exemplo, tomemos uma batalha recente com os Efg.

Oglethorpe tocou em uma das telas para revelar uma criatura parecida com uma baleia, com tentáculos laterais imensos que terminavam em mãos rudimentares.

– Os caras têm quarenta metros de largura e uma tecnologia que lhes permite polimerizar a água. Perdemos navios quando a água ao redor deles virou um lago parecido com areia movediça que os puxou para baixo, levando as tripulações com eles. Como a experiência de combater um desses caras se traduz em experiência que dê para ser aplicada aos, digamos, Finwe – a outra tela girou, revelando um feiticeiro reptiliano –, que são pequenos moradores do deserto que preferem ataques biológicos de longa distância? A resposta é que, na verdade, não dá. E, ainda, os soldados da FCD vão de um tipo de batalha para outro o tempo todo. Esse é o motivo pelo qual a taxa de mortalidade nas FCD é tão alta. Cada batalha é nova, e toda situação de combate, na experiência do soldado individual ao menos, é única. Se existe uma coisa que os senhores vão levar dessa nossa pequena conversa é isto: é melhor jogar pela janela quaisquer ideias que vocês tenham sobre como a guerra é conduzida. O treinamento aqui vai abrir seus olhos para algumas coisas que os senhores encontrarão lá em cima, mas lembrem que, como infantaria, com frequência vão ser o primeiro ponto de contato com novas raças hostis cujos métodos e motivos são desconhecidos e, às vezes, incompreensíveis. Os senhores precisam pensar rápido sem supor que o que funcionou antes vai funcionar agora. É uma maneira rápida de morrer.

Uma vez, uma recruta perguntou a Oglethorpe por que os soldados das FCD precisavam se importar com os colonos ou as colônias:

– Enfiaram em nossa cabeça que não somos nem seres humanos de verdade mais – ela disse. – E, se esse for o caso, por que devemos sentir ligação com os colonos? São apenas seres humanos, no fim das contas. Por que não criar soldados das FCD como próximo passo na evolução humana e dar a nós mesmos um empurrãozinho para cima?

– Não pense que a senhora é a primeira a fazer essa pergunta – Oglethorpe disse, o que causou risadinhas gerais. – A resposta curta é que não podemos. Todo o mexe e remexe genético e mecânico que é feito nos soldados das FCD os deixa geneticamente estéreis. Por conta do material genético comum usado no modelo de cada um de vocês, existem muitos recessivos letais para permitir que qualquer processo de fertilização vá muito longe. E há muito material não humano para permitir o cruzamento bem-sucedido com seres humanos normais. Os soldados das FCD são uma peça incrível de engenharia, mas como caminho evolucionário são um beco sem saída. Este é um dos motivos pelos quais nenhum de vocês deve ser tão convencido. Podem correr 1 milha em 5 minutos, mas não podem fazer filhos. Porém, num sentido mais amplo, não há necessidade. O próximo passo da evolução já está acontecendo. Como na Terra, quase todas as colônias são isoladas umas das outras. A maioria das pessoas nascidas em uma colônia ficam lá a vida inteira. Os seres humanos também se adaptam a seus novos lares. Já está começando a acontecer no âmbito cultural. Alguns dos planetas-colônias mais antigos estão começando a mostrar desvios linguísticos e culturais das culturas e idiomas da Terra. Em dez mil anos, haverá um desvio genético também. Com tempo suficiente, haverá tantas espécies humanas diferentes quanto há planetas-colônias. A diversidade é a chave para a sobrevivência. Metafisicamente, talvez vocês devam se sentir ligados às colônias porque, tendo sido mudados, vocês apreciam o potencial humano de se transformar em algo que sobreviverá no universo. Mais diretamente, vocês devem se importar porque as colônias representam o futuro da raça humana e, alterados ou não, vocês ainda são mais próximos dos seres humanos do que de qualquer outra espécie interessante por aí. Mas, por fim, vocês devem se importar porque são velhos o bastante para saber que devem. Esse é um dos motivos pelos quais as FCD selecionam idosos para se tornarem soldados. Não é porque vocês todos estão aposentados e são um peso para a economia. É também porque vocês viveram o bastante para saber que há mais na vida do que a própria vida. A maioria de vocês criou famílias, teve filhos, netos, e entende o valor de fazer algo além de seus objetivos egoístas. Mesmo se nunca se tornarem colonos, ainda vão reconhecer que as colônias humanas são boas para a raça humana, algo pelo qual vale a pena lutar. É difícil enfiar esse conceito na cabeça de alguém com 19 anos. Mas vocês são experientes. Neste universo, o que conta é a experiência.

* * *

Nós treinamos. Nós atiramos. Nós avançamos. E não dormimos muito.

Em seis semanas, tirei Sarah O'Connel do comando de esquadrão. O esquadrão E ficava sistematicamente para trás em exercícios de equipe, o que estava sendo oneroso ao 63º Pelotão em competições entre pelotões. Todas as vezes que um troféu ia para outro pelotão, Ruiz cerrava os dentes e descontava em mim. Sarah aceitou a substituição de bom grado.

– Não é exatamente como cuidar de crianças do jardim de infância, infelizmente – foi o que ela teve a dizer.

Alan assumiu seu lugar e botou o esquadrão nos eixos. Na sétima semana, o 63º Pelotão ganhou um troféu de tiro do 58º. O irônico foi que Sarah, que se revelou uma atiradora do caramba, nos levou ao topo.

Na oitava semana, parei de falar com meu BrainPal. Cuzão havia me analisado o bastante para entender meus padrões cerebrais e começou a aparentemente antecipar minhas necessidades. A primeira vez que percebi foi durante um exercício simulado de tiro livre, quando meu MU-35 trocou de disparos de fuzil para disparos de mísseis guiados, rastreou, disparou e atingiu dois alvos de longa distância, e em seguida trocou novamente para um lança-chamas bem a tempo de fritar um inseto maligno medindo seis pés que surgiu de algum rochedo próximo. Quando percebi que não havia vocalizado nenhum dos comandos, senti uma sensação arrepiante me tomar. Depois de alguns dias, percebi que ficava chateado sempre que precisava vocalizar alguma coisa para Cuzão. O que é horripilante se transforma rapidamente em lugar-comum.

Na nona semana, eu, Alan e Martin Garabedian tivemos de oferecer um pouco de disciplina administrativa a um dos recrutas de Martin, que havia decidido que queria o seu lugar de comandante de esquadrão e não se opunha a uma pequena sabotagem para consegui-lo. O recruta havia sido uma estrela pop moderadamente famosa no passado e costumava conseguir tudo que queria através dos meios que fossem necessários. Foi ardiloso o suficiente para arregimentar alguns colegas de esquadrão para a conspiração, mas, infelizmente para ele, não era inteligente o bastante para perceber que, como comandante do esquadrão, Martin tinha acesso às mensagens que ele estava passando. Martin me trouxe a questão, e eu sugeri que não havia motivo para envolver Ruiz ou outros instrutores no que poderia ser facilmente resolvido por nós.

Se alguém havia percebido um aerobarco da base saindo sem permissão por algum tempo bem tarde naquela noite, não comentou nada. Se alguém vira um recruta pendurado de cabeça para baixo no aerobarco enquanto ele passava perigosamente próximo de algumas árvores, o recruta sendo mantido no aerobarco apenas por um par de mãos em cada tornozelo, também não se pronunciou. Certamente ninguém comentou ter ouvido os gritos desesperados do recruta ou os comentários críticos e muito pouco favoráveis de Martin sobre o álbum mais famoso do ex-pop star. No café da manhã do dia seguinte, o sargento-mor Ruiz observou que eu estava parecendo um pouco desgrenhado pelo vento. Respondi que talvez tivesse sido o cooper refrescante de trinta quilômetros que ele nos fizera correr antes do café.

Na décima primeira semana, o 63º Pelotão e vários outros pelotões desceram nas montanhas ao norte da base. O objetivo era simples: encontrar e derrotar qualquer outro pelotão e, em seguida, fazer os sobreviventes voltarem à base, tudo em quatro dias. Para deixar as coisas interessantes, cada recruta estava equipado com um dispositivo que registrava os tiros tomados por eles. Se um conectasse, o recruta sentiria uma dor paralisante e, em seguida, desmaiaria (e, depois, seria retirado pelos oficiais de treinamento que estivessem observando de perto). Sei disso porque fui a cobaia na base, quando Ruiz quis fazer uma demonstração. Enfatizei ao meu pelotão que eles *não* iriam querer sentir o que eu senti.

O primeiro ataque veio pouco após termos chegado ao solo. Quatro dos meus recrutas caíram antes de eu identificar os atiradores e apontá-los para o pelotão. Pegamos dois, dois fugiram. Ataques esporádicos nas próximas horas deixaram claro que a maioria dos outros pelotões havia se dividido em esquadrões de três ou quatro e estavam caçando outros esquadrões.

Tive outra ideia. Nossos BrainPals possibilitavam manter contato constante e silencioso, independentemente de estarmos próximos um do outro ou não. Outros pelotões pareciam não perceber as implicações deste fato, o que foi bem ruim para eles. Fiz cada membro do pelotão abrir uma linha de comunicação segura do BrainPal com todos os outros membros e, em seguida, fiz cada membro do pelotão se deslocar individualmente, cobrindo terreno e anotando a localização dos esquadrões inimigos que identificassem. Dessa forma, teríamos todos um mapa cada vez mais amplo do terreno e as posições do inimigo. Mesmo se um dos nossos recrutas fosse capturado, as informações que ele oferecesse ajudariam outro membro do pelotão a vingar sua morte (ou, ao menos, impedir que ele fosse morto imediatamente). Um soldado podia se mover rápida e silenciosamente e perseguir esquadrões de outro pelotão, e ainda trabalhar em conjunto com outros soldados quando surgisse uma oportunidade.

Funcionou. Nossos recrutas davam tiros quando podiam, ficavam em silêncio e repassavam informações quando não conseguiam e trabalhavam juntos quando as oportunidades se apresentavam. No segundo dia, eu e um recruta chamado Riley acabamos com dois esquadrões de pelotões inimigos. Estavam tão ocupados atirando uns nos outros que não perceberam Riley e eu mirando neles a distância. Ele acertou dois, eu acertei três, e os outros três aparentemente acertaram uns aos outros. Foi moleza. Depois que terminamos, não falamos nada um para ou outro, apenas desaparecemos na floresta e continuamos a rastrear e compartilhar informações de terreno.

Em certo momento, os outros pelotões perceberam o que estávamos fazendo e tentaram fazer o mesmo, mas, nesse momento, havia muitos do 63º e poucos deles. Eliminamos todos, pegando o último deles por volta do meio-dia, e em seguida começamos a corrida para a base, que estava a uns oitenta quilômetros de distância. O último de nós chegou às 1800. No fim, perdemos dezenove membros do pelotão, incluindo os quatro do início. Mas fomos responsáveis por simplesmente mais da metade do total de mortos nos outros sete pelotões, embora tivéssemos perdido menos de um terço de nosso pessoal. Nem o sargento-mor Ruiz poderia reclamar. Quando o comandante da base nos condecorou com o troféu de Jogos de Guerra, até ele deu um sorrisinho. Não consigo imaginar o quanto isso deve ter doído nele.

– Nossa sorte nunca vai acabar – o recém-promovido soldado Alan Rosenthal disse quando veio até mim na área de embarque de transporte. – Você e eu fomos alocados na mesma nave.

De fato, fomos. Um passeio rápido de volta à Fênix na nave de tropas *Francis Drake* e, em seguida, descanso até a NFCD *Modesto* aportar. Então, nos juntamos ao 2º pelotão, companhia D, do 233º Batalhão de Infantaria das FCD. Um batalhão por nave – mais ou menos mil soldados. Fácil de se perder ali. Fiquei feliz em ter Alan comigo novamente.

Olhei para Alan e admirei seu uniforme colonial novo, limpo e azul – em parte porque eu estava vestindo um igual.

– Caramba, Alan – eu disse. – Nós estamos bonitões.

– Sempre amei um homem de uniforme – Alan me disse. – E agora eu sou o homem de uniforme, e amo ainda mais.

– Opa – eu disse. – Lá vem o sargento-mor Ruiz.

Ruiz me encontrou esperando para embarcar na minha nave. Quando se aproximou, baixei a bolsa de lona que continha meu uniforme do dia a dia e alguns pertences que restavam e me apresentei com uma saudação educada.

– Descansar, soldado – Ruiz disse, devolvendo a saudação. – Para onde vai?

– *Modesto*, sargento-mor – eu falei. – Soldado Rosenthal e eu.

– Não brinca – Ruiz comentou. – No 233º? Que companhia?

– D, sargento-mor. Segundo pelotão.

– Porra, que sensacional, soldado – Ruiz disse. – Vai ter o prazer de servir no pelotão do tenente Arthur Keyes, se aquele idiota filho da puta não tiver conseguido ter o rabo mastigado por algum alienígena ou outro. Quando o senhor o vir, mande meus cumprimentos, se puder. Pode dizer também que o sargento-mor Antonio Ruiz declarou que o senhor não é uma merda tão fedida quanto a maioria dos seus camaradas recrutas revelaram ser.

– Obrigado, sargento-mor.

– Não deixe isso subir à cabeça, soldado. O senhor ainda é uma merda fedida. Só não é uma das grandes.

– Claro, sargento-mor.

– Ótimo. E agora, se me dão licença. Às vezes, a gente só precisa botar o pé na estrada. – Sargento-mor Ruiz fez a saudação, Alan e eu cumprimentamos de volta. Ruiz olhou para nós, deu um sorriso muito, muito forçado e, em seguida, se afastou sem nem olhar para trás.

– Esse cara ainda me deixa todo borrado – Alan disse.

– Sei lá. Eu meio que gosto dele.

– Claro que gosta. Ele acha que você não é uma merda tão fedida. Nesse mundo, isso é um elogio.

– Eu sei muito bem disso – falei. – Agora, tudo que preciso fazer é corresponder.

– Vai conseguir – Alan afirmou. – No fim das contas, você *ain-da* é uma merda fedida.

– Reconfortante – disse eu. – Ao menos terei companhia.

Alan deu um sorrisinho. As portas da nave se abriram. Pegamos nossas coisas e embarcamos.

9___

– Posso dar um tiro – disse Watson, avistando sobre o rochedo. – Deixa eu perfurar uma dessas coisas.

– Não – Viveros, nossa cabo, disse. – O escudo ainda está acionado. Você só vai desperdiçar munição.

– Isso é ridículo – Watson retrucou. – Estamos aqui há horas. Ficamos aqui, sentados. Eles lá, sentados. Quando os escudos deles baixarem, devemos fazer o quê, ir até lá disparando rajadas? Isso aqui não é a porra do século XIV. Não deveríamos marcar um *encontro* para começar a matar o outro cara.

Viveros olhou, irritada.

– Watson, você não ganha para pensar. Então, cala sua boca e fique a postos. De qualquer forma, não vai demorar muito. Há apenas uma coisa que falta no ritual antes de a gente começar.

– É? O quê? – Watson quis saber.

– Eles vão cantar – Viveros respondeu.

Watson fez uma careta.

– O que vão cantar? Um musical da Broadway?

– Não – Viveros retrucou. – Vão cantar nossa morte.

Como se fosse combinado, o escudo imenso e hemisférico que envolvia o acampamento consu brilhou em sua base. Ajustei minha visão e enfoquei várias centenas de metros do campo adiante quando um único Consu saiu, o escudo levemente grudado à sua imensa carapaça até ele se afastar o bastante para os filamentos eletrostáticos se romperem e voltarem ao campo de força.

Era o terceiro e último Consu que emergiria do escudo antes da batalha. O primeiro havia aparecido quase doze horas antes, um soldado de infantaria de patente baixa cujo berro desafiador serviu para sinalizar formalmente a intenção dos Consus de combater. A baixa patente do mensageiro tinha o intuito de transmitir a pouca consideração mantida pelos Consus diante de nossas tropas, sugerindo que se fôssemos realmente importantes, eles teriam enviado uma patente mais alta. Ninguém nas nossas tropas se ofendeu, o mensageiro era sempre de patente baixa, independentemente do oponente. E, de qualquer forma, a menos que você fosse extraordinariamente sensível aos feromônios consus, eles eram todos muito parecidos.

O segundo Consu que surgiu detrás do escudo várias horas depois berrou como um rebanho de vacas presas em um moedor e, em seguida, explodiu, o sangue rosado e pedaços de órgãos e carapaça espirraram instantaneamente contra o escudo consu, chiando de leve enquanto pingavam no chão. Aparentemente, os Consus acreditavam que, se um único soldado fosse ritualmente preparado de antemão, sua alma poderia ser persuadida a estudar o inimigo por um tempo determinado antes de continuar para onde quer que as almas consu fossem. Ou algo nessa linha. É um sinal de honra e não é dado levianamente. Para mim, parecia ser uma maneira bacana de perder seus melhores soldados às pressas, mas considerando que eu era um dos inimigos, era difícil ver desvantagem para nós nessa prática.

O terceiro Consu era um membro da casta mais alta, e seu papel era simplesmente nos dizer os motivos de nossa morte e de que maneira todos morreríamos. Depois desse momento, poderíamos chegar ao matar e morrer de fato. Qualquer tentativa de apressar as coisas tomando a iniciativa de dar um tiro no escudo seria inútil. Exceto se o jogássemos em um núcleo estelar, havia pouco que se poderia fazer a um escudo consu. Matar um mensageiro faria apenas com que os rituais de abertura fossem reiniciados, atrasando a luta e as mortes ainda mais.

Além disso, os Consus não estavam *se escondendo* atrás do escudo. Eles apenas tinham vários rituais pré-batalha para cuidar e prefeririam não ser interrompidos pelo aparecimento inconveniente de balas, feixes de partículas ou explosivos. A verdade era que não havia nada que os Consus gostassem mais do que uma boa luta. Não pensavam duas vezes antes de invadir um planeta, pousar nele e desafiar os nativos a lutar.

O que era o caso aqui. Os Consus não tinham interesse nenhum em colonizar esse planeta. Tinham simplesmente estourado uma colônia humana aqui, deixando-a em pedaços, como uma maneira de informar às FCD que estavam nas redondezas e procurando um pouco de ação. Não era possível ignorar os Consus, pois eles simplesmente continuariam matando colonos até alguém vir lutar com eles formalmente. Você nunca sabia o que era suficiente para eles considerarem um desafio formal. Apenas continuava aumentando as tropas até um mensageiro Consu sair e anunciar a batalha.

Fora os escudos impressionantes e impenetráveis, a tecnologia bélica dos Consus tinha um nível semelhante à das FCD. Esse fato não era tão encorajador como se pode pensar, pois os relatórios recolhidos de batalhas dos Consus com outras espécies indicaram que os armamentos e a tecnologia dos Consus eram sempre mais ou menos equiparáveis aos de seu oponente, o que contribuía para a ideia de que eles não estavam entrando em guerras, mas em uma competição esportiva, parecida com um jogo de futebol, só que com colonos massacrados no lugar dos espectadores.

Atacar os Consus primeiro não era uma opção. Seu sistema interno era protegido por escudo. A energia para gerar o escudo vinha da pequena anã branca que acompanhava o sol de Consu. Ela era completamente envolvida por algum tipo de mecanismo de coleta, de forma que toda a energia emanada dela abastecia o escudo. Falando de maneira realista, você não mexe com um povo que consegue fazer isso. Mas os Consus tinham um código de honra esquisito: se fossem varridos de um planeta em batalha, não voltavam depois. Era como se a batalha fosse a vacina e nós fôssemos o antiviral.

Todas essas informações foram fornecidas por nosso banco de dados da missão, que nosso comandante, tenente Keyes, nos enviou para acesso e leitura antes da batalha. O fato de que Watson não parecia saber nada daquilo significava que não havia acessado o relatório. Não era surpresa nenhuma, pois desde o momento em que conheci Watson, ficou claro que era o tipo de filho da puta arrogante, propositalmente ignorante que mataria a si mesmo ou a seus colegas de esquadrão. Meu problema era que eu era seu colega de esquadrão.

O Consu desdobrou seus braços afiados – muito provavelmente especializados em algum momento de sua evolução para lidar com alguma criatura inimaginavelmente horripilante em seu mundo natal – e, embaixo dele, membros frontais mais parecidos com braços ergueram-se para o céu.

– Está começando – Viveros anunciou.

– Eu poderia acertá-lo com facilidade – Watson disse.

– Faça isso e eu atiro em você – Viveros ameaçou.

O céu estalou com um som que parecia um tiro de fuzil de Deus, seguido pelo que parecia uma serra elétrica cortando um telhado de lata. O Consu estava cantando. Acessei o Cuzão e tive uma tradução completa.

Atentai, honrados adversários,
Somos os instrumentos de vossa morte feliz.
Com nossos costumes, nós vos abençoamos
O espírito dos melhores entre nós santificou nossa batalha.
Nós vos louvaremos enquanto nos movermos entre vossas fileiras
E cantaremos vossas almas, salvas, por suas recompensas.
Não foi vossa fortuna ter nascido entre O Povo
Então vos enviaremos ao caminho que leva à redenção.
Sede corajosos e lutai com audácia
Que podereis renascer em nossa raça.
Essa batalha abençoada santifica o solo
E todos que morrerem e nascerem aqui a partir de então serão salvos.

– Caramba, que alto – Watson disse, enfiando um dedo no ouvido esquerdo e girando. Duvido que tenha se importado em pegar uma tradução.

– Isso não é uma guerra ou um jogo de futebol, pelo amor de Deus – falei para Viveros. – Isso é um batismo.

Viveros deu de ombros.

– As FCD não acham. É como eles começam toda batalha. Acredita-se que é equivalente a um hino nacional, apenas um ritual. Olha, o escudo está descendo. – Ela apontou para o escudo, que estava piscando e descendo por toda a sua extensão.

– Porra, já era hora – Watson comentou. – Estava quase cochilando.

– Ouçam aqui, vocês dois – Viveros disse. – Fiquem calmos, concentrados e mantenham-se abaixados. Estamos numa boa posição aqui, e o tenente quer que a gente alveje esses desgraçados quando vierem. Nada demais, apenas atirem no tórax. É onde fica o cérebro dessas coisas. Cada um que acertarmos significa um a menos para o resto deles se preocupar. Apenas tiros de fuzil, qualquer outra coisa vai nos entregar mais rápido. Parem de falar, a partir de agora apenas BrainPal, entenderam?

– Entendemos – eu respondi.

– Afirmativo – Watson disse.

– Excelente – Viveros comentou. O escudo finalmente apagou, e o campo que separava humanos e Consus foi instantaneamente riscado com trilhas de foguetes que foram avistados e esperados por horas. Os arrotos do choque das explosões foram seguidos imediatamente por gritos humanos e os trinados metálicos dos Consus. Por poucos segundos, não houve nada além de fumaça e silêncio. Em seguida, um grito longo e irregular quando os inimigos avançaram sobre os seres humanos, que por sua vez se mantiveram em posição e tentaram derrubar o máximo de Consus que pudessem antes de as duas frentes colidirem.

– Vamos lá – Viveros disse. E, com isso, ela ergueu o MU, mirou-o em algum Consu distante, e começou a atirar. Seguimos rapidamente seu exemplo.

Como se preparar para a batalha.

Primeiro, verifique os sistemas de seu Fuzil de Infantaria MU-35. Essa é a parte fácil: os MU-35 se automonitoram e se autorreparam, e podem, num piscar de olhos, usar material de um bloco de munição como matéria-prima para arrumar uma avaria. A única maneira de conseguir arruinar permanentemente um MU é expô-lo ao fogo de uma turbina de propulsão. Considerando que você provavelmente estaria preso à arma, nesse caso, você teria outros problemas com que se preocupar.

Segundo, vista seu uniforme de batalha. É o collant padrão autosselante de corpo todo que cobre tudo, exceto o rosto. O collant é projetado para deixar que você se esqueça do corpo durante a batalha. O "tecido" de nanorrobôs organizados deixa passar luz para fotossíntese e calor regular. Mesmo em uma plataforma de gelo ártica ou em uma duna saariana, a única diferença que seu corpo percebe é a mudança visual do cenário. Se, de alguma forma, você conseguir suar, seu uniforme absorve o suor, filtrando e armazenando a água até que se consiga transferir para um cantil. Pode lidar com a urina dessa forma também. Defecar em seu uniforme em geral não é recomendado.

Se receber uma bala na barriga (ou em qualquer lugar), o tecido endurece no ponto de impacto e transfere a energia pela superfície do traje em vez de permitir que a bala atravesse. É extremamente doloroso, mas é melhor do que deixar uma bala ricochetear alegremente pelos seus intestinos. Funciona apenas até certo ponto, infelizmente, por isso evitar o fogo inimigo ainda está na ordem do dia.

Acrescente o cinto, que inclui uma faca de combate, uma ferramenta multiuso – que é o que um canivete suíço quer ser quando crescer –, um abrigo pessoal incrivelmente retrátil, o cantil, barras de cereal para uma semana e três encaixes para blocos de munição. Esfregar um creme carregado de nanorrobôs no rosto cria uma interface com o collant para compartilhar informações do ambiente. Acione a camuflagem e tente se encontrar no espelho.

Terceiro, abra um canal no BrainPal para o restante do esquadrão e deixe aberto até voltar à nave ou morrer. Achei que foi muito inteligente pensar nisso no treinamento, mas ela se revelou uma das mais sagradas regras não oficiais durante o calor da batalha. Comunicar-se via BrainPal significa receber e enviar comandos ou sinais claros

– e não há nenhuma palavra para entregar sua posição. Se ouvir um soldado das FCD durante o calor da batalha, ou ele é um idiota ou está gritando porque foi alvejado.

A única desvantagem da comunicação via BrainPal é que seu BrainPal também pode enviar informações emocionais se você não estiver prestando atenção. Pode ser um fator de distração se, de repente, você sentir que vai se mijar de medo, apenas para perceber que não é você que está prestes a soltar a bexiga, mas seu colega de esquadrão. Também é algo que nenhum de seus colegas jamais vai perdoar.

Conecte-se *apenas* com seus colegas de esquadrão – tente manter um canal aberto para seu pelotão inteiro e, de repente, sessenta pessoas estarão xingando, brigando e morrendo dentro de sua cabeça. É desnecessário.

Por fim, esqueça tudo, exceto seguir ordens, mate qualquer coisa que não for humana e sobreviva. As FCD simplificam essa parte: nos primeiros dois anos de serviço, cada soldado é de infantaria, não importa se foi zelador ou cirurgião, senador ou mendigo na vida passada. Se você conseguir passar desses dois anos, recebe a chance de se especializar, ganhar um passe colonial permanente em vez de perambular de batalha em batalha e preencher o nicho e os papéis de apoio que todo corpo militar tem. Mas por dois anos, tudo que precisará fazer é ir aonde eles mandam, ficar atrás do fuzil, matar e não ser morto. É simples, mas simples não é a mesma coisa que fácil.

Eram necessários dois tiros para derrubar um soldado Consu. Essa era nova, nenhuma informação sobre eles mencionava o escudo pessoal. Mas algo estava permitindo que eles tomassem o primeiro tiro, que os fazia cair sobre o que talvez pudéssemos considerar uma bunda, mas estavam em pé de novo em questão de segundos. Então, dois tiros: um para derrubar e outro para manter no chão.

Dois tiros na sequência no mesmo alvo em movimento não é uma tarefa fácil quando você está atirando a algumas centenas de metros de distância em um campo de batalha muito agitado. Depois de perceber aquele fato, fiz o Cuzão criar uma rotina de disparo especializada que enviava duas balas em uma puxada de gatilho, o primeiro com uma ponta oca e o segundo com uma carga de explosivo. A especificação foi liberada para o meu MU entre tiros. Em um segundo eu estava soltando munição de fuzil padrão de disparo único, no próximo eu estava atirando minha bala especial mata-Consu.

Eu amava meu fuzil.

Encaminhei a especificação de disparo para Watson e Viveros. Viveros mandou para a cadeia de comando. Dentro de um minuto, o campo de batalha ficou salpicado com o som de tiros duplos rápidos, seguidos de dúzias de Consus explodindo quando as cargas explosivas pressionavam os órgãos internos contra a parte interna da carapaça. Soava como pipoca estourando. Eu olhei para Viveros, e ela estava mirando e atirando sem mostrar emoção. Watson atirava e sorria como um garoto que acabara de ganhar um bicho de pelúcia no tiro ao alvo de um parque de diversões.

[Opa], Viveros enviou. *[Encontraram a gente, abaixem-se.]*

– Quê? – Watson perguntou e ergueu a cabeça. Eu o agarrei e puxei-o para baixo quando os foguetes bateram nos rochedos que estávamos usando de cobertura. Tomamos uma chuva de cascalho recém-estourado. Ergui os olhos a tempo de ver um pedaço do rochedo do tamanho de uma bola de boliche caindo e girando loucamente na direção do meu crânio. Eu bati nele sem pensar. O traje endureceu pela extensão do meu braço e o pedaço de pedra voou lentamente como uma bola de softball. Meu braço doeu. Na minha outra vida, eu seria o proprietário de três ossos do braço provavelmente bem deslocados. Não faria aquilo de novo.

– Caralho, essa foi por pouco – Watson disse.

– Cala a boca – eu falei e enviei para Viveros. *[E agora?]*

[Aguentem firme], ela mandou e pegou a ferramenta multiuso do cinto. Ela o transformou num espelho e em seguida usou para olhar sobre a ponta da rocha na qual estava. *[Seis, não, sete a caminho]* Houve um estalo bem próximo. *[Agora são cinco]*, ela corrigiu e aproximou a ferramenta. *[Preparem granadas, acompanhem, depois atacamos]*

Eu assenti, Watson abriu um sorrisinho e, quando Viveros enviou *[Vai]*, todos nós lançamos granadas sobre as rochas. Eu contei três de cada. Após nove explosões, exalei, rezei, me levantei e vi os restos de um Consu, outro arrastando-se zonzo para longe de sua posição e dois cambaleando para se cobrir. Viveros pegou o ferido, Watson e eu pegamos os outros dois.

– Recebam as boas-vindas para a festa, babacas! – Watson gritou e, em seguida, ergueu e sacudiu a cabeça, exultante, sobre o rochedo bem a tempo de ser atingido na cara pelo quinto Consu que estava à frente das granadas e ficou abaixado enquanto exterminávamos seus amigos. Ele ergueu um cano no nariz de Watson e disparou. Uma cratera abriu-se no rosto para dentro e em seguida para fora, e um gêiser de SmartBlood e tecidos que costumavam ser a cabeça de Watson espirraram sobre o alienígena. O collant de Watson, feito para endurecer quando atingido por projéteis, fez exatamente isso quando o tiro atingiu a parte de trás do capuz, fazendo o tiro, o SmartBlood, os cacos de crânio, o cérebro e o BrainPal serem expelidos pela única abertura pronta disponível.

Watson não soube o que o atingiu. A última coisa que enviou pelo canal de BrainPal foi uma onda de emoção que poderia ser mais bem descrita como uma perplexidade desorientada, a surpresa tênue de alguém que sabe que está vendo algo que não estava esperando e não entendeu o que é. Em seguida, sua conexão foi interrompida, como uma transmissão de dados encerrada de repente.

O Consu que atirou em Watson cantou enquanto partia a cara dele ao meio. Havia deixado meu circuito de tradução ligado, por isso vi a morte de Watson legendada, a palavra "Redimido" repetida várias vezes enquanto pedaços da cabeça do soldado formavam gotículas escorridas no tórax do Consu. Eu gritei e atirei. O Consu foi lançado para trás e seu corpo explodiu quando bala atrás de bala enterrava-se na placa torácica e a detonava. Só parei quando vi que havia gastado trinta disparos em um Consu já morto.

– Perry – disse Viveros, voltando para a voz para me acordar do estado em que eu estava, fosse lá qual fosse. – Tem outros vindo. Hora de avançar. Vamos.

– E Watson? – perguntei.

– Deixe-o aí – Viveros respondeu. – Está morto, você não, e, de qualquer forma, não há ninguém aqui para chorar a morte dele. Voltamos para pegar o corpo depois. Vamos lá. Vamos sobreviver.

Nós vencemos. A técnica de fuzil de bala dupla reduziu substancialmente a manada de Consus antes de eles entenderem e mudarem de tática, recuando para lançar foguetes em vez de fazer outro ataque frontal. Depois de várias horas assim, bateram em retirada por completo e levantaram o escudo, deixando um esquadrão para trás para cometer suicídio ritual, sinalizando que os Consus haviam aceitado a derrota. Depois que enterraram as facas cerimoniais na cavidade cerebral, tudo o que restou foi recolher nossos mortos e os feridos que haviam sido deixados no campo de batalha.

Naquele dia, o 2º Pelotão terminou muito bem. Dois mortos, incluindo Watson, e quatro feridos, apenas uma com gravidade. Ela passaria o próximo mês reconstruindo o intestino grosso, enquanto os outros três estariam bem e de volta ao serviço em questão de dias. Considerando tudo, as coisas poderiam ter sido piores. Um aerobarco blindado consu arremeteu na direção do 4º Pelotão, a posição da Companhia c, e explodiu, levando dezesseis pessoas com ele, incluindo o comandante do pelotão e dois líderes de esquadrão, e ferindo o restante do pelotão. Se o tenente do 4º Pelotão já não estivesse morto, desconfio que ele desejaria estar após uma merda no ventilador como essa.

Depois de termos recebido o sinal verde do tenente Keyes, voltei para buscar Watson. Um grupo de animais carniceiros de oito pernas já estava sobre ele. Atirei em um, o que fez o restante se dispersar. Tinham feito avanços impressionantes nele em pouco tempo. Tive uma surpresa sombria em sentir como alguém podia pesar tão menos depois de se retirar a cabeça e muito dos tecidos moles. Joguei-o nas costas, num transporte de bombeiro com o que restava dele, e comecei a trilhar os poucos quilômetros até o necrotério temporário. Tive de parar para vomitar apenas uma vez.

Alan me avistou no caminho.

— Precisa de ajuda? — ele perguntou, aproximando-se.

— Estou bem. Ele não está mais muito pesado.

— Quem é?

— Watson — respondi.

— Ah, *ele* — Alan disse e fez uma careta. — Bem, tenho certeza de que alguém, em algum lugar, vai sentir falta dele.

— Tente não se acabar de chorar quando for eu — eu disse. — Como foi hoje?

— Nada mal — Alan disse. — Mantive minha cabeça abaixada a maior parte do tempo, ergui meu fuzil de vez em quando e disparei algumas vezes meio que na direção do inimigo. Devo ter atingido alguma coisa. Sei lá.

— Ouviu o canto de morte antes da batalha?

— Claro que ouvi — Alan confirmou. — Pareciam dois trens de carga acasalando. Não é o tipo de coisa que dá para escolher *não* ouvir.

– Não, digo, você ouviu a tradução? Ouviu o que a canção dizia?

– Sim – Alan respondeu. – Não sei se gosto do plano deles de nos converter para sua religião, vendo que ela envolve morrer e tudo o mais.

– As FCD parecem pensar naquilo apenas como um ritual. Como uma oração que eles recitam porque é algo que eles fazem desde sempre – eu disse.

– O que você acha? – Alan perguntou.

Entortei a cabeça para apontar Watson.

– O Consu que matou esse aqui estava gritando "redimido, redimido" o mais alto que podia, e tenho certeza de que teria feito o mesmo se tivesse conseguido me estripar. Acho que as FCD subestimam o que está acontecendo aqui. Acho que o motivo de os Consus não voltarem depois das batalhas não é porque pensam que perderam. Não acho que essa batalha realmente se resuma a ganhar ou perder. Na visão deles, este planeta agora está consagrado pelo sangue. Eu acho que eles pensam ser *donos* dele agora.

– Então é por isso que não ocupam?

– Talvez não seja o momento – eu disse. – Talvez eles tenham de esperar uma espécie de Armagedom. O que eu quero dizer é que não acho que as FCD saibam se os Consu consideram este planeta de sua propriedade ou não. Acho que, em algum momento lá na frente, eles podem ter uma baita surpresa.

– Tudo bem, isso eu entendo – Alan disse. – Todo militar de quem já ouvi falar tem um histórico de arrogância. Mas o que você propõe que a gente faça sobre isso?

– Que merda, Alan, não tenho a menor ideia – eu disse. – A não ser tentar estar morto muito antes de isso acontecer.

– Mudando para um assunto menos deprimente – Alan comentou –, ótimo trabalho pensar na solução de disparo para a batalha. Alguns de nós já estavam ficando putos da vida de atirar naqueles desgraçados e eles simplesmente levantarem e continuarem a se aproximar. Vai beber de graça pelas próximas semanas.

– Não vai ter bebida grátis. Lembra que essa é uma excursão com tudo pago para o inferno? – eu disse.

– Bem, se pudéssemos pagar, você beberia.

– Tenho certeza de que não foi grande coisa – eu comentei e percebi que Alan havia parado e estava prestando continência. Eu ergui os olhos e vi Viveros, o tenente Keyes e um oficial que não reconheci andando a passos largos na minha direção. Parei e esperei até que se aproximassem.

– Perry – o tenente Keyes me chamou.

– Tenente – eu disse. – Perdoe por eu não poder prestar continência. Estou carregando um cadáver para o necrotério.

– É para onde eles vão – Keyes disse e apontou para o cadáver. – Quem é esse?

– Watson, senhor.

– Ah, *ele* – Keyes falou. – Não demoraria muito para acontecer.

– Ele se empolgava, senhor – eu comentei.

– Acredito que sim – Keyes disse. – Bem, Perry, este é o tenente-coronel Rybicki, comandante do 233º.

– Senhor – eu disse –, desculpe por não prestar continência.

– Sim, um cadáver, eu sei – disse Rybicki. – Filho, queria apenas dar meus parabéns pela solução de disparos de hoje. Você economizou muito tempo e salvou vidas. Aqueles Consus desgraçados vivem mudando as coisas. Aqueles escudos pessoais eram uma novidade, e eles estavam dando um bocado de trabalho. Vou pedir uma comenda para você, soldado. O que acha?

– Obrigado, senhor – eu disse. – Mas tenho certeza de que outra pessoa teria pensado nisso mais cedo ou mais tarde.

– Provavelmente, mas você pensou mais cedo e isso conta.

– Sim, senhor.

– Quando voltarmos à *Modesto*, espero que algum colega de infantaria pague uma bebida para você, filho.

– Seria ótimo, senhor – eu falei e olhei para Alan, que abria um sorrisinho lá atrás.

– Muito bem, parabéns novamente. – Rybicki apontou para Watson. – E sinto muito pelo seu amigo.

– Obrigado, senhor. – Alan prestou continência por nós dois. Rybicki devolveu o cumprimento e partiu, seguido por Keyes. Viveros virou-se para mim e para Alan.

– Você parece ter gostado disso – Viveros me disse.

– Eu só estava pensando que fazia uns cinquenta anos que ninguém me chamava de "filho" – comentei.

Viveros sorriu e apontou para Watson.

– Sabe para onde vai levá-lo? – ela perguntou.

– O necrotério fica logo depois daquelas colinas – eu falei. – Vou deixar Watson lá e em seguida gostaria de pegar o primeiro transporte de volta para a *Modesto*, se não houver problema.

– Caralho, Perry – Viveros disse. – Você é o herói do dia. Pode fazer o que quiser.

Ela deu a volta para ir embora.

– Ei, Viveros – eu a chamei. – É sempre assim?

Ela voltou.

– O que é sempre assim?

– Isso – eu respondi. – Guerra. Batalhas. Lutas.

– Hein? – Viveros disse e bufou. – Nem fodendo, Perry. Hoje foi moleza. Mais fácil, impossível. – E, em seguida, ela partiu, trotando, muito satisfeita.

E assim foi minha primeira batalha. Minha era de guerra havia começado.

10_

Maggie foi a primeira dos Velharias a morrer.

Morreu na atmosfera superior de uma colônia chamada Temperança, uma ironia porque, como a maioria das colônias com indústria de mineração pesada, era cheia de bares e bordéis. A crosta carregada de metal de Temperança havia sido uma colônia dura de conquistar e difícil para os seres humanos manterem – a presença permanente das FCD lá era três vezes maior que o complemento colonial costumeiro, e eles sempre enviavam tropas adicionais para ajudá-los. A nave de Maggie, a *Dayton*, pegou uma dessas missões quando forças ohu apareceram no espaço de Temperança e salpicaram um exército de drones guerreiros na superfície do planeta.

O pelotão de Maggie seria parte dos esforços para recuperar uma mina de alumínio a cem quilômetros de Murphy, o principal porto de Temperança. Eles nem chegaram a aterrissar. No caminho, o casco da nave da tropa foi atingido por um míssil ohu, que abriu o casco e sugou vários soldados para o espaço, inclusive Maggie. A maioria desses soldados morreu instantaneamente com a força do impacto ou pelos pedaços do casco que estraçalharam seus corpos.

Maggie não foi uma delas. Foi sugada para o espaço sobre Temperança totalmente consciente, seu collant de combate fechando-se automaticamente ao redor do rosto para que ela não vomitasse os pulmões. Maggie imediatamente enviou uma mensagem para os líderes de esquadrão e pelotão. O que restou do líder de esquadrão estava se debatendo em seu cinto de segurança. O líder de pelotão já não era de muita ajuda, mas não era culpa dele. A nave da tropa não estava equipada para resgates espaciais e, de todo modo, estava seriamente danificada e avançava com dificuldade sob ataque em direção à nave das FCD mais próxima para desembarcar os passageiros sobreviventes.

Uma mensagem para a própria *Dayton* também era inútil, pois ela estava trocando tiros com várias naves ohu e não poderia enviar ajuda. Nem qualquer outra nave poderia. Em situações fora de batalha, ela já seria um alvo pequeno demais, muito distante da gravidade de Temperança e também muito próxima da atmosfera para fazer qualquer coisa além de tentativas de resgate das mais heroicas. Em uma situação de batalha campal, ela já estaria morta.

E então Maggie, cujo SmartBlood já estava atingindo seu limite de transporte de oxigênio e cujo corpo já estava começando a implorar por ele, pegou seu MU, mirou na nave ohu mais próxima, calculou uma trajetória e descarregou foguete atrás de foguete. Cada disparo de foguete deu a Maggie uma propulsão igual para o lado oposto, fazendo-a avançar na direção do céu noturno de Temperança. Os dados de batalha mostrariam mais tarde que seus foguetes, disparados ao longe com propulsor, de fato chegaram a causar impacto na nave ohu, provocando danos pequenos.

Em seguida, Maggie virou-se, encarou o planeta que a mataria e, como a boa professora de religiões orientais que costumava ser, compôs um *jisei*, um poema de morte, na forma de haicai.

Amigos, não chorem
Caio uma estrela cadente
Na próxima vida

Ela enviou isso e os últimos momentos de sua vida para nós e morreu, atravessando com brilho o céu noturno de Temperança.

Era minha amiga. Por um tempo, foi minha amante. Foi mais corajosa do que eu teria sido no momento da morte. E aposto que ela foi uma estrela cadente e tanto.

– O problema das Forças Coloniais de Defesa não é que não sejam uma força de combate excelente. É que seu uso é muito leviano.

Assim falou Thaddeus Bender, duas vezes senador pelos Democratas de Massachusetts, ex-embaixador (em vários períodos) da França, do Japão e das Nações Unidas, secretário de Estado na ademais desastrosa administração Crowe. Autor, palestrante e, por fim, o último acréscimo ao Pelotão D. Como este último cargo tinha mais relevância para o restante de nós, todos concluímos que o soldado senador embaixador secretário Bender era mesmo um grandessíssimo de um merda.

É incrível como alguém vai de calouro a veterano tão rápido. Em nossa chegada à *Modesto*, Alan e eu recebemos nossas passagens, fomos cumprimentados de maneira cordial, ainda que superficialmente, pelo tenente Keyes (que ergueu uma sobrancelha quando repassamos os cumprimentos do sargento Ruiz) e fomos tratados com desprezo benigno pelo resto do pelotão. Nossos comandantes de esquadrão falavam conosco quando precisávamos, e nossos colegas de esquadrão passavam informações que precisávamos saber. Do contrário, estávamos fora da turma.

Não era nada pessoal. Os três novos caras, Watson, Gaiman e McKean, todos receberam o mesmo tratamento, que se baseava em dois fatos. O primeiro era que, se caras novos entravam, significava que um velho amigo havia partido – e, em geral, "partir" aqui significava "morrer". Institucionalmente, soldados podem ser substituídos como dentes de uma engrenagem. Porém, no nível do pelotão e do esquadrão, você está substituindo um amigo, um colega de esquadrão, alguém que lutou, venceu e morreu. A ideia de que você, quem quer que seja, pode repor ou substituir aquele amigo e colega de equipe morto é um pouco ofensiva àqueles que o conheceram.

O segundo, claro, é que você simplesmente ainda não lutou. E, até fazê-lo, você não é da turma. Não pode ser. Não é sua culpa e, de qualquer forma, esse problema logo vai ser corrigido. Mas, enquanto não estiver no campo de batalha, você só é um cara ocupando o espaço onde um homem ou mulher melhor estava antes.

Percebi a diferença imediatamente após nossa batalha com os Consus. Era cumprimentado pelo nome, convidado a dividir mesas no refeitório e a jogar sinuca ou era puxado para conversas. Viveros, minha comandante de esquadrão, começou a me pedir opiniões em vez de me dizer como as coisas eram. O tenente Keyes me contou a história do sargento Ruiz, envolvendo um aerobarco e a filha de um colonial, na qual eu simplesmente não acreditei. Em resumo, eu me tornei um deles – um de *nós*. A solução de disparos dos Consus e a comenda subsequente ajudaram, mas Alan, Gaiman e McKean também foram bem-vindos no grupo, e eles não fizeram nada além de lutar e não morrer. Era o suficiente.

Agora, depois de três meses, tivemos mais algumas rodadas de novatos chegando ao pelotão e os vimos substituir pessoas com quem fizemos amizade – sabíamos como o pelotão se sentiu quando chegamos para tomar o lugar de outra pessoa. Tivemos a mesma reação: até você lutar, está apenas ocupando espaço. Mais novatos se infiltraram, entenderam e aguentaram os primeiros dias até vermos um pouco de ação.

No entanto, o Soldado Senador Embaixador Secretário Bender não teve nada disso. Desde o momento em que apareceu, ele quis agradar ao pelotão, visitando cada membro pessoalmente e tentando estabelecer um relacionamento profundo, pessoal. Era incômodo.

– É como se ele estivesse em uma corrida eleitoral – Alan reclamou, e não estava exagerando. Uma vida inteira concorrendo a um cargo faz isso com as pessoas. Elas simplesmente não sabem quando parar.

O Soldado Senador Embaixador Secretário Bender também passou a vida supondo que as pessoas ficavam apaixonadamente interessadas naquilo que ele tinha a dizer, por isso nunca calava a boca, nem mesmo quando ninguém parecia estar ouvindo. Então, quando ele opinou enlouquecidamente sobre os problemas das FCD no refeitório, no fundo estava falando de si mesmo. Seja como for, sua afirmação foi tão provocadora que causou indignação em Viveros, com quem eu estava almoçando.

– Desculpe? – ela interveio. – Poderia repetir essa última parte?

– Eu disse que acho que o problema das FCD não é que não sejam uma boa força de batalha, mas que são usadas de forma muito leviana – Bender repetiu.

– Sério? – Viveros disse. – Essa eu preciso ouvir.

– Na verdade, é simples – Bender disse e trocou para uma posição que imediatamente reconheci das fotos dele lá na Terra: mãos à mostra e levemente curvadas para dentro, como se para agarrar o conceito que ele estava iluminando para entregar aos outros. Como eu estava na ponta que recebe do movimento, percebi como era condescendente. – Sem dúvida, as Forças Coloniais de Defesa são uma força de batalha extremamente capaz. Mas, em um sentido muito real, essa não é a questão. A questão é: o que estamos fazendo para *evitar* seu uso? Houve momentos em que as FCD foram usadas quando esforços diplomáticos intensivos talvez tivessem melhores resultados?

– Você deve ter perdido o discurso que eu ouvi – falei. – Sabe, aquele sobre não estarmos em um universo perfeito e a concorrência por terreno ser veloz e furiosa.

– Ah, eu *ouvi* isso – Bender disse. – Só não sei se *acredito* nisso. Quantas estrelas há nesta galáxia? Uns cem bilhões? A maioria delas tem um sistema de planetas de algum tipo. O terreno é praticamente infinito. Não, acho que a questão real aqui pode ser que o *motivo* pelo qual usamos a força ao lidar com outros espécimes alienígenas inteligentes é que a força é o que está mais à mão. É rápida, direta e, comparada às complexidades da diplomacia, simples. Você conquista um pedaço de terra ou não. Ao contrário da diplomacia, que é um esforço intelectualmente muito mais difícil.

Viveros olhou para mim, em seguida de volta para Bender.

– Acha que o que estamos fazendo é *simples*?

– Não, não. – Bender sorriu e ergueu a mão aplacadora. – Disse que é simples *se comparado* à diplomacia. Se eu lhe der uma arma e disser para tomar uma colina de seus habitantes, a situação é relativamente simples. Mas se eu disser para você ir até os habitantes e negociar um acordo que possibilite sua aquisição daquela colina, há muita coisa envolvida: o que você fará com os habitantes atuais, como serão compensados, que direitos continuarão a ter com relação à colina e tudo o mais.

– Supondo que o povo da colina não atire quando você aparecer com a bolsa diplomática na mão – eu disse.

Bender sorriu para mim e apontou vigorosamente.

– Olha, é *exatamente* isso. Acreditamos que nossos adversários têm a mesma perspectiva bélica que nós. Mas e se... *e se*... a porta estivesse aberta à diplomacia, mesmo que fosse apenas uma frestinha? Espécimes inteligentes, sencientes, não escolheriam passar por essa porta? Vamos pegar, por exemplo, o povo de Whaid. Estamos prestes a entrar em guerra com eles, não é?

De fato, estávamos. Os Whaidianos e os seres humanos estavam se estranhando por mais de uma década, lutando pelo sistema Earnhardt, que compreendia três planetas habitáveis por ambos os povos. Sistemas com planetas habitáveis por múltiplas espécies eram bem raros. Os Whaidianos eram tenazes, mas também relativamente fracos. Sua rede de planetas era pequena e grande parte da indústria ainda se concentrava em sua terra natal. Como os Whaidianos não haviam entendido que seria melhor ficar longe do sistema Earnhardt, o plano era dar um salto espacial até o espaço whaidiano, destruir seu espaçoporto e as principais zonas industriais e atrasar em algumas décadas suas capacidades de expansão. O 233º faria parte da força-tarefa escalada para aterrissar na capital deles e bagunçar um pouco o lugar. Deveríamos evitar matar civis quando pudéssemos, mas abriríamos alguns buracos nos parlamentos, centros religiosos e assim por diante. Não havia vantagem industrial para fazê-lo, mas deixava clara a mensagem de que poderíamos arrasá-los a qualquer momento, simplesmente porque queríamos, o que chacoalharia as bases deles.

– O que tem eles? – Viveros perguntou.

– Bem, fiz algumas pesquisas sobre esse povo – Bender disse. – Eles têm uma cultura notável, sabiam? A forma artística mais elevada é uma espécie de cântico religioso como o dos Gregorianos. Eles chegam a uma cidade cheia de Whaidianos e começam a cantar. Dizem que é possível ouvir o canto a dezenas de quilômetros e eles duram horas.

– E daí?

– *E daí* que é uma cultura que deveríamos celebrar e explorar, não conter em seu planeta simplesmente porque estão no nosso caminho. Os coloniais tentaram chegar a um acordo de paz com esse povo? Não encontro registros de uma tentativa. Acredito que deveríamos *fazer* uma tentativa. Talvez uma tentativa possa ser feita por *nós*.

Viveros bufou.

– Negociar um tratado está um pouco além de nossa alçada, Bender.

– No meu primeiro mandato como senador, fui até a Irlanda do Norte como parte de uma comitiva comercial e terminei conseguindo um tratado de paz de católicos e protestantes. Não tinha a autoridade para fazer esse acordo, e isso causou uma controvérsia imensa quando voltei aos Estados Unidos. Mas quando uma oportunidade para a paz surge, ela deve ser aproveitada – disse Bender.

– Eu me lembro disso – falei. – Foi pouco antes da temporada de marchas mais sangrenta em dois séculos. Um acordo de paz que não deu muito certo.

– Não foi culpa do *acordo* – Bender retrucou um tanto na defensiva. – Algum garoto católico drogado jogou uma granada em uma marcha de protestantes, e depois disso tudo acabou.

– Malditas pessoas de carne e osso, ficando no caminho dos seus ideais pacíficos – provoquei.

– Olha só, eu já disse que a diplomacia não é fácil – Bender disse. – Mas acho que, no fim das contas, temos mais a ganhar tentando trabalhar com esses povos do que tentando exterminá-los. É uma opção que deveria ao menos ser considerada.

– Obrigada pelo seminário, Bender – Viveros disse. – Agora, se você me ceder a palavra, tenho duas observações a fazer. A primeira é que, até você lutar, o que você sabe ou o que você pensa que sabe não significa merda nenhuma nem pra mim, nem pra ninguém aqui. Aqui não é a Irlanda do Norte, aqui não é Washington e não é o planeta Terra. Quando você se alistou, se alistou como soldado, e é melhor se lembrar disso. Segundo, não importa o que você ache, *soldado*, sua responsabilidade no momento não é com o universo ou com a humanidade como um todo, é comigo, com seus colegas de esquadrão, com seu pelotão e com as FCD. Quando receber uma ordem, vai cumpri-la. Se for além do escopo de suas ordens, vai ter que responder a mim. Estamos entendidos?

Bender encarou Viveros com um tanto de frieza.

— Muito mal foi feito sob o pretexto de "apenas seguir ordens" – ele disse. – Espero que nunca sejamos obrigados a usar a mesma desculpa.

Viveros estreitou os olhos.

— Eu já acabei de comer – ela disse e se levantou, levando a bandeja com ela.

Bender arqueou as sobrancelhas quando ela saiu.

— Não quis ofender – ele me disse.

Olhei Bender com cuidado.

— Você reconhece o nome "Viveros", Bender? – perguntei.

Ele franziu o cenho de leve.

— Não me é familiar.

— Tente lembrar – eu disse. – Acho que tínhamos uns cinco ou seis anos.

Uma luz piscou na sua cabeça.

— Tinha um presidente peruano chamado Viveros. Acho que foi assassinado.

— Isso mesmo, Pedro Viveros. E não apenas ele. Sua mulher, seu irmão, a mulher do irmão e grande parte de seus familiares foram assassinados no golpe militar. Apenas uma das filhas de Pedro sobreviveu. A babá enfiou a menina em um saco de roupas sujas enquanto os soldados vasculhavam o palácio presidencial à procura de membros da família. A babá foi estuprada antes de cortarem sua garganta, aliás.

Bender ficou cinza-esverdeado.

– Ela não pode ser a filha – disse ele.

– Ela é. E saiba que, quando o golpe foi extinto e os soldados que mataram sua família foram julgados, a desculpa foi que eles estavam apenas seguindo ordens. Então, independentemente de você ter apresentado bem ou não sua *opinião*, acabou de apresentar à última pessoa no universo a quem se deveria dar sermão sobre a banalidade do mal. Ela sabe *tudo* sobre isso. Foi assim que sua família foi massacrada enquanto ela estava em um carrinho de lavanderia no porão, sangrando e tentando não chorar.

– Meu Deus, fiquei arrasado. Sério – Bender disse. – Eu não teria dito nada se soubesse. Mas eu não sabia.

– Claro que não, Bender. E foi isso que Viveros disse. Aqui, você *não* sabe. Você não sabe de nada.

– Atenção – disse Viveros enquanto descíamos até a superfície. – Nosso trabalho é estritamente esmagar e correr. Estamos aterrissando perto do centro de operações do governo. Vamos explodir prédios e estruturas, mas evitar atirar em alvos vivos, a menos que soldados das FCD sejam alvos antes. Já chutamos o saco desse povo, agora só estamos mijando em cima dele enquanto está no chão. Sejam rápidos, causem dano e voltem. Entendidos?

A operação tinha sido moleza até então: os Whaidianos estavam extremamente despreparados para uma chegada repentina e instantânea de duas dúzias de naves de batalha das FCD em seu espaço aéreo. As FCD abriram uma ofensiva de distração no sistema Earnhardt vários dias antes para atrair naves whaidianas lá como apoio de batalha, então não havia quase ninguém para defender a fortaleza natal, e aqueles que estavam foram estourados no céu rapidamente e de surpresa.

Nossos destróieres também fizeram um trabalho rápido no maior espaçoporto whaidiano, estilhaçando junções essenciais da estrutura de quilômetros de largura, o que fez a própria força centrípeta do porto quebrá-la ao meio (sem desperdiçar mais munição que o necessário). Não foram detectados compartimentos de salto lançados para alertar as forças whaidianas no sistema Earnhardt sobre nosso ataque, então eles não sabiam que estavam sendo induzidos até ser tarde demais. Se alguma das forças whaidianas sobrevivesse à batalha lá, retornaria para casa e não encontraria lugar para aportar ou fazer reparos. Nossas forças estariam bem longe quando chegassem.

Com o espaço local livre de ameaças, as FCD, com calma, selecionaram como alvos centros industriais, bases militares, minas, refinarias, usinas de dessalinização, represas, satélites solares, portos, instalações de lançamento de espaçonaves, grandes vias e qualquer outra coisa que necessitaria de reconstrução pelos Whaidianos antes de eles reconstruírem suas potencialidades interestelares. Após seis horas de espancamento consistente e perseverante, os Whaidianos foram efetivamente empurrados de volta para os dias dos motores de combustão interna, e provavelmente ficariam lá por um tempo.

As FCD evitaram bombardeios aleatórios de larga escala em cidades maiores, pois a morte injustificada de civis não era seu objetivo. O serviço de inteligência das FCD desconfiava que haveria grandes tragédias a jusante das barragens destruídas, mas realmente eram inevitáveis. Não haveria maneira de os Whaidianos impedirem as FCD de explodir as principais cidades, mas o pensamento era que eles já teriam muitos problemas com doenças, fome e agitação política e social como resultado da destruição das bases industrial e tecnológica. Portanto, ir ativamente atrás da população civil era visto como desumano e (igualmente importante para as altas patentes das FCD) um uso ineficiente de recursos. Além da capital, que entrou na mira estritamente como um exercício de guerra psicológica, nenhum ataque de solo foi sequer considerado.

Não que os Whaidianos na capital parecessem apreciar essa decisão. Projéteis e raios ricochetearam em nossos veículos de transporte de tropa assim que aterrissamos. Pareciam uma chuva de granizo e ovos fritando no casco.

– Dois por dois – Viveros disse, organizando o esquadrão em duplas. – Ninguém sai sozinho. Consultem os mapas e não sejam pegos. Perry, você escolta Bender. Não deixe que ele fique assinando tratados de paz, por favor. E, como bônus, vocês dois serão os primeiros a sair. Atenção para o alto e cuidem dos franco-atiradores.

– Bender. – Eu acenei para ele se aproximar. – Ajuste seu MU para foguetes e me siga. Ligue a camuflagem. Vamos falar apenas por BrainPal. – A rampa do veículo de transporte desceu, e Bender e eu corremos porta afora. Bem diante de mim, a quarenta metros, havia uma escultura abstrata muito vaga. Acertei a escultura enquanto Bender e eu corríamos. Nunca gostei muito de arte abstrata.

Eu estava rumando para um edifício grande a noroeste de nossa posição de aterrissagem. Atrás do vidro no saguão consegui ver vários Whaidianos com longos objetos nas patas. Atirei dois mísseis na direção deles. Os mísseis causariam impacto nos vidros. Provavelmente não matariam os Whaidianos lá dentro, mas os distrairia o suficiente para Bender e eu desaparecermos. Mandei uma mensagem para Bender explodir uma janela no segundo andar do prédio. Ele fez, e nós nos lançamos para dentro dela, caindo no que parecia um conjunto de cubículos de escritório. Ora, até os alienígenas precisavam ir para o trabalho. Mas não havia nenhum Whaidiano digno de nota. Imagino que a maioria deles tenha ficado em casa naquele dia. Bem, quem poderia culpá-los?

Bender e eu encontramos uma rampa que espiralava para cima. Nenhum Whaidiano do saguão nos seguiu. Desconfiei que estavam tão ocupados com outros soldados das FCD que se esqueceram de nós.

A rampa dava no telhado. Parei Bender pouco antes de ficarmos no campo de visão e avancei lentamente até ver três franco-atiradores Whaidianos atirando na lateral do prédio. Eu apaguei dois, e Bender pegou o terceiro.

[E agora?], Bender enviou.

[Venha comigo], respondi.

Um Whaidiano comum parece um cruzamento entre um urso preto e um esquilo voador grande e nervoso. Os Whaidianos que derrubamos ficaram parecendo ursos-esquilos voadores grandes e nervosos com fuzis e a nuca estourada. Nos esgueiramos o mais rápido possível para a ponta do telhado. Acenei para Bender ir até um dos atiradores mortos. Fiquei com o outro ao lado dele.

[Fique embaixo dele], enviei.

[Quê?], Bender enviou de volta.

Apontei para os outros telhados.

[Outros Whaidianos em outros telhados], enviei. *[Camuflagem enquanto eu acabo com eles.]*

[O que eu faço?], Bender enviou.

[Vigie a entrada do terraço e não deixe que façam conosco o que fizemos com eles], mandei de volta.

Bender fez uma careta e ficou embaixo do Whaidiano morto. Fiz o mesmo e imediatamente me arrependi. Não sei qual é o cheiro de um Whaidiano vivo, mas um morto fede pra caramba. Bender se mexeu e apontou para a porta. Acessei Viveros, lhe dei uma visão geral pelo BrainPal e comecei a derrubar os outros franco-atiradores nos telhados.

Peguei seis em quatro telhados diferentes antes que começassem a perceber o que estava acontecendo. Por fim, vi um apontando a arma para o meu telhado. Dei um tapinha carinhoso na testa dele com meu fuzil e transmiti para Bender se livrar do cadáver e sair do telhado. Saímos de lá poucos segundos antes de os foguetes chegarem.

No caminho de volta, encontramos os Whaidianos que eu esperava encontrar na ida. A pergunta de quem ficou mais surpreso, nós ou eles, foi respondida quando Bender e eu abrimos fogo primeiro e recuamos para o andar mais próximo. Eu joguei algumas granadas rampa abaixo para dar aos Whaidianos algo com que se preocupar enquanto Bender e eu corríamos.

– Que diabos vamos fazer agora? – Bender gritou para mim enquanto corríamos pelo andar do edifício.

[BrainPal, seu idiota], eu enviei e virei em um corredor. *[Você vai nos entregar]*

Fui até uma parede de vidro para olhar. Estávamos no mínimo a trinta metros de altura, alto demais para pular até mesmo com nosso corpo fortalecido.

[Aí vêm eles], Bender enviou. Atrás de nós chegou um som que suspeitei ser de alguns Whaidianos muito irritados.

[Esconda-se], enviei para Bender, testei meu MU na parede de vidro mais perto de mim e atirei. O vidro estilhaçou, mas não quebrou. Agarrei o que achei ser uma cadeira whaidiana e joguei pela janela. Em seguida, abaixei no cubículo ao lado de Bender.

[Que diabos], Bender enviou. *[Agora estão vindo direto para cá]*

[Espere], mandei para ele. *[Fique abaixado e pronto para atirar quando eu disser. Tiro automático]*

Quatro Whaidianos viraram no corredor e seguiram com cautela até o vidro estilhaçado. Ouvi-os gorgolejar uns com os outros. Liguei o circuito de tradução.

– ... saíram pelo buraco na parede – um estava dizendo ao outro enquanto se aproximavam da parede.

– Impossível – o outro disse. – É muito alto. Eles morreriam.

– Eu os vi pularem grandes distâncias – o primeiro disse. – Talvez sobrevivam.

– Mesmo aqueles [intraduzível] não podem cair 130 deg [unidade de medida] e sobreviver – disse o terceiro, juntando-se aos primeiros dois. – Aqueles [intraduzível] comedores de [intraduzível] ainda estão aqui, em algum lugar.

– Você viu [intraduzível; provavelmente nome próprio] na rampa? Aqueles [intraduzível] partiram[-no] ao meio com granadas – disse o quarto.

– Viemos da mesma rampa que você – disse o terceiro. – Claro que vimos. Agora, fiquem quietos e vasculhem a área. Se estiverem aqui, vamos vingar [intraduzível] e celebrar na missa. – O quarto Whaidiano diminuiu a distância entre ele e o terceiro e estendeu uma pata para ele, como se estivesse compassivo. Que conveniente: todos os quatro estavam diante do buraco na parede de vidro.

[Agora], enviei para Bender e abri fogo. Os Whaidianos se contorceram como marionetes por alguns segundos e caíram quando o impacto das balas os empurrou de costas na parede que não estava mais lá. Bender e eu esperamos alguns segundos, em seguida escapamos para a rampa. Estava vazia, exceto pelos restos de "[intraduzível; provavelmente nome próprio]", que cheirava ainda pior que seus compatriotas franco-atiradores falecidos do telhado. Até aquele momento, a experiência inteira na terra natal dos Whaidianos havia sido uma verdadeira ameaça nasal, preciso confessar. Voltamos para o segundo andar e saímos pelo mesmo lugar que entramos, passando pelos quatro Whaidianos a quem mostramos a saída pela janela.

– Não é bem o que eu esperava – Bender disse, boquiaberto para os restos mortais dos Whaidianos enquanto passava.

– O que esperava? – perguntei.

– Não sei ao certo – ele respondeu.

– Bem, então, como pode não ser o que esperou? – quis saber, ligando meu BrainPal para falar com Viveros. *[Já descemos]*, enviei.

[Venha para cá], enviou Viveros e mandou sua localização. *[E traga Bender. Vocês não vão acreditar nisso aqui]*

E, enquanto transmitia, ouvi, acima das explosões aleatórias de tiros e granadas, um cântico baixo, gutural, ecoando pelos prédios do centro governamental.

– Foi o que eu disse a vocês – Bender declarou, quase festivo, quando saímos do último corredor e começamos a descer por um anfiteatro natural. Nele, centenas de Whaidianos estavam reunidos, cantando, balançando e agitando bastões. Ao redor dele, dezenas de tropas das FCD estavam em posição. Se abrissem fogo, seria um ataque covarde. Acionei meu circuito de tradução novamente, mas não aconteceu nada. Ou os cânticos não significavam nada ou eles estavam usando um dialeto da língua whaidiana que os linguistas coloniais não haviam decifrado ainda.

Encontrei Viveros e fui até ela.

– O que está acontecendo? – gritei para que ela me ouvisse mesmo com aquele ruído.

– Sei lá, Perry – ela berrou de volta. – Sou só uma espectadora aqui. – Ela meneou a cabeça à esquerda, onde o tenente Keyes estava conversando com outros oficiais. – Eles estão tentando pensar no que devemos fazer.

– Por que ninguém atirou? – Bender questionou.

– Porque eles não atiraram em nós – Viveros disse. – Nossas ordens são de não atirar em civis, a menos que seja necessário. Esses parecem ser civis. Todos estão carregando bastões, mas não nos ameaçaram com eles. Apenas agitam os bastões enquanto cantam. Por isso, não é necessário matá-los. Achei que você ficaria feliz com isso, Bender.

– Eu *fico* feliz com isso – Bender falou e apontou, obviamente em transe. – Olhe, o líder da congregação. É Feuy, um líder religioso.

É um Whaidiano de grande estatura. Provavelmente escreveu o cântico que estão cantando agora. Alguém tem uma tradução?

– Não – Viveros respondeu. – Não estão usando um idioma que conhecemos. Não temos ideia do que estão dizendo.

Bender avançou.

– É uma oração pela paz – ele disse. – Tem que ser. Devem saber o que fizemos com o planeta deles. Podem ver o que estamos fazendo com a cidade deles. Qualquer um que for sujeitado a uma coisa dessas deve estar chorando para cessar.

– Ai, você é cheio de conversa furada – Viveros falou, ríspida. – Não tem a mínima ideia do que estão cantando. Podem estar cantando sobre como vão arrancar nossa cabeça e mijar no nosso pescoço. Podem estar cantando para os mortos. Podem estar cantando uma maldita lista de supermercado. *Nós* não sabemos. *Você* não sabe.

– Você está errada – Bender disse. – Por cinco décadas estive nas linhas de frente da batalha pela paz na Terra. Eu *sei* quando uma pessoa está pronta para a paz. Sei quando estão estendendo a mão. – Ele apontou para os Whaidianos cantantes. – Esse povo está pronto, Viveros. Eu posso *sentir*. E vou provar isso para você.

Bender configurou seu MU e saiu em disparada na direção do anfiteatro.

– Caramba, Bender! – Viveros gritou. – Volte já aqui! É uma ordem!

– Eu não vou "apenas seguir ordens" mais, cabo! – Bender gritou de volta e começou a correr.

– Merda! – Viveros berrou e correu atrás dele. Eu tentei segurá-la, mas não consegui.

Nesse momento, o tenente Keyes e os outros oficiais olharam e viram Bender correndo na direção dos Whaidianos. Viveros vinha logo atrás. Vi Keyes gritar alguma coisa e Viveros parar de repente. Keyes deve ter enviado uma ordem via BrainPal também. Se ele ordenou que Bender parasse, este ignorou o comando e continuou sua corrida na direção dos Whaidianos.

Bender finalmente parou às margens do anfiteatro e ficou lá, em silêncio. Por fim, Feuy, o Whaidiano que liderava o cântico, percebeu o único ser humano em pé ao lado de sua congregação e parou seu cântico. A congregação, confusa, perdeu o ritmo e passou um minuto mais ou menos entre murmúrios antes de também notar Bender e virar-se para encará-lo.

Era o momento que Bender estava esperando. Deve ter passado os poucos momentos que os Whaidianos levaram para perceber sua presença compondo o que ia dizer e traduzindo para whaidiano, porque quando falou, tentou o idioma deles e, na opinião de profissionais, fez um trabalho razoável.

– Meus amigos, companheiros em busca da paz – ele começou, estendendo as mãos curvadas para eles.

Dados coletados do evento mostrariam mais tarde que nada menos que quarenta mil pequenos projéteis do tamanho de agulhas que os Whaidianos chamam de *avdgur* atingiram o corpo de Bender no intervalo de menos de um segundo, lançados dos bastões que não eram bastões coisa nenhuma, mas armas tradicionais de lançamento de projéteis na forma de galho de uma árvore sagrada para o povo Whaidiano. Bender literalmente derreteu quando cada farpa de *avdgur* atravessou seu collant e seu corpo, fatiando a solidez de suas formas. Todos concordaram mais tarde que foi uma das mortes mais interessantes que qualquer um de nós já tinha visto pessoalmente.

O corpo de Bender desintegrou-se em um chiado nevoento, e os soldados das FCD abriram fogo no anfiteatro. Foi, no fim das contas, um ataque covarde. Nem um Whaidiano sequer conseguiu sair do anfiteatro, matar ou ferir outro soldado das FCD além de Bender. Tudo estava acabado em menos de um minuto.

Viveros esperou pela ordem de cessar-fogo, foi até a poça que foi o que restou de Bender e começou a pisar nela furiosamente.

— Quanto você gosta da paz agora, desgraçado? — ela gritava enquanto os órgãos liquefeitos de Bender manchavam suas panturrilhas.

— Sabe de uma coisa? Bender estava certo — Viveros me disse na volta à *Modesto*.

— Sobre o quê? — perguntei.

— Sobre as FCD serem usadas rápido demais e em excesso — Viveros respondeu. — Sobre ser mais fácil lutar que negociar. — Ela apontou para o planeta natal dos Whaidianos, que desaparecia atrás de nós. — Nós *não* precisávamos ter feito aquilo, sabe. Acertar aqueles filhos da puta do espaço e fazer com que passem as próximas décadas morrendo de fome, perecendo, matando uns aos outros. Não assassinamos civis hoje... bem, fora os que acertaram Bender. Mas eles vão passar um bom tempo morrendo de doenças e assassinando seus iguais porque não terão como evitar. Não deixa de ser um genocídio. Só ficaremos bem com isso porque vamos estar longe quando acontecer.

— Você não concordou com Bender antes — eu comentei.

— Não é verdade — Viveros respondeu. — Eu disse que ele não sabia merda nenhuma e que a obrigação dele era conosco. Mas não falei que ele estava errado. Ele deveria ter me ouvido. Se tivesse seguido a porra das instruções, estaria vivo agora. Agora tenho que raspar o cara debaixo da minha bota.

— Provavelmente ele diria que morreu pelo que acreditava — eu disse.

Viveros bufou.

— Para com isso — ela disse. — Bender morreu por causa de Bender. Que merda. Ir até um bando de alienígenas cujo planeta tínhamos acabado de destruir e agir como se fosse um *amigo*. Que babaca. Se eu fosse um deles, teria atirado nele também.

– Malditas pessoas de carne e osso, ficando no caminho dos ideais pacíficos – eu disse.

Viveros sorriu.

– Se Bender estivesse *realmente* interessado na paz, e não em seu ego, ele teria feito o que eu estou fazendo, e o que você deveria fazer, Perry – ela comentou. – Seguir ordens. Sobreviver. Terminar nosso prazo de serviço de infantaria. Ingressar no treinamento de oficiais e fazer carreira. Tornar-se as pessoas que estão dando ordens, não apenas segui-las. É assim que faremos paz quando pudermos. É assim que consigo viver "apenas seguindo ordens". Porque eu sei que, um dia, vou fazer essas ordens mudarem. – Ela se recostou, fechou os olhos e dormiu o restante da viagem até a nossa nave.

Luisa Viveros morreu dois meses depois em uma bolsa de lama do inferno chamada Águas Profundas. Nosso esquadrão entrou numa armadilha montada nas catacumbas naturais abaixo da colônia hann'i, que tínhamos que evacuar. Na batalha, fomos encurralados em uma câmara na caverna com quatro túneis adicionais que desembocavam nela, todas rodeadas pela infantaria hann'i. Viveros ordenou que voltássemos pelo nosso túnel e começou a atirar para a entrada dele, desmoronando-o e fechando o acesso à câmara. Os dados do BrainPal mostram que ela se virou e começou a destruir os Hann'i. Não durou muito. O restante do esquadrão se esforçou para voltar à superfície, o que não foi fácil, considerando como havíamos sido arrebanhados no início, mas melhor do que morrer em uma emboscada.

Viveros recebeu uma medalha póstuma por bravura. Fui promovido a cabo e recebi o comando do esquadrão. A cama e o armário de Viveros foram passados para um cara novo chamado Whitford que até era bem decente.

A instituição substituíra uma engrenagem. E eu senti saudades dela.

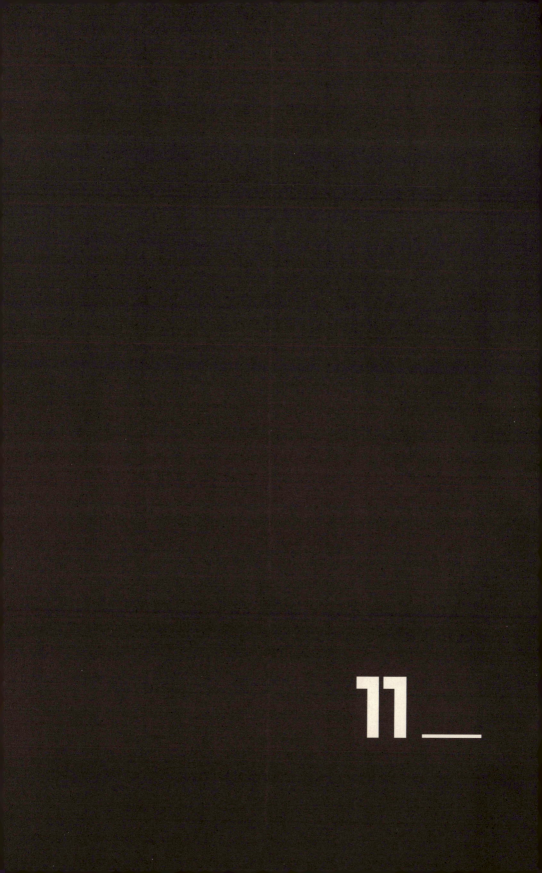

Thomas morreu por alguma coisa que engoliu.

O que ele ingeriu era tão novo que as FCD não tinham nem um nome para aquilo ainda, em uma colônia tão nova que também não havia sido batizada, tendo apenas uma designação oficial: Colônia 622, em 47 Ursae Majoris. (As FCD continuaram a usar designações estelares baseadas na Terra pelo mesmo motivo que continuaram a usar um relógio de 24 horas e um ano de 365 dias: porque era mais fácil fazer desse jeito.) Como uma questão de procedimento operacional padrão, as novas colônias transmitem uma compilação diária de todos os dados da colônia para um drone de salto, que volta a Fênix para que o governo colonial possa manter o controle das questões da colônia.

A Colônia 622 enviava drones desde sua aterrissagem, seis meses antes. Além das discussões, brigas e contendas habituais que acompanhavam a fundação de qualquer nova colônia, nada de importante foi relatado, exceto o fato de um fungo local estar grudando em quase tudo, aparecendo em máquinas, computadores, cercados para animais e até nos aposentos habitados da colônia. Uma análise genética do material foi enviada de volta para Fênix com a solicitação de que se criasse um fungicida para literalmente tirar aquele mofo da cabeça dos colonos. Drones vazios começaram a chegar imediatamente depois disso, sem upload de informações da colônia.

Thomas e Susan estavam alocados na *Tucson*, que foi despachada para investigar. A *Tucson* tentou contatar a colônia da órbita, sem sucesso. A avaliação visual dos prédios da colônia não mostrava movimento entre eles – nem de pessoas, nem de animais, nada. Porém, os prédios em si não pareciam danificados. O pelotão de Thomas foi convocado para reconhecimento.

A colônia estava recoberta por uma meleca, uma cobertura de fungo viscoso com vários centímetros de espessura em alguns lugares. Pingava das linhas de energia e se espalhava sobre todos os equipamentos de comunicação. Essa era a boa notícia, agora havia a possibilidade de que o fungo simplesmente tivesse destruído a capacidade de transmissão dos equipamentos. Esse surto momentâneo de otimismo foi interrompido de forma brusca quando o esquadrão de Thomas chegou aos estábulos e encontrou todos os animais mortos e em processo avançado de decomposição graças ao trabalho habilidoso do fungo. Encontraram os colonos pouco depois disso, praticamente no mesmo estado. Quase todos (ou o que havia restado deles) estavam em suas camas ou perto delas, exceto as famílias, que foram encontradas com frequência no quarto dos filhos ou nos corredores levando-os para o quarto, e os membros da colônia que faziam o turno da madrugada, que foram encontrados em seus postos de trabalho. Fosse lá o que os tivesse atingido, chegou tarde da noite e agiu tão rápido que os colonos simplesmente não tiveram tempo de reagir.

Thomas sugeriu que se levasse um dos cadáveres às instalações médicas da colônia, pois lá ele poderia realizar uma rápida autópsia que talvez desse alguma ideia do que havia matado os colonos. Seu líder de esquadrão consentiu, e Thomas e um colega de esquadrão agacharam-se sobre um dos corpos mais intactos. Thomas agarrou embaixo dos braços e o colega de esquadrão pegou as pernas. Thomas disse ao colega para erguerem o corpo na contagem de três. Ele estava no dois quando o fungo viscoso se ergueu do corpo e deu um tapa molhado em seu rosto. Ele ficou surpreso, boquiaberto, e o fungo deslizou pela sua boca e garganta abaixo.

O restante do esquadrão de Thomas imediatamente ordenou que os trajes criassem uma máscara e, pouco depois, numa questão de segundos, o fungo viscoso saltou de cada rachadura e reentrância para atacar. Ataques semelhantes aconteceram quase simultaneamente em toda a colônia. Seis dos colegas de pelotão de Thomas também se viram com a boca cheia do fungo viscoso.

Thomas tentou puxar o fungo viscoso para fora da boca, mas ele deslizou mais a fundo na garganta, bloqueando as vias aéreas, entrando no pulmão e no estômago através do esôfago. Thomas pediu aos colegas de esquadrão por BrainPal que o levassem para as instalações médicas, onde talvez ele pudesse sugar o suficiente do fungo para que pudesse respirar de novo. O SmartBlood indicava que eles teriam quase quinze minutos antes de Thomas começar a sofrer danos cerebrais permanentes. Foi uma ideia excelente e provavelmente teria funcionado, se o fungo viscoso não tivesse começado a excretar ácidos digestivos concentrados nos pulmões de Thomas, corroendo-o por dentro enquanto ele ainda estava vivo. Os pulmões de Thomas começaram a se dissolver de imediato. Minutos depois, ele já estava morto pelo choque e pela asfixia. Os seis outros colegas de pelotão tiveram o mesmo destino, que também acometeu os colonos, como todos concordaram mais tarde.

O líder de pelotão de Thomas deu ordens para deixar Thomas e as outras vítimas para trás. O pelotão bateu em retirada para a nave de transporte e voltou para a *Tucson*, mas sua permissão de ancoragem foi negada. Um a um, o pelotão precisou passar pelo vácuo elevado para matar qualquer fungo que ainda estivesse nos trajes e, em seguida, submetido a um processo intenso de descontaminação externa e interna que era tão dolorido quanto parecia.

Mais tarde, sondas não tripuladas não mostraram sobreviventes em lugar nenhum da Colônia 622, e aquele fungo viscoso, além de possuir inteligência o bastante para montar dois ataques coordenados separados, era quase impenetrável para a artilharia tradicional. Balas, granadas e foguetes afetavam apenas pequenas porções, enquanto deixavam outras intactas. Lança-chamas fritavam uma camada superficial do fungo viscoso, deixando as camadas inferiores intocadas. Armas de feixe cortavam o fungo, mas causavam dano mínimo. Pesquisas sobre o fungicida que os colonos haviam solicitado começaram, mas foram interrompidas quando se determinou que o fungo viscoso estava presente em quase toda a superfície do planeta. A quantidade de esforços para localizar outro planeta habitável foi considerada mais viável do que erradicar o fungo viscoso em escala global.

A morte de Thomas foi um lembrete de que não apenas não sabemos o que estamos combatendo no espaço, mas que também, às vezes, não podemos sequer imaginar contra o que estamos lutando. Thomas cometeu o erro de supor que o inimigo seria minimamente parecido conosco. Estava errado. E morreu por isso.

Conquistar o universo estava começando a me encher.

O sentimento incômodo começou em Gindal, onde emboscamos soldados Gindalianos quando eles retornavam ao ninho, decepando as imensas asas com raios e foguetes que os jogavam tombando e berrando pelas encostas de meros dois mil metros. Isso começou a me afetar mais em Udaspri, quando usamos mochilas propulsoras com amortecedores de inércia para oferecer melhor controle durante o salto de um fragmento de rocha para outro nos anéis de Udaspri, brincando de esconder com os Vindis, seres aracnídeos que tinham o costume de jogar pedaços do anel no planeta lá embaixo, tecendo órbitas delicadamente esboroadas que miravam os destroços diretamente sobre a colônia humana de Halford. Quando chegamos à Cova Banda, eu estava prestes a estourar.

Talvez tenha sido por causa dos próprios Covandus, que em muitos aspectos eram clones da raça humana: bípedes, mamíferos, extraordinariamente talentosos nas questões artísticas, especialmente poesia e teatro, de rápida procriação e excepcionalmente agressivos no que dizia respeito ao universo e seu lugar nele. Seres humanos e os Covandus não raro estavam brigando pelo mesmo território selvagem. Cova Banda, na verdade, havia sido uma colônia humana antes de virar uma colônia covandu, abandonada depois de um vírus nativo ter causado o crescimento de membros horríveis nos colonos e personalidades homicidas adicionais. O vírus não causava sequer uma dor de cabeça aos Covandus. Eles se mudaram para lá no ato. Sessenta e três anos depois, os coloniais finalmente desenvolveram uma vacina e quiseram o planeta de volta. Os Covandus, infelizmente, tão parecidos com os seres humanos, não gostaram muito dessa coisa toda de compartilhar. Então, lá fomos nós, lutar contra eles.

O maior deles não tem mais de uma polegada de altura.

Claro que os Covandus não são tão estúpidos a ponto de lançar seus pequeninos exércitos contra os seres humanos, que têm sessenta ou setenta vezes a sua altura. Primeiro eles nos atingem com aeronaves, morteiros de longo alcance, tanques e outros equipamentos militares que podem realmente causar algum dano – como, de fato, causaram. Não é fácil derrubar uma aeronave de vinte centímetros de comprimento voando a muitas centenas de quilômetros por hora. Mas a gente faz o que pode para dificultar o uso dessas opções (fizemos isso aterrissando no parque da principal cidade de Cova Banda, então, qualquer artilharia que errasse o alvo atingiria os próprios Covandus) é, de qualquer forma, você descarta a maioria desses incômodos no fim das contas. Nosso pessoal costumava ter mais cuidado para destruir forças covandus do que tinham em geral, não apenas porque são pequenos e exigem mais atenção para acertar. Ninguém quer ser morto por um oponente de uma polegada.

Mas, no fim das contas, você derruba todas as aeronaves e quebra todos os tanques para depois lidar com os próprios Covandus. Então, você combate uma criatura dessas assim: pisando nela. Simplesmente põe o pé sobre ela, aplica pressão e pronto. Enquanto você está fazendo isso, o Covandu está disparando sua arma em você e gritando a plenos pulmõezinhos, um guincho que talvez seja possível ouvir. Mas é inútil. Seu traje, projetado para frear projéteis de alta potência em escala humana, mal registra os pedacinhos de matéria lançados em seus dedos do pé por um Covandu. Você mal consegue registrar o *crec* do pequeno ser que você esmagou. Você encontra outro e repete o procedimento.

Fizemos isso por horas enquanto avançávamos lentamente pela cidade principal de Cova Banda, parando aqui e ali para ver um foguete em um arranha-céu de cinco ou seis metros de altura e derrubá-lo com um só tiro. Alguns de nosso pelotão lançavam um tiro de rifle num prédio, disparando um tiro individual, cada um grande o bastante para arrancar a cabeça de um Covandu, para estalar através do prédio como bolas malucas de pachinko, aquele jogo japonês parecido com fliperama. Mas, na maioria das vezes, era apenas pisar. Godzilla, o famoso monstro nipônico, que estava em seu milionésimo remake quando deixei a Terra, teria se sentido em casa.

Não me lembro exatamente quando foi que comecei a gritar e chutar arranha-céus, mas fiz isso por tanto tempo e empenho que, quando Alan finalmente apareceu para me buscar, Cuzão me informou que eu havia conseguido quebrar três dedos do pé. Alan me levou de volta ao parque da cidade onde havíamos aterrissado e fez com que eu me sentasse. Assim que me acomodei, um Covandu surgiu detrás de uma pedra e mirou a arma no meu rosto. Pareciam grãos de areia minúsculos atingindo com força minha bochecha.

– Desgraça! – eu disse, agarrei o Covandu como uma bolinha de gude e, furioso, atirei-o contra o arranha-céu mais próximo. Ele voou, girando em linha reta, e desacelerou com um pequeno baque surdo quando atingiu o prédio, e caiu os dois metros remanescentes até o solo. Qualquer outro Covandu na área aparentemente concluiu que não era hora de mais tentativas de assassinato.

Virei para Alan.

– Você não tem um esquadrão para cuidar? – perguntei. Ele havia sido promovido depois que seu líder de esquadrão teve o rosto arrancado por um Gindaliano furioso.

– Eu poderia fazer a mesma pergunta – ele respondeu e deu de ombros. – Eles estão bem. Já receberam as ordens e não há mais oponente real. Está tudo tranquilo, e Tipton pode lidar com o esquadrão. Keyes me disse para vir buscá-lo e descobrir o que diabos há de errado com você. Então, que diabos há de errado com *você*?

– Meu Deus, Alan – eu falei –, eu passei três horas pisando em seres inteligentes como se eles fossem baratas de merda, isso é o que há de errado comigo. Estou *sapateando* em pessoas até elas morrerem. Isso – eu estendi o braço – é simplesmente ridículo, Alan. Essas pessoas têm *uma polegada de altura*. É como Gulliver espancando os liliputianos.

– Não temos como escolher nossas batalhas, John – disse Alan.

– Como você se sente com essa batalha? – perguntei.

– Me incomoda um pouco – respondeu Alan. – Não é uma luta de igual para igual, de jeito nenhum, estamos apenas mandando essa gente para o inferno. Por outro lado, o pior acidente que tive no meu esquadrão foi um tímpano estourado. Foi um milagre não ter acontecido com você bem ali. Então, de modo geral, eu me sinto bem. E os Covandus não são totalmente indefesos. O placar geral entre nós e eles está bem empatado.

Aquilo era uma verdade surpreendente. O tamanho dos Covandus trabalhava a seu favor em batalhas espaciais, pois suas naves eram difíceis de rastrear e seus pequenos aviões de combate causavam poucos danos individualmente, mas uma quantidade imensa em conjunto. Era apenas quando estávamos nas lutas campais que tínhamos uma vantagem avassaladora. Cova Banda tinha uma frota aérea relativamente pequena para protegê-la. Foi um dos motivos pelos quais as FCD decidiram tentar retomá-la.

– Não estou falando de quem está na frente na contagem geral, Alan – comentei. – Estou falando do fato de que nossos oponentes têm uma polegada, caramba. Antes disso, estávamos lutando com aranhas. Antes *disso*, estávamos combatendo malditos pterodáctilos. Isso tudo está bagunçando minha noção de escala. Está bagunçando minha noção de mim. Não me sinto mais humano, Alan.

– Tecnicamente falando, você *não é* mais humano – disse Alan.

Era uma tentativa de me animar.

Não funcionou.

– Bem, então, eu não me sinto mais conectado com o que era para ser humano – eu retruquei. – Nosso trabalho é encontrar povos e culturas novos e estranhos e matar os filhos da puta o mais rápido que pudermos. Sabemos apenas o que precisamos saber sobre esses povos para combatê-los. Pelo que sabemos, eles existem apenas para serem nossos inimigos e nada mais. Tirando o fato de serem inteligentes para revidar, poderíamos muito bem estar lutando com animais.

– Isso torna as coisas mais fáceis para a maioria de nós – disse Alan. – Se você não se identifica com uma aranha, não se sente mal por matar uma, mesmo uma grandona e inteligente. Talvez especialmente uma grandona e inteligente.

– Talvez seja isso que me incomoda – comentei. – Não há uma noção de consequência. Eu acabei de pegar uma coisa viva, pensante, e jogar na lateral de um prédio. Fazer isso não me incomodou de jeito nenhum. Mas o fato de isso não me incomodar *me incomoda*, Alan. Tinha que ter alguma consequência para os nossos atos. Temos que reconhecer ao menos um pouco do horror no que fazemos, seja por boas razões ou não. Eu não tenho horror do que estou fazendo. Isso me assusta. O significado disso me assusta. Estou pisando numa cidade como a porra de um monstro. E estou começando a pensar que é exatamente o que sou. O que todos nos tornamos. Sou um monstro. Você é um monstro. Nós *todos* somos monstros desumanos de merda e, cara, não vemos nada de errado nisso.

Alan não tinha nada a dizer sobre aquilo. Então, em vez disso, assistimos a nossos soldados pisando nos Covandus até finalmente não ter restado nenhum para pisar.

– Então, o que tem de errado com ele? – o tenente Keyes perguntou a Alan sobre mim no final de nosso briefing pós-batalha com os outros líderes de esquadrão.

– Ele pensa que somos todos monstros desumanos – Alan respondeu.

– Ah, *isso* – o tenente Keyes disse e virou-se para mim. – Há quanto tempo você está aqui, Perry?

– Quase um ano.

O tenente Keyes assentiu.

– Você está bem no cronograma, então, Perry. Leva mais ou menos um ano para a maioria das pessoas entender que nos transformamos em máquinas assassinas desalmadas sem consciência ou moral. Alguns mais cedo, outros mais tarde. O Jensen aqui – ele apontou para um dos comandantes de esquadrão – demorou quase quinze meses para pirar. Diga o que você fez, Jensen.

– Dei um tiro no Keyes – disse Ron Jensen. – Eu o enxergava como a personificação do sistema maligno que me transformou numa máquina assassina.

– Quase arrancou a minha cabeça, também – completou Keyes.

– Foi um tiro de sorte – admitiu Jensen.

– Sim, sorte que você errou. Do contrário, eu estaria morto e você seria um cérebro flutuando em um tanque, enlouquecendo pela falta de estímulos externos. Olha, Perry, isso acontece com todo mundo. Você vai deixar isso para lá quando perceber que não é um monstro desumano de verdade, está apenas tentando assimilar uma situação completamente fodida. Durante 75 anos você levou o tipo de vida na qual a coisa mais excitante que acontecia era você transar de vez em quando, e a próxima coisa que você vê é que está tentando estourar polvos do espaço com uma MU antes que eles matem você primeiro. Meu Deus. Eu não confio é naqueles que não acabam pirando.

– Alan não pirou – eu falei. – E ele está aqui há tanto tempo quanto eu.

– É verdade – Keyes disse. – Qual é sua resposta para isso, Rosenthal?

– Eu sou um caldeirão de ódio desconexo fervente por dentro, tenente.

– Ah, repressão – disse Keyes. – Excelente. Tente evitar me dar um tiro à queima-roupa quando finalmente explodir, por favor.

– Não posso prometer nada, senhor – Alan retrucou.

– Sabe o que funcionou para mim? – disse Aimee Weber, outra líder de esquadrão. – Fiz uma lista de coisas das quais eu sentia falta na Terra. Foi meio deprimente, mas, por outro lado, me lembrou de que eu não estava totalmente desligada dela. Se você sente saudade das coisas, ainda está conectado.

— Do que você sentia falta? — perguntei.

— Uma delas era Shakespeare no Parque — ela respondeu. — Na minha última noite na Terra, assisti a uma montagem de *Macbeth* que foi perfeita. Meus Deus, foi lindo. E não é como se tivéssemos ótimas peças ao vivo por essas bandas.

— Sinto saudade dos biscoitos com gotas de chocolate da minha filha — Jensen confessou.

— Você pode comer biscoitos com gotas de chocolate na *Modesto* — Keyes disse. — São coisa fina.

— Não são tão bons quanto os da minha filha. O segredo é o melaço.

— Parece nojento — Keyes disse. — Odeio melaço.

— Que ótimo que eu não sabia disso quando atirei no senhor — Jensen disse. — Eu não teria errado se soubesse.

— Sinto falta de nadar — Greg Ridley disse. — Eu nadava sempre no rio perto da minha fazenda, no Tennessee. Frio para diabo na maioria das vezes, mas eu gostava.

— Montanha-russa — Keyes falou. — Das grandes que fazem parecer que o intestino vai escorrer pelas pernas.

— Livros — Alan disse. — Grandes, gordos, de capa dura numa manhã de domingo.

— Bem, Perry? — perguntou Weber. — Tem alguma coisa de que você sente falta agora?

Dei de ombros.

— Só de uma coisa — respondi.

— Não pode ser mais estúpido do que sentir falta de montanhas-russas — disse Keyes. — Fala logo. É uma ordem.

– A única coisa de que realmente sinto falta é de estar casado – eu disse. – Sinto falta de ficar sentado com a minha mulher, apenas conversando, lendo alguma coisa junto com ela, sei lá.

Minha resposta causou um silêncio absoluto.

– Essa é nova para mim – Ridley quebrou o silêncio.

– Que merda, não sinto falta disso não – Jensen falou. – Os últimos vinte anos do meu casamento não merecem nem lembrança.

Eu olhei ao redor.

– Nenhum de vocês tem marido ou mulher que tenha se alistado? Ninguém mantém contato com eles?

– Meu marido se alistou antes de mim – Weber respondeu. – Ele já estava morto quando peguei minha primeira missão.

– Minha esposa está na *Boise* – disse Keyes. – Ela me manda recados às vezes. Não sinto que ela tenha uma saudade imensa de mim. Acho que 38 anos ao meu lado foram o suficiente.

– As pessoas vêm para cá e não querem mais estar na vida antiga – Jensen comentou. – Com certeza, a gente sente falta das pequenas coisas, como a Aimee diz, aquelas que são maneiras de impedir que você pire. Mas é como voltar no tempo, para pouco antes de você ter feito todas as escolhas que formaram a vida que você tinha. Se pudesse voltar, por que faria as mesmas escolhas? Você já viveu aquela vida. Meu último comentário à parte, não me arrependo das escolhas que fiz. Mas não tenho pressa para fazer essas mesmas escolhas de novo. Minha mulher está por aí também, claro. Mas ela está feliz vivendo a nova vida sem mim. E, confesso, também não estou com pressa nenhuma de me alistar para esse tipo de serviço de novo.

– Isso não está me animando muito, pessoal – comentei.

– Do que você sente falta em estar casado? – Alan perguntou.

– Bem, sabe, sinto falta da minha mulher. Mas também sinto falta da sensação de, sei lá, conforto. Da sensação de que você está onde deveria estar, com alguém com quem deveria ficar. Com certeza não sinto isso aqui. Vamos a lugares pelos quais precisamos lutar, com pessoas que podem estar mortas no dia seguinte, ou no próximo. Desculpem.

– Não precisa se desculpar – Keyes disse.

– Não há estabilidade aqui. Não há nada aqui com que eu me sinta realmente seguro. Meu casamento teve seus altos e baixos, como o de todo mundo, mas quando vinham os baixos, eu sabia que era sólido. Sinto falta dessa espécie de segurança e desse tipo de conexão com alguém. Parte do que nos faz humanos é o que significamos para as outras pessoas e o que as pessoas significam para nós. Sinto falta de significar algo para alguém, de ter essa parte humana. É do que sinto falta no casamento – concluí.

Mais silêncio.

– Olha… caramba, Perry – Ridley falou por fim. – Quando você põe as coisas desse jeito, eu sinto saudade de estar casado também.

Jensen bufou.

– Eu não. Pode ficar aí sentindo falta de ser casado, Perry. Eu continuo sentindo falta dos biscoitos da minha filha.

– Melaço – disse Keyes. – Nojento.

– Não comece de novo, senhor – disse Jensen. – Ou vou ter que pegar meu MU?

A morte de Susan foi quase o oposto da de Thomas. Uma greve de perfuradores em Elysium reduziu muito a quantidade de petróleo que era refinada. A *Tucson* foi alocada para transportar fura-greves e protegê-los enquanto colocavam várias das plataformas de perfuração fechadas de volta à atividade. Susan estava em uma das plataformas quando os perfuradores em greve atacaram com artilharia improvisada. A explosão lançou Susan e dois outros soldados para fora da plataforma e a muitas dezenas de metros ao mar. Os outros dois soldados já estavam mortos quando atingiram a água, mas Susan ainda estava viva, apesar de gravemente queimada e quase inconsciente.

Susan foi tirada do mar pelos perfuradores grevistas que haviam atacado. Decidiram fazer dela um exemplo. Os mares de Elysium tinham um grande animal saprófago conhecido como bocejador, cuja mandíbula caída é facilmente capaz de engolir uma pessoa com uma única bocada. Os bocejadores frequentam as plataformas de perfuração, pois alimentam-se do lixo que as plataformas jogam ao mar. Os perfuradores levantaram Susan, estapearam-na até ficar consciente e, em seguida, recitaram um manifesto apressado em sua direção, confiando na conexão de BrainPal para levar as palavras às FCD. Então, acharam que Susan era culpada por colaborar com o inimigo, sentenciaram-na à morte e empurraram-na de volta ao mar diretamente para baixo da rampa de lixo da plataforma.

Não demorou para um bocejador chegar, uma bocada e Susan estava lá dentro. Nesse momento, Susan ainda estava viva e lutando para sair do bocejador pelo mesmo orifício pelo qual havia entrado. No entanto, antes que ela pudesse conseguir, um dos grevistas disparou contra o bocejador bem embaixo da barbatana dorsal, onde o cérebro do animal ficava. O bocejador morreu instantaneamente e afundou, levando Susan com ele. Susan morreu, não por ter sido comida e nem mesmo por afogamento, mas pela pressão da água quando ela e o peixe que a engolira afundaram no abismo.

A celebração dos perfuradores grevistas por esse golpe ao opressor não teve vida longa. Novas forças da *Tucson* varreram os acampamentos dos perfuradores, prenderam várias dezenas de líderes, atiraram neles e serviram todos de comida aos bocejadores. Exceto aqueles que mataram Susan, que foram entregues aos bocejadores sem o estágio intermediário da execução. A greve terminou pouco depois disso.

A morte de Susan foi esclarecedora para mim, um lembrete de que seres humanos podem ser tão desumanos quanto as espécies alienígenas. Se eu estivesse na *Tucson*, talvez eu pudesse me flagrar alimentando os bocejadores com um dos desgraçados que mataram Susan sem me sentir nem um pouco mal com isso. Não sei se isso me deixaria melhor ou pior do que eu temia estar me transformando quando combatemos os Covandus. Mas eu não me preocupava mais se isso me faria menos humano do que eu era antes.

12 __

Aqueles de nós que estiveram na Batalha do Coral lembram-se de onde estávamos quando ouvimos que o planeta havia sido tomado. Eu estava ouvindo Alan explicar como o universo que eu pensava que conhecia havia desaparecido muito tempo atrás.

– Nós o deixamos na primeira vez que saltamos – ele disse. – Apenas subimos e saímos para o universo ao lado. É assim que o salto funciona.

Essas palavras causaram uma reação boa e, por muito tempo, muda de mim e de Ed McGuire, que estava sentado com Alan na sala "à vontade" do batalhão. Por fim, Ed, que havia tomado o comando do esquadrão de Aimee Weber, falou:

– Não consigo te acompanhar, Alan. Pensei que o propulsor de salto apenas nos levasse para além da velocidade da luz ou algo assim. É assim que funciona.

– Não – Alan disse. – Einstein ainda está certo, a velocidade da luz é o máximo que se pode alcançar. Além disso, você não ia gostar de começar a voar pelo universo em qualquer fração real da velocidade da luz. Se uma pedrinha bater enquanto se está a algumas centenas de milhares de quilômetros por segundo, faz um belo buraco na espaçonave. É uma maneira veloz de se matar.

Ed piscou e, em seguida, correu a mão pela cabeça.

– Nossa – ele disse –, não entendi nada.

– Tudo bem, olha só – Alan disse. – Você me perguntou como o propulsor de salto funciona. E, como eu disse, é simples: ele pega um objeto, como a *Modesto*, de um universo e joga dentro de outro universo. O problema é que nos referimos a ele como "propulsor". Não é um propulsor de verdade, pois não há aceleração envolvida. O único fator é a localização dentro do multiverso.

– Alan – eu disse. – Você está voando alto de novo.

– Desculpem – Alan disse e ficou pensativo por um segundo. – Como está a matemática de vocês? – ele perguntou.

– Eu mal me lembro de cálculo – eu disse. Ed McGuire assentiu sua concordância.

– *Oy* – disse Alan. – Ótimo. Vou ser bem simplista aqui, não se ofendam.

– Vamos tentar – Ed disse.

– Tudo bem. Primeiro, o universo em que vocês estão, o universo em que estamos neste momento, é apenas um em um número infinito de universos possíveis cuja existência é admitida dentro da física quântica. Todas as vezes que encontramos um elétron em uma posição específica, por exemplo, nosso universo é funcionalmente definido por aquela posição do elétron, enquanto no universo alternativo, aquela posição de elétron é totalmente diferente. Estão me acompanhando?

– Nem um pouco – disse Ed.

– Vocês não são cientistas. Bem, apenas confiem em mim, então. A questão são os múltiplos universos. O multiverso. O que o propulsor de salto faz é abrir uma porta para outro desses universos.

– Como ele faz isso? – perguntei.

– Vocês não sabem matemática suficiente para que eu explique – respondeu Alan.

– Então, é mágica – retruquei.

– Do seu ponto de vista, sim – Alan disse. – Mas é bem fundamentado na física.

– Não entendi – disse Ed. – Então, estamos passando por múltiplos universos, mas todo universo em que entramos era exatamente como o nosso. Todo "universo alternativo" sobre o qual já li na ficção científica tem diferenças grandes. É assim que você sabe que está em um universo alternativo.

– Na verdade, existe uma resposta interessante a essa pergunta – disse Alan. – Vamos imaginar que mover um objeto de um universo para outro seja um evento fundamentalmente improvável.

– Isso eu posso aceitar – disse eu.

– Em termos de física, isso é permitido, pois, em seu nível mais básico, esse é um universo de física quântica e praticamente qualquer coisa *pode* acontecer, mesmo que não em um nível prático. No entanto, mantendo todos os outros fatores constantes, cada universo prefere manter os eventos improváveis reduzidos a um mínimo, especialmente acima do nível subatômico.

– Como um universo pode "preferir" alguma coisa? – Ed perguntou.

– Vocês não sabem matemática o suficiente – disse Alan.

– Claro que não – disse Ed, revirando os olhos.

– Mas o universo prefere algumas coisas a outras. Prefere mover-se para um estado de entropia, por exemplo. Prefere ter a velocidade da luz como constante. Você pode modificar ou bagunçar essas coisas em certa medida, mas elas dão trabalho. O mesmo aqui. Nesse caso, mover um objeto de um universo para outro é tão improvável que, em geral, o universo para o qual você move o objeto é exatamente como aquele que você deixou. Uma conservação da improbabilidade, poderíamos dizer.

– Mas como você explica que nos movemos de um lugar para o outro? – perguntei. – Como saímos de um ponto no espaço em um universo para um ponto inteiramente diferente no espaço em outro?

– Ora, pense – Alan disse. – Mover uma nave inteira para outro universo é a parte incrivelmente improvável. Do ponto de vista do universo, *onde* ela vai aparecer naquele novo universo é, na verdade, muito trivial. É por isso que digo que a palavra "propulsor" é um nome impróprio. Não *vamos* a lugar nenhum de verdade. Simplesmente *chegamos*.

– E o que acontece no universo que acabamos de deixar para trás? – Ed perguntou.

– Outra versão da *Modesto* de outro universo surge no lugar, com nossas versões alternativas nela – Alan respondeu. – Provavelmente. Existe uma chance infinitesimal contra essa probabilidade, mas, como regra geral, é o que acontece.

– Então, nunca mais voltamos? – perguntei.

– Voltamos para onde? – Alan devolveu a pergunta.

– Para os universos de onde saímos – respondi.

– Não. Bem, novamente, é teoricamente possível que você *possa*, mas é extremamente improvável. Os universos estão sendo continuamente criados de possibilidades ramificadas, e os universos aonde vamos são em geral criados quase instantaneamente antes de saltarmos para dentro deles. É um dos motivos por que *podemos* pular para eles, pois são muito próximos à nossa composição. Quanto mais longe no tempo você se separa de um universo em particular, mais tempo ele tem para se tornar divergente, e menor a probabilidade de você voltar para ele. Mesmo voltar a um universo que você abandonou um segundo antes é fenomenalmente improvável. Voltar para um que você abandonou um ano atrás, quando fizemos o primeiro salto da Terra para Fênix, está realmente fora de questão.

– Que deprê – disse Ed. – Eu gostava do meu universo.

– Bem, olha isso, Ed – disse Alan. – Você nem sequer veio do mesmo universo original de que John e eu viemos, pois você não fez o primeiro salto quando fizemos. Sabe o que mais? Mesmo as pessoas que *fizeram* o mesmo primeiro salto conosco não estão no mesmo universo que nós agora, pois elas saltaram para universos diferentes, já que estavam em naves diferentes. As versões de nossos velhos amigos que encontrarmos serão versões alternativas. Claro, eles vão parecer os mesmos e agir da mesma forma, pois, exceto pela posição ocasional do elétron aqui e lá, eles *são* os mesmos. Mas nossos universos originais são completamente diferentes.

– Então, eu e você somos tudo que restou do nosso universo – eu disse.

– Pode apostar que o universo continua a existir – disse Alan. – Mas é quase certeza de que somos as únicas duas pessoas dele *neste* universo.

– Não sei nem o que pensar disso – comentei.

– Tente não se preocupar muito com isso – Alan pediu. – Do ponto de vista do dia a dia, todo este pula-pula de universos não importa. Funcionalmente falando, tudo é bem igual, não importa o universo em que você esteja.

– Então, por que precisamos de espaçonaves? – perguntou Ed.

– Bem óbvio: para chegar aonde você estiver indo assim que você chega a um novo universo – Alan respondeu.

– Não, não – disse Ed. – Digo, se você pode apenas "sumir" de um universo e "aparecer" em outro, por que não fazer isso de planeta para planeta, em vez de usar espaçonaves? Apenas saltar as pessoas diretamente para a superfície de um planeta. Assim ninguém atiraria na gente no espaço, com certeza.

– O universo prefere que os saltos sejam feitos longe de grandes poços de gravidade, como planetas e estrelas – disse Alan. – Especialmente quando o salto é feito de um universo para o outro. Você pode saltar para *muito perto* de um poço gravitacional, por isso entramos em novos universos perto de nossos destinos, mas saltar para fora é muito mais fácil quanto mais longe estiver de um, por isso sempre viajamos um pouco antes de saltar. Na verdade, existe uma relação exponencial que eu poderia mostrar, mas...

– Tá, tá, eu sei, não temos matemática suficiente – disse Ed.

Alan estava prestes a dar uma resposta tranquilizadora quando o nosso BrainPal acendeu. A *Modesto* havia acabado de receber notícias do Massacre de Coral. E, fosse lá o universo em que se estivesse, era uma coisa aterrorizante.

Coral foi o quinto planeta que os seres humanos colonizaram, e o primeiro que era inequivocamente mais bem aclimatado para seres humanos, mais até que a Terra. Era geologicamente estável, com sistemas climáticos que espalhavam uma zona temperada e fértil sobre a maioria de suas massas de terra generosas e era cheio de plantas e espécimes animais nativos geneticamente semelhantes aos da Terra que atendiam às necessidades nutricionais e estéticas dos seres humanos. No passado, havia rolado uma conversa de chamar a colônia de Éden, mas alguém insinuou que esse nome era o equivalente cármico a pedir para algo dar errado.

Em vez disso, escolheram Coral, em referência às criaturas semelhantes a corais que criavam arquipélagos gloriosamente diversos e recifes submarinos ao redor da zona tropical equatorial do planeta. A expansão humana em Coral foi mantida estranhamente em seu mínimo, e os seres humanos que viviam lá escolheram uma vida simples, quase pré-industrial. Foi um dos poucos lugares no universo onde os

seres humanos tentaram se adaptar ao ecossistema existente em vez de
ará-lo e introduzir, digamos, milho e gado. E funcionou. A presença
humana, pequena e adaptável, harmonizou-se à biosfera de Coral e
prosperava de forma modesta e controlada.

E por isso estava totalmente despreparada para a chegada da
força invasora dos Rraeys, que levaram em suas tropas uma relação de
soldados de um para um perante os colonos. A guarnição de tropas das
FCD estacionada sobre e dentro de Coral lutou de forma valente, mas
breve, antes de ser esmagada. Os colonos, da mesma forma, não deixaram barato o ataque rraey. Mas, em pouco tempo, a colônia havia sido
devastada e os colonos sobreviventes foram abatidos, pois os Rraeys
haviam desenvolvido muito tempo atrás uma predileção pela carne
humana quando conseguiam obtê-la.

Um dos fragmentos transmitido para nós via BrainPal foi um
segmento de um programa culinário interceptado, em que um dos
chefs celebridades Rraeys mais famosos discutia a melhor maneira de
trinchar um ser humano para usos alimentícios múltiplos, os ossos do
pescoço sendo especialmente elogiados para sopas e *consommés*. Além
de nos enojar, o vídeo era prova cabal de que o Massacre de Coral fora
tão planejado em detalhes que haviam levado até mesmo celebridades
Rraeys de segundo escalão para participar das festividades. Era óbvio
que estavam planejando ficar.

Os Rraeys não perderam tempo quanto ao objetivo principal da
invasão. Após todos os colonos terem sido mortos, desceram com as
plataformas para começar a exploração de minérios das ilhas de Coral.
Os Rraeys haviam tentado negociar previamente a exploração de minérios com o governo colonial. Os recifes de coral eram abundantes na
terra natal dos Rraeys, até uma combinação de poluição industrial e
mineração comercial tê-los destruído. O governo colonial recusou dar
permissão para mineração tanto pelo desejo dos colonos de Coral de

manter o planeta inteiro como pelas tendências antropófagas dos Rraeys, que eram bem conhecidas. Ninguém queria Rraeys sobrevoando as colônias, buscando seres humanos inocentes para transformar em conserva.

A falha do governo colonial foi não reconhecer por que os Rraeys tinham como prioridade a mineração de coral – além de seu comércio, havia um aspecto religioso envolvido que os diplomatas coloniais interpretaram extremamente mal – ou até onde eles estavam dispostos a ir para assumir a operação. Os Rraeys e o governo colonial entraram em conflito algumas vezes. As relações nunca haviam sido boas (como é possível ficar realmente confortável com uma raça que vê a outra como uma parte nutritiva de um café da manhã completo?). No entanto, de modo geral, continuavam com seus trabalhos, e nós com os nossos. Foi apenas agora, quando os últimos corais nativos dos Rraeys diminuíram às raias da extinção, que o tamanho do desejo pelos recursos de Coral veio como um tapa na nossa cara. Coral era deles, e teríamos de devolver o golpe com mais força que a deles para tomá-lo de volta.

– Porra, isso é terrível – o tenente Keyes estava dizendo aos líderes de esquadrão –, e vai ficar pior ainda quando chegarmos lá.

Estávamos na sala de preparação de pelotão, xícaras de café esfriando enquanto acessávamos página atrás de página com relatos de atrocidades e informações da inspeção vindas do sistema Coral. Os drones de salto que não foram estourados no céu pelos Rraeys trouxeram relatórios de um fluxo contínuo de naves rraeys chegando para a batalha e para extrair corais. Em menos de dois dias após o Massacre de Coral, quase mil naves rraeys pairavam no espaço sobre o planeta, esperando para começar a predação de verdade.

– Aqui está o que sabemos – disse Keyes e fez aparecer um gráfico do sistema Coral em nossos BrainPals. – Estimamos que a maior parte da atividade de naves rraeys no sistema Coral seja comercial e industrial. Pelo que sabemos do design das naves, cerca de um quarto delas, trezentas mais ou menos, tem capacidades ofensivas e defensivas de nível militar, e muitas delas são transportes de tropas, com proteção e poder de fogo mínimos. Mas aquelas que são da classe nave de batalha são maiores e mais potentes que nossas naves equivalentes. Também estimamos até cem mil soldados Rraeys na superfície, e eles começaram as fortificações para invasão. Eles esperam que nós lutemos por Coral, mas nossas melhores informações sugerem que estimam um ataque em quatro ou seis dias, o tanto que demoraríamos para manobrar nossas naves grandes para a posição de salto. Eles sabem que as FCD preferem dar mostras assoladoras de força, e que isso levaria um tempo.

— Então, quando vamos atacar? – Alan perguntou.

— Em onze horas a partir de agora – disse Keyes. Todos nos mexemos desconfortáveis nas cadeiras.

— Como isso pode funcionar, senhor? – Ron Jensen perguntou. – As únicas naves que teremos disponíveis são aquelas já em distância de salto ou aquelas que entrarão em distância nas próximas horas. São quantas?

— Sessenta e duas, contando a *Modesto* – respondeu Keyes, e nossos BrainPals baixaram a lista de naves disponíveis. Observei por um instante a presença da *Hampton Roads* na lista. Harry e Jesse estavam a bordo dessa nave. – Mais seis naves estão acelerando para alcançar a distância de salto, mas não poderemos contar com elas quando atacarmos.

— Meu Deus, Keyes – disse Ed McGuire. – É uma média de cinco naves deles contra uma nossa, e dois para um nas forças de solo, supondo que consigamos aterrissar todas. Acho que prefiro nossa tradição de força assoladora.

— Quando tivermos naves grandes o bastante prontas para atacar, eles estarão prontos para nós – disse Keyes. – Será muito melhor enviarmos uma força menor enquanto eles estão despreparados e causar o máximo de dano imediatamente. Em quatro dias, teremos uma força maior: duzentas naves com poder de fogo. Se fizermos nosso trabalho direito, terão pouco o que fazer com o que restar das forças rraeys.

Ed bufou.

– Não que estaremos por lá para apreciar.

Keyes abriu um sorriso amarelo.

– Que falta de fé. Olha só, pessoal, sei que não é um passeio tranquilo pela Lua. Mas não vamos ser trouxas aqui. Não vamos partir para o embate direto. Chegaremos com objetivos definidos. Vamos atingir as naves de transporte de tropas no caminho para impedir que eles levem tropas de solo adicionais. Vamos aterrissar tropas para impedir as operações de mineração antes que eles comecem e dificultar para os Rraeys mirarem na gente sem acertar as próprias tropas e equipamentos. Vamos atingir a força comercial e industrial quando as oportunidades se apresentarem, e tentaremos atrair as armas grandes para fora da órbita de Coral para que estejamos na frente e atrás deles quando nossos reforços chegarem.

– Eu gostaria de voltar para a parte das tropas de solo – Alan pediu. – Vamos aterrissar tropas e, em seguida, nossas naves vão tentar atrair as naves rraeys para *fora do planeta*? Isso significa para nós, tropas de solo, o que acho que significa?

Keyes assentiu.

– Estaremos sozinhos no mínimo por três ou quatro dias.

– Que beleza – Jensen disse.

– É guerra, seus cabeçudos – Keyes retrucou, irritado. – Desculpe por não ser extremamente conveniente ou confortável para vocês.

– O que acontece se o plano não funcionar e nossas naves forem destruídas no céu? – perguntei.

– Bem, daí acho que estamos fodidos, Perry – respondeu Keyes. – Mas não vamos partir desse pressuposto. Somos profissionais, temos um trabalho a fazer. É para isso que fomos treinados. O plano tem riscos, mas não são riscos estúpidos, e, se funcionar, teremos o planeta de volta e causaremos danos sérios aos Rraeys. Vamos todos partir do princípio de que faremos a diferença, o que dizem? É uma ideia maluca, mas talvez funcione. E se vocês apoiarem, as chances de funcionar são muito melhores. Certo?

Outros mexeram-se nas cadeiras. Não estávamos totalmente convencidos, mas pouco poderia ser feito. Iríamos de qualquer jeito, gostando ou não.

– Aquelas seis naves que talvez entrem na dança, quais são? – Jensen quis saber.

Keyes levou um segundo para acessar a informação.

– *Little Rock, Mobile, Waco, Muncie, Burlington* e a *Sparrowhawk* – ele disse.

– *Sparrowhawk?* – Jensen disse. – Merda, não.

– O que tem a *Sparrowhawk?* – perguntei. O nome era incomum. As espaçonaves de batalhão eram tradicionalmente batizadas com nomes de cidades de porte médio.

– Brigadas Fantasma, Perry – Jensen respondeu. – Forças Especiais das FCD. Filhos da puta com força industrial.

– Nunca ouvi falar delas antes – eu disse. Na verdade, pensei que tivesse ouvido, em algum momento, mas quando e onde me fugiam.

– As FCD as guardam para ocasiões especiais. Não jogam limpo com os outros. Mas seria legal tê-los por lá quando aterrissássemos no planeta. Nos poupariam do problema de morrer.

– Seria legal, mas provavelmente não vai acontecer – disse Keyes. – Este é nosso show, meninos e meninas. Aconteça o que acontecer.

* * *

A *Modesto* saltou para o espaço orbital de Coral dez horas depois e, nos primeiros segundos após sua chegada, foi atingida por seis mísseis disparados a uma distância curta por um cruzador rraey. O conjunto de motores de popa a estibordo foi estilhaçado, fazendo a nave tombar de uma vez de cauda para cima. Meu esquadrão e o de Alan estavam apinhados em uma nave de transporte quando os mísseis nos atingiram. A força de mudança inercial repentina da explosão lançou vários soldados para as laterais da nave com tudo. No hangar das naves de transporte, os equipamentos e materiais soltos foram lançados para longe, atingindo uma das naves, sem atingir a nossa. As naves, presas por eletroímãs, felizmente ficaram no lugar.

Ativei o Cuzão para verificar a situação da nave. A *Modesto* havia sido gravemente danificada e o rastreamento ativo pela nave rraey indicava que ela estava se alinhando para outra série de mísseis.

– Hora de ir – gritei para Fiona Eaton, nossa piloto.

– Não tenho a liberação do Controle – ela disse.

– Em dez segundos vamos ser atingidos por outra saraivada de mísseis – eu retruquei. – Essa é sua liberação, porra!

Fiona grunhiu.

Alan, que também estava ligado ao *mainframe* da *Modesto*, gritou lá de trás.

– Mísseis a caminho. Vinte e seis segundos para o impacto.

– É tempo suficiente para sair? – perguntei a Fiona.

– Veremos – ela disse e abriu um canal com as outras naves. – Aqui é Fiona Eaton, pilotando o Transporte Seis. Aviso que realizaremos um procedimento de porta de hangar emergencial em três segundos. Boa sorte. – Ela se virou para mim. – Aperte o cinto – ela falou e apertou um botão vermelho.

As portas do hangar estavam delineadas por uma onda intensa de luz. O estalo das portas estouradas ficou perdido no barulho do ar escapando quando tombaram. Tudo o que não estava preso foi lançado pelo buraco. Além dos destroços, o campo estelar sacudia a ponto de dar enjoo quando a *Modesto* girou. Fiona alimentou a propulsão dos motores e esperou apenas tempo suficiente para os destroços saírem da frente da porta do hangar antes de cortar as âncoras eletromagnéticas e lançar a nave porta afora. Fiona compensou o giro da *Modesto* quando partiu, mas foi por pouco – chegamos a raspar no teto ao sair.

Acessei o canal de vídeo do hangar de decolagem. As outras naves estavam partindo às pressas pelas portas do hangar em duas ou três. Cinco conseguiram escapar antes de a segunda saraivada de mísseis atingir a nave, mudando bruscamente a trajetória de giro da *Modesto* e esmagando várias naves de transporte que já pairavam sobre o piso do hangar. Ao menos uma explodiu, e seus destroços atingiram a câmera, deixando-a fora do ar.

– Interrompa sua conexão de BrainPal com a *Modesto* – disse Fiona. – Podem usá-la para nos rastrear. Diga isso aos seus esquadrões. Oralmente.

Fiz o que ela disse.

Alan veio até nós.

– Estamos com alguns feridos leves lá atrás – ele disse, apontando para os nossos soldados –, nada sério. Qual é o plano?

– Estamos a caminho de Coral, e desliguei os motores – disse Fiona. – Provavelmente estão em busca de rastros de propulsão e transmissões de BrainPal para mirar os mísseis, então, enquanto estivermos desligados, talvez nos deixem em paz tempo suficiente até entrarmos na atmosfera.

– Talvez? – Alan perguntou.

– Se você tiver um plano melhor, sou toda ouvidos – respondeu Fiona.

– Não tenho a menor ideia do que está acontecendo – disse Alan –, então fico feliz em participar do seu plano.

– Aliás, que foi aquilo que aconteceu lá atrás? – quis saber Fiona. – Eles nos atingiram assim que saímos do salto. Não havia maneira de eles saberem aonde chegaríamos.

– Talvez tenhamos caído no lugar errado, no momento errado – disse Alan.

– Não acho – comentei e apontei para a janela. – Olhem.

Apontei para a escotilha do cruzador rraey que estava brilhando com mísseis partindo dela. A extremo estibordo, um cruzador das FCD surgiu de repente. Poucos segundos depois, os mísseis atingiram o costado do cruzador.

– Caralho, não é possível – disse Fiona.

– Eles sabem exatamente onde nossas naves vão aparecer – comentou Alan. – É uma emboscada.

– Porra, como estão fazendo isso? – questionou Fiona. – *O que está acontecendo, cara?*

– Alan? Você é o físico – eu disse.

Alan encarou o cruzador das FCD, agora tombando e sendo atingido novamente por outra saraivada.

– Não faço ideia, John. Tudo isso é novo para mim.

– Que bosta – disse Fiona.

– Vamos manter o controle. Já estamos encrencados, descontrole não vai ajudar em nada – comentei.

– Se tiver um plano melhor, sou toda ouvidos – repetiu Fiona.

– Tudo bem acessar meu BrainPal se não for para tentar contatar a *Modesto*? – perguntei.

– Claro – disse Fiona. – Contanto que as transmissões não saiam da nave, tudo bem.

Acessei o Cuzão e visualizei um mapa geográfico de Coral.

– Bem – falei –, acho que podemos dizer que o ataque às minas de coral está cancelado por hoje. Não há contingente suficiente entre quem conseguiu sair da *Modesto* para um ataque realista, e não acho que todos conseguiremos chegar à superfície do planeta juntos. Nem todo piloto será rápido no gatilho como você, Fiona.

Fiona assentiu, e eu percebi que ela relaxou um pouco. Elogios sempre são uma boa pedida, especialmente em momentos de crise.

– Tudo bem, vejam o plano – falei e transmiti o mapa para Fiona e Alan. – As forças rraeys estão concentradas nos recifes de coral e nas cidades coloniais, aqui nesta costa. Então, vamos para *cá* – apontei para o maior continente no meio de Coral –, nos escondemos nesta cadeia de montanhas e esperamos a segunda onda.

– *Se* ela vier – Alan disse. – Um drone de salto deve voltar para Fênix. Eles serão informados que os Rraeys sabem que estão vindo. Com essa informação, talvez nem venham.

– Ah, eles vão vir – afirmei. – Talvez não venham na hora que a gente quer, só isso. Temos que estar prontos e esperar por eles. A boa notícia é que Coral é própria para seres humanos. Podemos comer o que precisarmos de lá.

– Não estou muito a fim de colonizar – disse Alan.

– Não é permanente – respondi. – E é melhor que a outra opção.

– Tem razão. – Alan aquiesceu.

Virei para Fiona.

– O que você precisa para chegarmos inteiros até onde precisamos ir?

– De uma oração – ela respondeu. – Estamos tranquilos agora, porque parecemos lixo flutuante, mas qualquer coisa que atinja a atmosfera e seja maior que um ser humano vai ser rastreado pelas forças rraeys. Assim que começarmos a manobrar, eles vão notar nossa presença.

– Quanto tempo podemos ficar aqui? – perguntei.

– Não muito – disse Fiona. – Sem comida, sem água, mesmo com nosso corpo novo e melhorado, há dezenas de nós aqui dentro e precisaremos de ar puro bem rápido.

– Após atingirmos a atmosfera, em quanto tempo você precisará começar a manobrar? – perguntei.

– Logo – ela disse. – Se começarmos a tombar, não recupero mais o controle. Vamos apenas cair até morrer.

– Faça o que puder – eu disse. Ela assentiu. – Tudo bem, Alan. Hora de avisar as tropas sobre a mudança de planos.

– Vamos lá – disse Fiona e acionou os propulsores. A força de aceleração prendeu-me para trás no assento do copiloto. Não estávamos mais caindo até a superfície de Coral, estávamos mirando a nave diretamente para ela.

– Lá vem o tranco – disse Fiona quando mergulhamos na atmosfera. A nave barulhou como uma maraca.

O painel de instrumentação soltou um *ping*.

– Varredura ativa – eu disse. – Estamos sendo rastreados.

– Entendido – Fiona falou, inclinando. – Temos umas nuvens altas chegando em poucos segundos – ela comentou. – Talvez ajudem a confundi-los.

– Costumam confundir? – perguntei.

– Não – ela respondeu e mergulhou nelas.

Saímos vários quilômetros a leste e ouvimos novamente o *ping*.

– Rastreados ainda – comentei. – Aeronave a 350 quilômetros e se aproximando.

– Irei o mais próximo do chão que eu puder antes que eles fiquem sobre nós – ela disse. – Não podemos ultrapassá-los ou vencê-

-los no tiro. O melhor que podemos fazer é chegar perto do chão e esperar que alguns dos mísseis atinjam as copas das árvores, e não nós.

– Não é muito animador – eu disse.

– Não estou trabalhando com animação hoje – disse Fiona. – Segure firme.

Demos um mergulho de revirar o estômago.

A aeronave rraey estava sobre nós naquele momento.

– Mísseis – eu disse.

Fiona inclinou para o lado e nos tombou na direção do solo. Um dos mísseis passou por cima e se afastou, o outro se chocou contra o topo de uma colina quando demos uma guinada para cima.

– Ótimo – eu disse e quase arranquei um pedaço da língua quando um terceiro míssil explodiu bem atrás de nós, deixando a nave fora de controle. Um quarto míssil foi detonado e pedaços do projétil abriram a lateral da nave. Em meio ao rugido do ar, conseguimos ouvir alguns dos meus soldados gritando.

– Descendo – disse Fiona e se esforçou para aprumar a nave. Estávamos rumando na direção de um pequeno lago a uma velocidade incrível. – Vamos bater na água e estourar – ela disse. – Desculpe.

– Você foi ótima – falei e, em seguida, o nariz da nave bateu na superfície do lago.

Barulhos de metal se retorcendo e abrindo soaram quando o nariz da nave entortou para baixo, separando o compartimento do piloto do restante da nave. Um breve registro do meu esquadrão e do de Alan quando seu compartimento saiu girando pelos ares – uma fotografia de bocas abertas, gritos silenciosos entre todos os outros ruídos, o urro enquanto voava sobre o nariz da nave que já se desfazia ao rodopiar sobre a água. Giros curtos e impossíveis enquanto o nariz espalha metal e instrumentos. A dor aguda de algo atingindo meu queixo e levando-o com ele. Gorgolejos enquanto eu tento gritar,

SmartBlood cinza voando do ferimento pela força centrífuga. Um olhar não intencional para Fiona, cuja cabeça e braço direito estão em algum lugar atrás de nós.

Um *cheiro* de metal quando meu assento se solta do restante do compartimento do piloto e eu deslizo de costas na direção de um afloramento de rochas, minha cadeira girando indolente no sentido anti-horário e ricocheteando várias vezes até a pedra. Uma mudança rápida e estonteante na inércia quando minha perna direita bate no afloramento seguido por um estouro branco-amarelado de dor lancinante quando o fêmur partiu como um palito de parmesão. Meu pé voa diretamente até onde minha mandíbula costumava ficar e, talvez, eu tenha me tornado o primeiro homem na história a chutar a própria úvula. Sou lançado num arco sobre a terra seca e chego ao chão em algum lugar onde os galhos ainda estão caindo, pois os passageiros do compartimento da nave tinham acabado de atravessá-los. Um dos galhos cai com tudo sobre o meu peito e quebra ao menos três costelas. Após chutar a minha úvula, isso é estranhamente anticlimático.

Olho para cima (não tenho escolha) e vejo Alan em cima de mim, pendurado de cabeça para baixo, o toco lascado de um galho de árvore segurando seu torso, encaixado no espaço onde o fígado deveria estar. SmartBlood pingava da testa dele no meu pescoço. Vejo seus olhos revirando, percebendo que eu estava ali. Em seguida, recebo uma mensagem no meu BrainPal.

[Você está horrível], ele envia.

Não consigo responder. Consigo apenas olhar.

[Espero que eu possa ver as constelações aonde estou indo], ele envia. Envia de novo. Envia de novo. Depois disso, não envia mais.

Piados. Patas ásperas agarrando meu braço. Cuzão reconhece os piados e me projeta uma tradução.

– *Este aqui ainda está vivo.*

– *Deixe aí. Vai morrer logo. E os verdes não são bons de comer. Não estão maduros ainda.*

Um bufar, que Cuzão traduz como [gargalhada].

– Que porra, dá uma olhada nisso – alguém diz. – Este filho da puta aqui está vivo.

Outra voz. Familiar.

– Deixa eu ver.

Silêncio. A voz familiar de novo.

– Tira esse tronco de cima dele. Vamos levá-lo de volta.

– Caramba, chefe – diz a primeira voz. – Olhe para ele. Melhor enfiar uma bala nos miolos do cara. Por caridade.

– Mandaram a gente levar os sobreviventes de volta – diz a voz familiar. – Adivinha, ele sobreviveu. É o *único* que sobreviveu.

– Se acha que isso é sobreviver.

– Já acabou aí?

– Sim, senhora.

– Ótimo. Agora tire a porcaria do galho de cima dele. Os Rraeys vão estar na nossa cola daqui a pouco.

Abrir os olhos é como tentar erguer portões de metal. O que me faz abri-los é a dor explosiva que sinto quando o galho é tirado do meu peito. Meus olhos abrem e eu aspiro o equivalente sem quei-xo de um grito.

– Meu Deus! – diz a primeira voz, e vejo que é um homem, loiro, jogando longe o imenso galho. – Ele está acordado!

Uma mão morna no lado do que havia restado do meu rosto.

– Ei – a voz familiar diz. – Ei, você está bem agora. Tudo bem. Está seguro. Vamos levar você de volta. Vai ficar tudo bem. Você vai ficar bem.

O rosto dela entra no meu campo de visão. Conheço o rosto. Fui casado com ele. Kathy veio me buscar.

Eu choro. Sei que estou morto. Não me importo.

Começo a deslizar.

– Você já viu esse cara antes? – Ouço o cara loiro perguntar.

– Não seja idiota – ouço Kathy dizer. – Claro que não.

Eu parto.

Para outro universo.

PARTE 3

13_

– Ah, você acordou – alguém me disse quando abri os olhos. – Olha só, não tente falar. Está imerso em solução. Há um tubo em seu pescoço. E você não tem mandíbula.

Olhei ao redor. Estava flutuando em uma banheira de líquido grosso, morno e translúcido. Além da banheira, eu conseguia ver objetos, mas não me concentrei em nenhum deles. Como informado, um tubo de respiração serpenteava de um painel ao lado da banheira na direção do meu pescoço. Tentei seguir o caminho dele até o meu corpo, mas o campo de visão estava bloqueado por um aparelho que cercava a metade inferior da minha cabeça. Tentei tocá-lo, mas não conseguia mover os braços. Aquilo me preocupou.

– Não se preocupe. Desativamos sua capacidade de movimentação. Assim que sair da banheira, ativaremos novamente. Mais alguns dias. A propósito, você ainda tem acesso ao BrainPal. Se quiser se comunicar, é só usá-lo. É assim que estamos falando com você agora.

[Porra, onde estou?], enviei. *[E o que aconteceu comigo?]*

– Você está no Centro Médico Brenneman, acima de Fênix – disse a voz. – O melhor de todos. Está em tratamento intensivo. Sou o doutor Fiorina e estou cuidando de você desde a sua chegada. Quanto ao que aconteceu, bem, vejamos. Para começar, você está em boas condições agora, então não se preocupe. Dito isso, você perdeu a mandíbula, a língua e grande parte da bochecha direita e da orelha. Sua perna direita foi arrancada da metade do fêmur para baixo. A esquerda sofreu múltiplas fraturas e o pé esquerdo perdeu três dedos e o calcanhar – achamos que eles foram moídos. A boa notícia é que sua espinha foi partida abaixo da caixa torácica, então provavelmente você não sentiu muito. Falando em caixa torácica, teve seis costelas quebradas, uma delas perfurou a vesícula biliar, e você sofreu de hemorragia interna geral. Sem mencionar a sepsia e um monte de infecções gerais e específicas que surgiram pelas feridas que ficaram abertas por dias.

[Pensei que estivesse morto], enviei. *[Morrendo, pelo menos]*

– Como você não está mais com risco de morte real, acho que posso dizer que, por tudo isso, você realmente *deveria* estar morto – o doutor Fiorina confirmou. – Se fosse um ser humano não modificado, estaria. Agradeça a seu SmartBlood por mantê-lo vivo. Ele coagulou antes que pudesse se esvair em sangue e manteve as infecções sob controle. Mas chegou bem perto. Se não tivesse sido encontrado naquele momento, provavelmente teria morrido pouco tempo depois. De algum jeito, quando levaram seu corpo para a *Sparrowhawk*, enfiaram você em um tubo de estase para trazê-lo aqui. Não poderiam fazer muito por você na nave, pois precisava de cuidado especializado.

[Eu vi minha mulher], enviei. *[Ela foi uma das pessoas que me resgataram]*

– Sua mulher é soldado?

[Morreu faz muitos anos]

– Ah – o médico disse e depois continuou. – Bem, você já estava bem prejudicado. Alucinações não são incomuns nesse momento. O túnel brilhante e parentes mortos e tudo o mais. Ouça, cabo, seu corpo ainda precisa de muito trabalho e é mais fácil executá-lo enquanto você estiver dormindo. Não há nada que você possa fazer além de flutuar. Vou colocá-lo no modo de sono novamente por um tempo. Da próxima vez que acordar, estará fora da banheira, e sua mandíbula terá se regenerado o suficiente para conseguir conversar direito. Tudo bem?

[O que houve com meu esquadrão?], enviei. *[Tivemos uma colisão]*

– Durma, agora – o doutor Fiorina ordenou. – Podemos conversar mais quando você estiver fora da banheira.

Comecei a montar uma resposta realmente irritada, mas ela foi atingida por uma onda de fadiga. Eu estava apagado antes de conseguir pensar como eu estava apagando rápido.

– Olha só quem está de volta – a nova voz disse. – O homem trouxa demais para morrer.

Dessa vez eu não estava flutuando num tonel de meleca. Abri os olhos e descobri de onde vinha a voz.

– Harry – eu disse o melhor que pude com a mandíbula imobilizada.

– Eu mesmo – ele respondeu, curvando-se levemente.

– Desculpe, não posso levantar – murmurei. – Estou um pouco moído.

– Um pouco moído? – Harry perguntou, revirando os olhos. – Puta que pariu. Você chegou aqui quase pela metade, John. Sei muito bem disso. Eu vi quando tiraram sua carcaça de Coral. Quando disseram que você ainda estava vivo, meu queixo caiu.

– Engraçadinho – eu disse.

– Desculpe, não quis fazer piada. Mas você estava quase irreconhecível, John. Um amontoado de carne. Não me leve a mal, mas eu rezei para que você morresse. Não podia imaginar que eles conseguiriam remontar você desse jeito.

– Fico feliz em decepcioná-lo.

– Fico feliz pela decepção – ele comentou, e então outra pessoa entrou no quarto.

– Jesse – eu cumprimentei.

Jesse se aproximou da cama e me deu um beijinho na bochecha.

– Bem-vindo à terra dos vivos, John – ela falou e se afastou. – Olha, estamos juntos de novo. Os três mosqueteiros.

– Dois mosqueteiros e meio, você quer dizer – eu retruquei.

– Não seja mórbido – disse Jesse. – O doutor Fiorina diz que você vai se recuperar por completo. Sua mandíbula deve estar regenerada amanhã, e a perna vai estar de volta alguns dias depois disso. Vai estar saltando por aí bem rápido.

Estendi a mão e toquei a perna direita. Estava tudo lá, ou ao menos foi o que senti. Puxei o lençol para olhar melhor e lá estava: minha perna. Mais ou menos. Bem abaixo do joelho, havia uma marca verde. Da marca para cima minha perna parecia a mesma. Abaixo dela, parecia uma prótese.

Eu sabia o que estava acontecendo. Alguém do meu esquadrão teve a perna estourada em batalha e a recriaram da mesma forma. Eles grudaram um membro falso rico em nutrientes no ponto da amputação, depois injetaram um fluxo de nanorrobôs na área de fusão. Usando nosso DNA como parâmetro, os nanorrobôs converteram os nutrientes e a matéria-prima do membro falso em carne e osso, conectando os músculos, nervos e vasos sanguíneos já existentes e assim por diante. O anel de nanorrobôs movia-se lentamente para o membro falso até ele se converter em tecidos ósseos e musculares. Assim que terminavam, migravam pela corrente sanguínea até os intestinos para serem cagados.

Não era muito delicado, mas uma boa solução – não havia cirurgia, nem espera para criar partes clonadas, nem membros artificiais desajeitados ligados ao corpo. E levava apenas algumas semanas, dependendo do tamanho da amputação, para ter o membro de volta. Foi assim que refizeram minha mandíbula e, provavelmente, o calcanhar e os dedos do meu pé esquerdo, que estavam todos presentes e conferidos.

– Há quanto tempo estou aqui? – perguntei.

– Neste quarto faz um dia – respondeu Jesse. – Antes disso, ficou na banheira cerca de uma semana.

– Passamos dias até chegar aqui, o tempo que você ficou em estase... você sabia disso? – Harry perguntou. Eu assenti. – E poucos dias antes você foi encontrado em Coral. Então, você está mais ou menos duas semanas fora do ar.

Olhei para ambos.

– Fiquei contente em ver vocês dois – eu disse. – Desculpe a pergunta, mas por que vocês estão aqui? Por que não estão na *Hampton Roads*?

– A *Hampton Roads* foi destruída, John – disse Jesse. – Eles nos atacaram bem no momento em que chegamos do nosso salto. Nossa nave de transporte quase não conseguiu sair do hangar e os motores foram danificados quando saiu. Fomos os únicos que sobraram. Ficamos à deriva por quase um dia e meio antes de a *Sparrowhawk* nos encontrar. Chegamos perto da asfixia.

Eu me lembrei de ver uma nave rraey acertar um cruzador que chegava de um salto. Imaginei se era a *Hampton Roads*.

– O que aconteceu com a *Modesto*? Vocês sabem?

Jesse e Harry olharam-se.

– A *Modesto* foi detonada também – Harry acabou dizendo. – John, *todas* foram derrubadas. Foi um massacre.

– Eles não podem ter derrubado *todas*. Vocês disseram que foram salvos pela *Sparrowhawk*. E eles também foram me pegar.

– A *Sparrowhawk* veio mais tarde, depois da primeira onda – disse Harry. – Ela saltou longe do planeta. O que quer que os Rraeys usaram para detectar nossas naves não a encontrou, embora eles a tenham alcançado depois que parou sobre o lugar onde vocês caíram.

– Quantos sobreviventes? – perguntei.

– Você foi o único da *Modesto* – disse Jesse.

– As outras naves escaparam – falei.

– Foram derrubadas – confirmou Jesse. – Os Rraeys derrubaram tudo que fosse maior que um cesto de pão. O único motivo pelo qual nossa nave sobreviveu foi que nossos motores já estavam quebrados. Provavelmente não queriam desperdiçar mísseis.

– Quantos sobreviventes no total? – perguntei. – Não pode ser apenas eu e sua nave.

Jesse e Harry ficaram mudos.

– Caralho, não pode ser – eu disse.

– Foi uma emboscada, John – Harry retrucou. – Cada nave que saltava era atingida quase imediatamente no espaço de Coral. Não sabemos como fizeram isso, mas fizeram, e seguiram varrendo toda nave de transporte que puderam encontrar. É por isso que a *Sparrowhawk* arriscou nossa vida para encontrar você. Porque, além de nós, você é o *único* sobrevivente. Sua nave foi a única que conseguiu entrar no planeta. Descobriram você seguindo o feixe de luz da nave. Seu piloto acionou o feixe de luz antes do acidente.

Lembrei-me de Fiona. E de Alan.

– Quantos perdemos? – perguntei.

– Sessenta e dois cruzadores com força de batalhão e tripulações lotadas – Jesse informou. – Noventa e duas mil pessoas, mais ou menos.

– Estou passando mal – avisei.

– Isso foi o que você chamaria de boa merda no ventilador à moda antiga – disse Harry. – Sem dúvida nenhuma. Então, é por isso que ainda estamos aqui. Não tem para onde a gente ir.

– Bem, isso e eles não param de nos interrogar – disse Jesse. – Como se a gente soubesse de alguma coisa. Já estávamos na nave quando fomos atingidos.

– Estão morrendo de ansiedade para você se recuperar e falar – Harry me disse. – Desconfio que você vá receber a visita dos investigadores das FCD logo, logo.

– Como eles são? – perguntei.

– Mal-humorados – respondeu Harry.

– Perdoe-nos se não estamos para piadas, cabo Perry – disse o tenente-coronel Newman. – Quando se perdem 60 naves e 100 mil homens, é normal ficar num estado de espírito sério.

Tudo o que eu disse foi "quebrado" quando Newman perguntou como eu estava. Pensei que um reconhecimento levemente irônico da minha condição física não estaria totalmente fora de questão. Acho que estava errado.

– Desculpe – eu disse. – Embora eu não estivesse brincando. Como os senhores podem ver, deixei grande parte do meu corpo em Coral.

– Aliás, como o senhor chegou a Coral? – perguntou o major Javna, que era meu outro interrogador.

– Eu me lembro de pegar a nave – respondi –, embora o último trecho eu tenha percorrido sozinho.

Javna olhou para Newman, como se dissesse *de novo com as piadinhas.*

– Cabo, em seu relatório do incidente, o senhor menciona que deu à piloto da nave permissão para explodir as portas do hangar de naves de transporte da *Modesto.*

– Exato – eu disse. Havia preenchido o relatório na noite anterior, pouco depois da visita de Harry e Jesse.

– Com que autoridade o senhor deu essa ordem?

– Com a minha – falei. – A *Modesto* estava sendo bombardeada. Imaginei que um pouco de iniciativa naquele momento não seria ruim.

– O senhor tem ciência de quantas naves, da frota inteira, foram lançadas em Coral?

– Não – respondi. – Embora parecessem muito poucas.

– Menos de cem, inclusive as sete da *Modesto* – informou Newman.

– E o senhor sabe quantas chegaram à superfície de Coral? – questionou Javna.

– Pelo que entendo, apenas a minha chegou tão longe – eu disse.

– Isso mesmo – Javna confirmou.

– E daí? – perguntei.

– Daí que parece ter sido muita sorte de vocês que o senhor tenha ordenado que as portas fossem estouradas a tempo de sair com sua nave, a tempo de chegar à superfície vivo.

Encarei Newman diretamente.

– Está *desconfiando* de mim, senhor? – perguntei.

– O senhor precisa admitir que é uma cadeia interessante de coincidências – Javna comentou.

– Porra nenhuma – eu disse. – Dei ordem *depois* de a *Modesto* ser atingida. Minha piloto teve treinamento e presença de espírito para nos levar até Coral e perto o bastante do solo para que pudéssemos sobreviver. E, se o senhor se lembrar, eu quase não consegui. A maioria do meu corpo foi ralada sobre uma área do tamanho de Rhode Island. A única *sorte* foi que me encontraram antes de eu morrer. Tudo o mais foi por habilidade ou inteligência minha ou da minha piloto. Desculpe se fomos bem treinados, *senhor*.

Javna e Newman olharam-se.

– Estamos apenas seguindo todas as linhas de investigação –
Newman comentou com suavidade.

– Meu Deus – eu disse. – Pensem nisso. Se eu realmente planejasse trair as FCD e sobreviver, possivelmente eu tentaria fazer sem ter
a porra da minha mandíbula arrancada. – Imaginei que, na minha
condição, eu talvez pudesse rosnar para um oficial superior e sair ileso.

Eu estava certo.

– Vamos prosseguir – Newman disse.

– Claro, vamos – eu disse.

– O senhor mencionou que viu um cruzador rraey atirando em
um cruzador das FCD quando ele saltou no espaço de Coral.

– Correto.

– Interessante que o senhor tenha conseguido ver isso – disse Javna.
Suspirei.

– Os senhores vão fazer isso durante a entrevista toda? – perguntei. – As coisas serão mais rápidas se não tentarem o tempo todo
me fazer confessar que sou um espião.

– Cabo, o ataque dos mísseis – disse Newman. – O senhor lembra se os mísseis foram lançados antes ou depois de a nave das FCD
saltarem no espaço de Coral?

– Meu palpite é que tenham sido lançados pouco antes – eu
disse. – Ao menos me pareceu assim. Eles sabiam quando e onde a
nave apareceria.

– Como acha que é possível? – perguntou Javna.

– Não sei – respondi. – Não sabia nem como o salto espacial
funcionava até um dia antes do ataque. Pelo que sei, não parece haver
uma maneira de saber quando uma nave está chegando.

– Como assim "pelo que sei"? – Newman quis saber.

– Alan, outro líder de esquadrão – não quis dizer que era um
amigo, porque suspeitava que achariam isso suspeito –, disse que o salto

espacial funciona pela transferência da nave para outro universo igual àquele do qual saiu, e que seu aparecimento e desaparecimento são fenomenalmente improváveis. Se esse é o caso, não parece ser possível saber quando e onde uma nave vai aparecer. Ela simplesmente aparece.

– O que acha que aconteceu lá, então? – perguntou Javna.

– Como assim?

– Como o senhor disse, não deveria haver maneira de saber que uma nave está saltando – disse Javna. – A única maneira de imaginarmos essa emboscada é se alguém tivesse cantado a letra para os Rraeys.

– De novo isso – eu falei. – Olhem, mesmo se acreditássemos na existência de um traidor, como ele faria isso? Mesmo se, de alguma forma, ele conseguisse falar para os Rraeys que uma frota estava chegando, não é possível que pudesse saber onde a nave apareceria no espaço de Coral. Os Rraeys estavam nos esperando, lembram? Eles nos atingiram enquanto estávamos saltando para o espaço de Coral.

– Então, novamente – disse Javna. – O que acha que aconteceu lá?

Dei de ombros.

– Talvez o salto não seja tão improvável assim como pensávamos – respondi.

– Não fique tão abalado com o interrogatório – disse Harry ao me entregar um copo de suco de fruta que ele havia conseguido para mim na cantina do centro médico. – Eles vieram com essa de "é um pouco suspeito que vocês tenham sobrevivido" para cima da gente também.

– Como você reagiu?

– Caramba, eu concordei com eles – respondeu Harry. – É *bem* suspeito. O engraçado é que não acho que eles tenham gostado dessa resposta também. Mas, no fim das contas, não dá para julgar os caras. Acabaram de puxar o tapete das colônias. Se não descobrirmos o que aconteceu em Coral, estamos encrencados.

– Bem, e aí temos uma questão interessante. O que você acha que aconteceu?

– Sei lá. Talvez o salto não seja tão improvável quanto a gente pensa. – Harry disse e deu um gole no suco.

– Engraçado, foi o que eu disse.

– Sim, mas foi *exatamente* o que eu quis dizer – comentou Harry. – Não tenho o conhecimento teórico de física de Alan, que Deus o tenha, mas todo o modelo teórico que conhecemos do salto deve estar errado em algum ponto. Claro, os Rraeys têm algum jeito de prever, com um grau elevado de precisão, onde nossas naves vão saltar. Como fazem isso?

– Não acho que alguém poderia ser capaz de fazer isso – eu respondi.

– Exato. Mas eles fazem de qualquer forma. Então, é bem óbvio que nosso modelo de como o salto funciona está errado. A teoria cai por terra quando a observação prova o contrário. A questão agora é o que *realmente* está acontecendo.

– Alguma ideia? – perguntei.

– Algumas, embora não seja minha área. Não tenho matemática para isso.

Eu ri.

– Sabe, Alan disse algo muito parecido com isso para mim, não faz muito tempo.

Harry sorriu e ergueu o copo.

– Ao Alan.

– Ao Alan. E a todos os nossos amigos ausentes.

– Amém – disse Harry e bebemos.

– Harry, você disse que estava lá quando me levaram para a *Sparrowhawk*.

– Eu estava. Desculpe, mas você estava estragado.

– Não precisa se desculpar. Você se lembra de alguma coisa sobre o esquadrão que me levou?

– Um pouco. Mas não muito. Eles nos mantiveram isolados do restante da nave a maior parte da viagem. Eu vi você na enfermaria quando o trouxeram. Estavam nos examinando.

– Havia uma mulher no grupo de resgate?

– Sim – disse Harry. – Alta, cabelos castanhos. É tudo de que me lembro puxando pela memória. Sinceramente, eu estava prestando mais atenção em você do que em quem trouxe você. Eu conhecia você, não eles. Por quê?

– Harry, uma das pessoas que me resgatou era minha mulher. Eu juro.

– Pensei que ela estivesse morta.

– Minha mulher *está* morta. Mas era ela. Não era Kathy como era quando nos casamos. Era uma soldado das FCD, pele verde e tudo o mais.

Harry parecia desconfiado.

– Provavelmente você estava alucinando, John.

– Sim, mas se eu estivesse alucinando, por que eu alucinaria com Kathy de soldado das FCD? Eu não deveria lembrar de como ela era?

– Sei lá. Alucinações, por definição, não são reais. Não seguem nossas regras. Não há motivo para você não ter alucinado com sua falecida mulher como uma soldado das FCD.

– Harry, sei que soa um pouco maluco, mas *eu vi minha mulher* – eu disse. – Posso ter sido retalhado, mas meu cérebro estava funcionando bem. Sei o que vi.

Harry ficou em silêncio por um instante.

– Meu esquadrão ficou de molho alguns dias na *Sparrowhawk*, sabe – ele disse. – Ficamos socados em uma sala de recreação sem ter para onde ir e sem nada para fazer. Eles nem deixaram a gente acessar os servidores de entretenimento da nave. Tínhamos de ser escoltados até o quartel-general. Conversávamos sobre a tripulação e os soldados das Forças Especiais. E pensamos em uma coisa interessante: nenhum de nós sabia de alguém que houvesse entrado nas Forças Especiais a partir das fileiras gerais. Por si só, não significa nada. A maioria de nós ainda está nos primeiros anos de serviço. Mas é interessante.

– Talvez seja necessário estar há bastante tempo em serviço – comentei.

– Talvez. Mas talvez haja mais coisa. Até porque chamam os caras de "Brigadas Fantasma". – Ele deu mais um gole no suco e deixou o copo sobre meu criado-mudo. – Acho que vou investigar um pouco. Se eu não voltar, vingue a minha morte.

– Vou fazer o melhor que puder de acordo com as circunstâncias – prometi.

– Faça isso – disse Harry, sorrindo. – E veja o que consegue descobrir. Você terá ao menos mais duas sessões de interrogatório. Tente interrogar um pouco também.

– O que tem a *Sparrowhawk*? – perguntou o major Javna em nossa sessão de interrogatório seguinte.

– Gostaria de mandar uma mensagem para lá – respondi. – Quero agradecer por terem salvado minha vida.

– Não é necessário – disse o tenente-coronel Newman.

– Sei, mas é uma questão de educação – comentei. – Quando alguém impede que animais selvagens comam a gente por inteiro, o mínimo que se pode fazer é mandar um recadinho. Na verdade, eu gostaria de enviar uma mensagem diretamente para o pessoal que me encontrou. Como faço isso?

– Não pode – respondeu Javna.

– Por que não? – questionei, fingindo inocência.

– A *Sparrowhawk* é uma nave das Forças Especiais – disse Newman. – Eles navegam em silêncio. A comunicação entre as naves das Forças Especiais e o restante da frota é limitada.

– Bem, isso não parece muito justo. Estou em missão há mais de um ano e nunca tive problemas para enviar mensagens aos meus amigos em outras naves. Imagino que os soldados das Forças Especiais gostem de ter notícias dos amigos no universo.

Newman e Javna trocaram olhares.

– Estamos saindo do assunto – disse Newman.

– Tudo que quero é mandar uma mensagem – retruquei.

– Vamos ver o que podemos fazer – respondeu Javna em um tom que dizia *Não vamos fazer nada.*

Suspirei e disse para eles, provavelmente pela vigésima vez, por que dei permissão para explodir as portas do hangar da *Modesto.*

– Como está sua mandíbula? – perguntou o doutor Fiorina.

– Totalmente funcional e pronta para mastigar – respondi. – Não que eu não goste de tomar sopa de canudinho, mas fica meio monótono depois de um tempo.

– Entendo – disse Fiorina. – Agora, vamos dar uma olhada na sua perna. – Puxei as cobertas e deixei que ele desse uma olhada. O anel estava na metade da panturrilha. – Excelente. Quero que você comece a andar com essa perna. A parte não processada vai aguentar seu peso, e vai ser bom exercitar um pouco a perna. Vou lhe dar uma bengala para usar nos próximos dias. Soube que alguns amigos têm visitado você. Por que não pede para que eles o levem para almoçar ou algo assim?

– Não precisa falar duas vezes – falei e flexionei a perna nova um pouco. – Nova em folha.

– Melhor ainda – disse Fiorina. – Fizemos algumas melhorias na estrutura do corpo das FCD desde que você se alistou. Foram incorporadas à perna, e o restante do corpo vai sentir os benefícios também.

– Não sei por que as FCD não fazem o serviço completo – eu disse. – Por que não substituir meu corpo inteiro por algo totalmente projetado para a guerra?

Fiorina ergueu os olhos da prancheta eletrônica de dados.

– Já tem pele verde, olhos de gato e um computador na cabeça. Quão *menos* humano você quer ser?

– Boa pergunta – respondi.

– É mesmo – disse o médico. – Vou pedir para um enfermeiro trazer a bengala. – Ele tocou a prancheta eletrônica para enviar o pedido.

–Ei, doutor – eu disse. – O senhor tratou mais alguém que veio da *Sparrowhawk*?

– Não – ele respondeu. – Olha, cabo, você já foi um desafio e tanto.

– Ninguém da tripulação da *Sparrowhawk*?

Fiorina abriu um sorriso amarelo.

– Ah, não. Eles são das Forças Especiais.

– E?

– Digamos que eles têm necessidades especiais – disse Fiorina e, em seguida, o enfermeiro chegou com a minha bengala.

– Sabe o que é possível encontrar sobre as Brigadas Fantasma? Digo, oficialmente – Harry me perguntou.

– Acho que não muito.

– Não muito já seria demais – Harry comentou. – É impossível encontrar um dado sequer.

Harry, Jesse e eu estávamos almoçando em uma das cantinas da estação Fênix. Para minha primeira caminhada, sugeri que fôssemos o mais longe possível de Brenneman. Essa cantina ficava do outro lado da estação. A vista não tinha nada de especial, dava para um pequeno estaleiro, mas era conhecida em toda a estação por seus hambúrgueres e a reputação era justificada. O cozinheiro, na vida passada, havia sido o fundador de uma rede de restaurantes de hambúrgueres especiais. Apesar de ser literalmente um buraco na parede, ficava constantemente cheio. Mesmo assim, o meu hambúrguer e o de Harry já estavam esfriando com nosso papo sobre as Brigadas Fantasma.

– Perguntei a Javna e Newman sobre repassar um recado para a *Sparrowhawk*, e eles foram evasivos – comentei.

– Óbvio – disse Harry. – Oficialmente, a *Sparrowhawk* existe, mas é tudo que eu pude descobrir. Não tem nada sobre tripulação, tamanho, armamento ou localização. Todas essas informações não existem. Uma busca mais geral em Forças Especiais ou "Brigadas Fantasma" no banco de dados das FCD resulta em nada.

– Então, vocês estão de mãos vazias, rapazes – disse Jesse.

– Ah, eu não disse isso – Harry respondeu e sorriu. – Não dá para encontrar nada oficialmente, mas extraoficialmente tem muita coisa.

– E como você conseguiu encontrar informações extraoficiais? – Jesse quis saber.

– Bem, você sabe, minha personalidade esfuziante faz milagres – comentou Harry.

– Ai, faça-me o favor – disse Jesse. – Eu estou comendo. E isso é mais do que vocês dois estão fazendo.

– Então, o que descobriu? – perguntei e dei uma mordida no hambúrguer. Estava maravilhoso.

– Aviso que tudo são rumores e insinuações – respondeu Harry.

– Significa que provavelmente é mais preciso do que o que conseguiríamos oficialmente – falei.

– É possível – Harry admitiu. – A boa notícia é que existe mesmo um motivo para elas se chamarem "Brigadas Fantasma". Não é uma designação oficial, vocês sabem. É um apelido. O rumor que ouvi em mais de um lugar é que os membros das Forças Especiais são defuntos.

– Como é? – perguntei. Jesse ergueu os olhos do hambúrguer.

– Não defuntos de verdade, propriamente ditos – disse Harry. – Não são zumbis. Mas há muita gente que se alistou para as FCD e morreu antes do aniversário de 75 anos. Quando isso acontece, aparentemente as FCD não jogam simplesmente o DNA fora. Usam para fazer membros das Forças Especiais.

Algo estalou dentro de mim.

– Jesse, você se lembra de quando Leon Deak morreu? O que o médico assistente disse? "Um voluntário de última hora para as Brigadas Fantasma." Pensei que fosse algum tipo de piada mórbida.

– Como podem fazer isso? – perguntou Jesse. – É totalmente antiético.

– É? – questionou Harry. – Quando você concorda em se alistar, dá às FCD o direito de usar quaisquer procedimentos necessários para aumentar sua prontidão para o combate, e você não pode estar pronta para combate se estiver morta. Está no contrato. Se não for ético, ao menos é lícito.

– Sim, mas existe uma diferença entre usar meu DNA para criar um novo corpo para meu uso e usar o novo corpo sem *mim* dentro dele – disse Jesse.

– Meros detalhes – Harry falou.

– Não gosto da ideia do meu corpo andando por aí sozinho – disse Jesse. – Não acho que as FCD tenham o direito de fazer isso.

– Bem, não é tudo que fazem – comentou Harry. – Vocês sabem que este novo corpo que temos é bastante modificado geneticamente. Bem, ao que parece, o corpo das Forças Especiais é ainda mais modificado que o nosso. Os soldados das Forças Especiais são cobaias para novos aprimoramentos e capacidades antes de serem introduzidos na população geral. E há rumores de que algumas das modificações são realmente radicais. Corpos modificados a ponto de não parecerem mais humanos.

— Meu médico disse algo sobre os soldados das Forças Especiais terem necessidades especiais — comentei. — Mas, mesmo propenso a alucinações, as pessoas que me resgataram pareciam bem humanas.

— E não vimos nenhum mutante ou bizarrice na *Sparrowhawk* — disse Jesse.

— Também não tivemos permissão para andar pela nave — Harry enfatizou. — Eles nos mantiveram em uma área e ficamos desconectados de tudo. Víamos a enfermaria e a área de recreação, ponto.

— As pessoas veem as Forças Especiais em batalha e caminhando por aí o tempo todo — confirmou Jesse.

— Claro que sim — disse Harry. — Mas isso não quer dizer que veem *todos* eles.

— Sua paranoia está crescendo de novo, querido — disse Jesse e deu uma batata frita na boca de Harry.

— Obrigado, linda — disse Harry, aceitando. — Mas, mesmo deixando de lado o rumor sobre Forças Especiais supermodificadas, ainda há muito para corroborar a visão que John teve da esposa. Mas não é Kathy de verdade. Só alguém usando o corpo dela.

— Quem? — perguntei.

— Bem, essa é a pergunta, não é? Sua mulher está morta, então eles não poderiam repassar a personalidade dela para o corpo. Ou eles têm algum tipo de personalidade pré-formatada que enfiam nos soldados das Forças Especiais...

— ... ou outra pessoa saiu de um corpo velho para o novo corpo de Kathy — completei.

Jesse estremeceu.

— Desculpe, John. Mas isso é superesquisito.

– John? Tudo bem? – perguntou Harry.

– Quê? Claro, estou bem. É muita coisa para processar de uma vez. A ideia de que minha mulher poderia estar viva, mas não exatamente, e de que alguém que *não é* ela está por aí na pele dela. Acho que quase prefiro a possibilidade de ter tido uma alucinação com ela.

Olhei para Harry e Jesse. Os dois estavam paralisados e com cara de espanto.

– Que foi, gente? – perguntei.

– Falando no diabo – Harry disse.

– Quê?

– John, ela está na fila do hambúrguer – Jesse revelou.

Virei de uma vez, batendo o braço no prato e o jogando longe. Em seguida, parecia que eu havia sido enfiado diretamente em um barril de gelo.

– Puta merda – eu disse.

Era ela. Sem sombra de dúvida.

14_

Comecei a me levantar. Harry agarrou a minha mão.

– O que vai fazer? – ele perguntou.

– Vou lá falar com ela – respondi.

– Tem certeza de que quer fazer isso?

– Do que você está falando? – perguntei. – Claro que tenho certeza.

– O que estou dizendo é que talvez seja melhor Jesse ou eu irmos falar com ela primeiro – respondeu Harry. – Para ver se ela quer falar com você.

– Caramba, Harry. Isso aqui não é o sexto ano da escola. É minha mulher.

– Não, não é, John – Harry retrucou. – É alguém completamente diferente. Você não sabe se ela vai querer falar com você.

– John, mesmo se ela falar com você, vocês serão dois estranhos – disse Jesse. – Seja lá o que você esteja procurando, não vai encontrar.

– Não estou procurando nada.

– Só não queremos que você se machuque – disse Jesse.

– Vou ficar bem – falei e olhei para os dois. – Por favor, me deixe ir, Harry. Vou ficar bem.

Harry e Jesse olharam-se. Harry soltou minha mão.

– Obrigado – eu disse.

– O que vai dizer para ela? – Harry quis saber.

– Vou dizer que agradeço por ter salvado a minha vida – eu disse e me levantei.

Nesse momento, ela e dois companheiros já estavam com seus pedidos e caminhavam para uma mesa pequena bem ao fundo da cantina. Avancei com cuidado até lá. Os três estavam conversando, mas pararam quando me aproximei. Ela olhou para trás quando cheguei e se virou quando os companheiros dela olharam para mim. Parei quando olhei bem para o rosto de Kathy.

Era diferente, claro. Além, obviamente, da pele e dos olhos, estava muito mais jovem do que Kathy era – um rosto como o de Kathy meio século antes. Mesmo na época era diferente: mais esguia do que Kathy jamais fora, mantendo a predisposição geneticamente instalada das FCD para a magreza. O cabelo de Kathy sempre fora uma cabeleira quase descontrolada, mesmo quando envelheceu e a maioria das outras mulheres havia adotado cortes mais de estilo matrona. A mulher diante de mim tinha os cabelos bem grudados à cabeça e longe do colarinho da camisa.

Os cabelos eram a parte mais destoante. Fazia tanto tempo que eu não via uma pessoa sem a pele verde que nem mais me chamava a atenção. Mas o cabelo era muito diferente do que eu me lembrava.

– Não é educado ficar encarando – a mulher disse usando a voz de Kathy. – E, antes que me pergunte, você não faz meu tipo.

Sim, eu faço, uma parte do meu cérebro disse.

– Desculpe, não quis ser grosseiro – disse. – Só pensei que talvez você fosse me reconhecer.

Ela me mediu de cima a baixo.

– Realmente, não – ela disse. – E, pode acreditar, não estivemos no treinamento básico juntos.

– Você me resgatou. Em Coral.

Ela pareceu um pouco interessada.

– Puta merda – ela disse. – Por isso não reconheci. Da última vez que te vi, estava sem metade da cabeça. Desculpe. E desculpe também por eu ficar surpresa por você ter sobrevivido. Eu não apostaria nisso.

– Eu tinha motivos para viver – comentei.

– É o que parece.

– Sou John Perry – disse eu e estendi a mão. – Acho que não sei seu nome.

– Jane Sagan – disse ela, pegando a minha mão. Segurei um pouco mais do que devia. Ela ficou com uma expressão levemente perplexa quando finalmente soltei.

– Cabo Perry – um dos companheiros dela começou a dizer. Tinha aproveitado a oportunidade para acessar informações sobre mim em seu BrainPal –, estamos com um pouco de pressa pra comer. Temos de voltar para a nave em meia hora. Então, se o senhor nos der licença…

– Você me reconhece de algum outro lugar? – perguntei para Jane, interrompendo-o.

– Não – ela respondeu, um pouco fria dessa vez. – Obrigada por vir até aqui, mas agora realmente preciso comer.

– Posso enviar uma coisa para você? – perguntei. – Uma foto. Via BrainPal.

– Não precisa – disse Jane.

– Uma foto – eu falei. – Depois eu vou embora. Juro.

– Ótimo – ela disse. – Vá logo.

Entre os poucos pertences que trouxe comigo quando saí da Terra estava um álbum digital de família, amigos e lugares que amei. Quando meu BrainPal foi ativado, fiz o upload das fotos na memória *onboard*, uma jogada esperta quando penso nela agora, pois meu álbum de fotos e todos os meus outros pertences, exceto um, desapareceram com a *Modesto*. Acessei uma foto do álbum e enviei para ela. Observei quando ela acessou seu BrainPal, se virou novamente e olhou para mim.

– Você me reconhece agora? – perguntei.

Ela se moveu rápido, mais rápido que uma soldado das FCD normal, me agarrou e me bateu contra um tabique próximo. Eu tinha certeza de que senti uma das minhas costelas recém-consertadas estalar. Do outro lado da cantina, Harry e Jesse pularam em pé e se aproximaram. Os companheiros de Jane moveram-se para interceptá-los. Eu tentei respirar.

– Quem é você – Jane me disse entredentes –, e o que você está tentando aprontar?

– Sou John Perry – eu disse, ofegante. – Não estou tentando aprontar nada.

– Mentira. Onde conseguiu aquela foto? – ela perguntou em voz baixa, aproximando-se mais. – Quem forjou essa foto para você?

– Ninguém forjou nada para mim – eu disse, baixo também. – Tirei essa foto no meu casamento. É... minha foto de casamento. – Eu quase disse *nossa foto de casamento*, mas me refreei a tempo. – A mulher na foto é minha esposa, Kathy. Ela morreu antes que pudesse se alistar. Eles pegaram o DNA dela e usaram para te fazer. Parte dela está em você. Parte de você está nessa foto. Parte do que você é me deu isso. – Eu ergui a mão esquerda e mostrei minha aliança de noivado, meu único pertence da Terra.

Jane rosnou, me ergueu e me jogou com tudo pela sala. Eu voei sobre alguns tampos de mesa, derrubando hambúrgueres, envelopes de tempero e porta-guardanapos antes de chegar ao chão. No caminho, bati minha cabeça em um canto de metal, e algo vazou brevemente por minha têmpora. Harry e Jesse saíram da dança desconfiada com os companheiros de Jane e foram até mim. Jane veio na minha direção, mas foi impedida por seus amigos na metade do caminho.

– Escuta aqui, Perry – ela disse. – A partir de agora, você vai ficar longe de mim. Da próxima vez que eu o vir, vai desejar que eu tivesse deixado você morrer.

Ela se afastou. Um dos companheiros a seguiu. O outro, que havia falado comigo antes, veio até nós. Jesse e Harry se levantaram para impedi-lo, mas ele ergueu as mãos em sinal de trégua.

– Perry, o que foi aquilo? O que você enviou para ela? – ele perguntou.

– Pergunte para ela, camarada – respondi.

– É *tenente* Tagore para você, cabo – Tagore olhou para Harry e Jesse. – Eu conheço vocês dois. Vocês estavam na *Hampton Roads*.

– Sim, senhor – disse Harry.

– Ouçam, vocês todos – ele disse. – Não sei que diabos foi tudo isso, mas quero deixar uma coisa bem clara. Seja lá o que for, nós não fizemos parte disso. Contem a história que quiserem, mas se as palavras "Forças Especiais" entrarem nela, minha missão pessoal vai ser garantir que o resto de sua carreira militar seja curto e doloroso. Não estou brincando. Eu *esmago* o crânio de vocês. Estamos entendidos?

– Sim, senhor – disse Jesse. Harry meneou a cabeça. Eu sussurrei.

– Cuide do seu amigo – Tagore falou para Jesse. – Parece que tomou uma surra até se borrar todo.

E foi embora.

– Meu Deus, John – disse Jesse, pegando um guardanapo e limpando o ferimento na minha cabeça. – O que você fez?

– Mandei uma foto do casamento.

– Que sutil – Harry comentou e olhou ao redor. – Onde está sua bengala?

– Acho que passou sobre o biombo quando ela me prensou – falei. Harry saiu para buscá-la.

– Você está bem? – Jesse quis saber.

– Acho que estourei uma costela – respondi.

– Não foi isso que perguntei.

– Sei o que você perguntou. E, ao que me consta, acho que mais alguma coisa estourou.

Jesse escorou meu rosto com a mão. Harry voltou com a bengala. Voltamos mancando para o hospital. O doutor Fiorina ficou bem descontente comigo.

Alguém me acordou com um cutucão. Quando vi quem era, tentei falar. Ela pousou a mão sobre a minha boca.

– Quieto – disse Jane. – Eu não deveria estar aqui.

Assenti. Ela tirou a mão.

– Fale baixo – ela disse.

– Podemos usar os BrainPals – sugeri.

– Não. Quero ouvir sua voz. É só falar baixo.

– Tudo bem – concordei.

– Desculpe por hoje. É que foi inesperado. Não sei como reagir a essas coisas.

– Tudo bem. Eu não deveria ter mostrado aquilo para você daquele jeito.

– Você se machucou? – ela quis saber.

– Você rachou uma costela – respondi.

– Desculpe.

– Já sarou.

Ela examinou meu rosto, os olhos voejando para lá e para cá.

– Olha só, não sou sua mulher – ela disse de repente. – Não sei quem você pensa que sou ou o que sou, mas eu nunca fui sua mulher. Eu não sabia que ela existia até você me mostrar aquela foto hoje.

– Você precisava saber de onde veio.

– Por quê? – ela disse, irritada. – Sabemos que fomos feitos dos genes de outras pessoas, mas eles não nos dizem quem eram. Para que diriam? Essas pessoas não somos nós. Nem clones somos, eu tenho coisas no meu DNA que nem são da Terra. Já ouviu falar que somos as cobaias das FCD?

– Ouvi.

– Então, eu não sou sua mulher. Foi isso que vim dizer. Desculpe, mas não sou.

– Tudo bem – eu disse.

– Está bem, então. Ótimo. Vou embora agora. Desculpe por ter jogado você para longe na cantina – disse ela.

– Quantos anos você tem? – perguntei.

– Quê? Por quê? – ela devolveu a pergunta.

– Estou apenas curioso – respondi. – E não quero que você vá ainda.

– Não sei o que minha idade tem a ver com tudo isso.

– Kathy morreu faz nove anos. Quero saber quanto tempo eles esperaram antes de explorar os genes dela para fazê-la.

– Tenho 6 anos de idade.

– Espero que não se incomode se eu disser que você não parece com as meninas de 6 anos que já encontrei – brinquei.

– Sou precoce – ela disse. Então: – Isso foi uma piada.

– Eu sei.

– As pessoas não entendem, às vezes – ela disse. – Porque a maioria das pessoas que conheço tem a mesma idade.

– Como funciona? – perguntei. – Digo, como é? Ter 6 anos, não ter um passado?

Jane deu de ombros.

– Acordei um dia e não sabia onde estava ou o que estava fazendo. Mas eu já estava neste corpo e já sabia coisas. Como falar. Como me mover. Como pensar e lutar. Disseram que eu era das Forças Especiais e que era hora de começar os treinos, e que meu nome era Jane Sagan.

– Bonito nome.

– Escolhido aleatoriamente. Nossos primeiros nomes são nomes comuns, nossos sobrenomes são, na maioria das vezes, de cientistas e filósofos. Há um Ted Einstein e uma Julie Pasteur no meu grupo. Claro, no início não sabemos. Sobre os nomes. Mais tarde, aprendemos um pouco sobre como fomos feitos, depois eles nos deixam desenvolver a noção de quem somos. Ninguém que conhecemos tem muitas lembranças. Só quando encontramos os real-natos que sabemos ter algo realmente diferente sobre nós. E não nos encontramos com tanta frequência. Não nos misturamos, na verdade.

– Real-natos? – perguntei.

– É assim que chamamos vocês – ela respondeu.

– Se vocês não se misturam, o que estavam fazendo na cantina?

– Eu queria um hambúrguer. Não é que não possamos, na maior parte das vezes. É mais porque não nos misturamos mesmo.

– Você ficava imaginando a pessoa de quem você foi feita? – perguntei.

– Às vezes – disse Jane. – Mas não podemos saber. Eles não nos contam sobre nossos progês, as pessoas de quem somos feitos. Alguns de nós foram feitos com mais de uma pessoa, sabe? Mas todos estão mortos. Têm de estar ou eles não os usariam para nos fazer. E não sabemos quem os conheceu e se as pessoas que os conheceram vieram para cá. Eles não encontram a gente o tempo todo. E vocês, real-natos, morrem muito rápido aqui. Não conheço ninguém mais que conheceu um parente progê. Ou um marido.

– Mostrou a foto ao seu tenente?

– Não – ela respondeu. – Ele perguntou sobre ela. Disse que você me enviou uma foto de si mesmo e que havia apagado. E apaguei mesmo, deixando a ação registrada, caso ele procurasse. Não disse a ninguém o que conversamos. Pode me mandar de novo? A foto?

– Claro – disse eu. – Tenho outras, se você quiser. Se quiser saber mais sobre Kathy, posso contar também.

Jane me encarou à meia-luz da sala. À luz fraca, ela parecia ainda mais com Kathy.

– Não sei o que quero saber. Deixe-me pensar. Por ora, me passe aquela foto. Por favor.

– Estou enviando agora – confirmei.

– Preciso ir. Olha só, eu não estive aqui. E se você me vir em qualquer outro lugar, não deixe transparecer que nos encontramos.

– Por que não?

– Por ora, é importante.

– Tudo bem – disse eu.

– Deixe-me ver sua aliança – Jane pediu.

– Claro – eu disse, tirei do dedo e deixei que olhasse. Ela a segurou com hesitação e olhou por dentro da joia.

– Tem algo escrito aqui – ela disse.

– "Meu amor é eterno. – Kathy" – eu disse. – Ela mandou gravar antes de me dar.

– Quanto tempo ficaram casados? – ela perguntou.

– Quarenta e dois anos – respondi.

– Quanto você a amava? – perguntou Jane. – Sua mulher. Kathy. Quando as pessoas ficam casadas por muito tempo, talvez fiquem juntas só pelo hábito.

– Às vezes, ficam – eu disse. – Mas eu a amava muito. Amei por todo tempo que ficamos casados. Eu a amo agora.

Jane se levantou, olhou para mim de novo, me devolveu a aliança e saiu sem dizer adeus.

— Táquions — disse Harry quando se aproximou de mim e de Jesse na mesa de café da manhã.

— Saúde — disse Jesse.

— Engraçadinha — retrucou ele, sentando-se. — Táquions podem ser a resposta ao mistério de os Rraeys saberem que estávamos vindo.

— Que ótimo — eu disse. — Agora, se Jesse e eu ao menos soubéssemos o que são táquions, ficaríamos muito mais entusiasmados com eles.

— São partículas subatômicas exóticas — disse Harry. — Viajam mais rápido que a luz e voltam no tempo. Até agora, eram apenas uma teoria, porque, afinal, é difícil rastrear algo que seja mais rápido que a luz e volte no tempo. Mas a física da teoria do salto espacial admite a presença de táquions em qualquer salto. Exatamente como nossa matéria e energia se translada para um universo diferente, os táquions do universo de destino viajam de volta para o universo que é deixado para trás. Existe um padrão de táquions específico que um salto espacial faz em um evento de transladação. Quando se consegue identificar os táquions que formam aquele padrão, é possível saber que uma nave está chegando de um salto… e quando.

— Onde você ouviu falar disso? — perguntei.

— Diferentemente de vocês dois, não passo meus dias de bobeira por aí — disse Harry. — Fiz amigos em lugares interessantes.

— Se sabíamos algo sobre esse padrão de táquions ou sei lá o quê, por que não fizemos nada sobre ele antes? — perguntou Jesse. — O que você está dizendo é que estivemos vulneráveis esse tempo todo e tivemos sorte até agora.

— Bem, lembram-se do que eu disse sobre táquions serem teoria até o momento? Foi um eufemismo. Eles são menos que reais, são abstrações matemáticas no melhor dos casos. Não têm relação com universos reais nos quais existimos e nos movemos. Nenhuma espécie inteligente que conhecemos nunca os usou para nada. Eles não têm aplicação prática – disse Harry.

– Ou assim pensávamos – comentei.

Harry acenou sua concordância com um meneio de cabeça.

– Se esse palpite estiver correto, então significa que os Rraeys têm uma tecnologia que está bem além do que temos capacidade de criar. Ficamos atrás deles nessa corrida tecnológica.

– Então, como fazer para acompanhar? – quis saber Jesse.

Harry sorriu.

– Bem, quem falou alguma coisa sobre acompanhar? Lembram-se da primeira vez que nos encontramos, no Pé-de-feijão, e conversamos sobre a tecnologia superior das colônias? Lembram como sugeri que elas a conseguiam?

– Através de encontros com alienígenas – respondeu Jesse.

– Correto. Ou fazemos comércio ou tomamos em batalhas. Agora, se realmente existe uma maneira de rastrear táquions de um universo para outro, provavelmente poderíamos desenvolver a tecnologia para fazê-lo. Mas isso leva tempo e consome recursos que não temos. Muito mais prático simplesmente tomá-la dos Rraeys.

– Está dizendo que as FCD estão planejando voltar a Coral – disse.

– Claro que estamos. Mas o objetivo agora não é apenas tomar o planeta de volta. Não é nem mesmo nosso principal objetivo. Agora, nosso objetivo principal é botar as mãos na tecnologia de detecção de táquions e descobrir uma maneira de derrotá-la ou usá-la contra eles.

– Da última vez que estivemos em Coral, tomamos uma surra – disse Jesse.

– Não teremos escolha, Jesse – disse Harry com gentileza. – Temos que pegar essa tecnologia. Se ela se espalhar, toda raça lá fora no universo poderá rastrear os movimentos dos coloniais. Na verdade, eles vão saber que estamos chegando antes mesmo de chegarmos.

– Vai ser um massacre de novo – comentou Jesse.

– Suspeito que usarão muito mais das Forças Especiais dessa vez – disse Harry.

– Falando nisso – eu disse e contei a Harry do meu encontro com Jane na noite anterior, que eu estava relatando para Jesse quando Harry se aproximou.

– Parece que ela não está planejando matar você, no fim das contas – disse Harry depois de eu terminar.

– Deve ter sido muito estranho falar com ela – Jesse observou. – Mesmo você sabendo que ela não é sua mulher de verdade.

– Sem mencionar o fato de ela ter apenas 6 anos de idade. Cara, isso é esquisito – disse Harry.

– E parece também – eu disse. – Digo, ter 6 anos. Ela não tem muita maturidade emocional. Não parece saber o que fazer com as emoções quando elas surgem. Ela me jogou longe na cantina porque não sabia como lidar de outra forma com o que estava sentindo.

– Bem, tudo que ela sabe é lutar e matar – comentou Harry. – Temos uma vida de lembranças e experiências para nos estabilizar. Até mesmo soldados mais jovens em exércitos tradicionais têm vinte anos de experiências. De verdade, essas tropas das Forças Especiais são guerreiros crianças. Eticamente, um caso-limite.

– Não quero cutucar antigas feridas, mas você vê algo de Kathy nela? – questionou Jesse.

Pensei por um momento.

– Ela parece Kathy, obviamente – eu disse. – E acho que vi um pouco do senso de humor de Kathy nela, e um pouco de seu tempera-mento. Kathy era impulsiva, às vezes.

– Alguma vez ela jogou você longe em uma sala? – perguntou

Harry, sorrindo.

Devolvi um sorrisinho amarelo.

– Em alguns momentos, se pudesse, teria jogado.

– Ponto para a genética – disse Harry.

Cuzão de repente foi acionado. A mensagem era a seguinte: *Cabo Perry. Esteja presente em um briefing com o general Keegan às 1000 horas, no Quartel-General Operacional, no Módulo Einsenhower da Estação Fênix. Esteja a postos.* Acusei o recebimento da mensagem e comentei com Harry e Jesse.

– E eu pensei que *eu* tinha amigos em lugares interessantes – comentou Harry. – Você está escondendo o jogo da gente, John.

– Não tenho ideia do que se trata – eu disse. – Nunca encontrei Keegan antes.

– Ele é simplesmente o comandante do Segundo Exército das FCD – informou Harry. – Tenho certeza de que não é nada importante.

– Engraçadinho – retruquei.

– São 0915 agora, John – disse Jesse. – Melhor você ir. Quer que a gente vá com você até lá?

– Não, terminem seu café da manhã – eu os tranquilizei. – Será bom dar uma caminhada. O Módulo Eisenhower fica a poucos quilômetros daqui, e minha perna finalmente cresceu. Queria mesmo exercitá-la. O doutor Fiorina estava certo. A nova perna parece melhor que a outra e, no geral, sinto que tenho mais energia. Claro, eu acabei de me recuperar de ferimentos tão graves que foi um milagre eu ter sobrevivido. Qualquer um se sentiria com mais energia depois disso.

– Não vire – disse Jane no meu ouvido, bem atrás de mim.

Eu quase engasguei com um pedaço de rosquinha.

– Queria que você não ficasse se esgueirando atrás de mim – eu disse, por fim, sem me virar.

– Desculpe – ela disse. – Não é minha intenção incomodá-lo. Mas eu não posso falar com você. Olha, sobre o briefing que você vai receber agora.

– Como sabe?

– Não importa. O que importa é que você vai concordar com o que eles vão pedir. Faça isso. Assim você estará seguro no que está por vir. O mais seguro que poderá estar.

– O que está por vir?

– Logo você descobrirá – disse ela.

– E meus amigos? – perguntei. – Harry e Jesse. Eles estão encrencados?

– Estamos todos encrencados – Jane respondeu. – Não posso fazer nada por eles. Já fiz de tudo para colocar você na jogada. Faça isso. É importante.

Senti um toque rápido de uma das mãos no meu braço e percebi que ela desapareceu novamente.

– Cabo Perry – disse o general Keegan, respondendo à minha saudação. – Descansar.

Fui escoltado até uma sala de conferência com mais patentes altas nela do que uma parada do exército. Eu era, sem dúvida, a menor hierarquia da sala. O mais baixo além de mim, pelo que havia percebido, era o tenente-coronel Newman, meu estimado interrogador. Fiquei um pouco constrangido.

– Você parece um pouco perdido, filho – o general Keegan me disse. Sua aparência, como a de todos na sala, e como a de todo soldado das FCD, era de alguém com menos de 30 anos.

– Eu me sinto um pouco perdido, senhor – admiti.

– Bem, é compreensível. Por favor, sente-se. – Ele apontou para uma cadeira vazia à mesa, na qual me sentei. – Ouvi falar muito do senhor, Perry.

– Sim, senhor – falei, tentando não olhar para Newman.

– Não parece entusiasmado com isso, cabo – ele disse.

– Não estou tentando ser notado, senhor. Apenas tento fazer minha parte.

– Seja como for, o senhor foi notado – disse Keegan. – Uma centena de naves conseguiram ser lançadas sobre Coral, mas a sua foi a única que chegou à superfície, em grande parte por suas ordens de estourar as portas do hangar e dar o fora de lá. – Ele apontou o dedão para Newman. – O Newman aqui estava me contando sobre isso. Ele acha que deveríamos lhe dar uma medalha por isso.

Se Keegan tivesse dito "Newman acha que você deveria estrelar a apresentação anual de balé do exército com *Lago dos Cisnes*", eu ficaria menos surpreso. Keegan percebeu a expressão no meu rosto e abriu um sorrisinho.

– Sim, eu sei o que está pensando. Newman tem a melhor cara de fingido do ramo e por isso está no posto que ocupa. Bem, o que acha disso, cabo? Acha que merece uma medalha?

– Com todo o respeito, senhor, não – eu disse. – Nós sofremos um acidente e não houve sobreviventes além de mim. Não há mérito nenhum. Além disso, qualquer elogio por ter chegado à superfície de Coral deve ser feito à minha piloto, Fiona Eaton.

– A piloto Eaton já foi condecorada postumamente, cabo – disse o general Keegan. – Não a conforta, pois está morta, mas é importante para as FCD que essas ações sejam notadas em algum momento. E, apesar de sua modéstia, cabo, vai ser condecorado de qualquer maneira. Outros sobreviveram à Batalha de Coral, mas foi por sorte. O senhor teve iniciativa e mostrou espírito de liderança em situações adversas. E mostrou sua capacidade de pensar e reagir com rapidez. Aquela solução de tiro contra os Consus. Sua liderança no pelotão de treinamento. O sargento-mor Ruiz fez uma observação especial sobre seu uso do BrainPal no jogo de guerra final do treinamento. Servi com aquele filho da puta, cabo. Ruiz não elogiaria a própria mãe por ter dado à luz, aquele desgraçado, e o senhor sabe o que estou dizendo.

– Acho que sim, senhor.

– Foi o que pensei. Então, você terá uma Estrela de Bronze, filho. Parabéns.

– Sim, senhor – eu disse. – Obrigado, senhor.

– Mas não chamei o senhor aqui para isso – disse o general Keegan, e em seguida estendeu a mão para a mesa. – Acho que ainda não conhece o general Szilard, que chefia nossas Forças Especiais. Fique descansado, não precisa prestar continência.

– Senhor – eu disse, ao menos meneando a cabeça em sua direção.

– Cabo – disse Szilard –, conte o que ouviu sobre a situação em Coral.

– Não muito, senhor. Apenas conversas com amigos.

– Sério? – questionou Szilard, seco. – Achei que seu amigo, o soldado Wilson, já tivesse dado um *briefing* bem abrangente.

Eu estava começando a perceber que minhas tentativas de fingir indiferença, que nunca foram boas, estavam ainda piores naqueles dias.

– Sim, claro que sabemos sobre o soldado Wilson. Talvez o senhor possa lhe dizer que a bisbilhotice dele por aí não é tão sutil quanto ele acha que é.

– Harry vai tomar um susto ao saber disso – eu disse.

– Sem dúvida. Também não tenho dúvida de que ele deu ao senhor um parecer sobre a natureza dos soldados das Forças Especiais. Aliás, não é um segredo de Estado, embora não coloquemos informações sobre as Forças Especiais no banco de dados geral. Passamos a maior parte do nosso tempo em missões que exigem sigilo e confidencialidade estritos. Não temos muitas oportunidades para passar tempo com os senhores. Tampouco inclinação para tanto – disse Szilard.

– O general Szilard e as Forças Especiais estão tomando a frente em nosso contra-ataque aos Rraeys em Coral – disse o general Keegan. – Embora pretendamos tomar o planeta, nossa preocupação imediata é isolar seu dispositivo de detecção taquiônica, desativá-lo sem destruí-lo, se possível, mas destruí-lo se precisarmos. O coronel Golden aqui – Keegan apontou para um homem de aparência sóbria ao lado de Newman – acredita que sabemos onde está. Coronel.

– Vai ser muito rápido, cabo – disse Golden. – Nossa inspeção antes do primeiro ataque em Coral mostrou os Rraeys posicionando vários pequenos satélites na órbita do planeta. Primeiro, pensamos ser satélites espiões para ajudar os Rraeys a identificarem o movimento colonial e de tropas no planeta, mas agora acreditamos que é um arranjo projetado para identificar padrões taquiônicos. Acreditamos que a estação de rastreamento, que compila os dados a partir dos satélites, fica no próprio planeta, aterrissada lá durante a primeira onda de ataque.

– Pensamos que está no planeta porque eles imaginam estar mais segura lá – comentou o general Szilard. – Se estivesse em uma nave, haveria uma chance de ofensiva por uma nave das FCD atingi-la, mesmo que fosse apenas por pura sorte. E, como o senhor sabe, nenhuma nave além da sua chegou sequer próximo à superfície de Coral. Há boas chances de o dispositivo estar lá.

Virei para Keegan.

– Posso fazer uma pergunta, senhor?

– Claro.

– Por que os senhores estão me contando isso? – perguntei. – Sou um cabo sem grupo, pelotão ou batalhão. Não consigo entender por que preciso saber de tudo isso.

– Precisa saber porque é um dos poucos sobreviventes da Batalha de Coral, e o único que sobreviveu por algo mais que um acaso – disse Keegan. – O general Szilard e seu pessoal acreditam, e eu concordo, que o contra-ataque terá uma possibilidade maior de sucesso se alguém que esteve lá no primeiro ataque aconselhar e observar o segundo. Ou seja, o senhor.

— Com todo o respeito, senhor, minha participação foi mínima e desastrosa.

— Menos desastrosa do que a de quase todos os outros — confirmou Keegan. — Cabo, não vou mentir para o senhor. Preferia que tivéssemos outra pessoa nesta posição. No entanto, dada a nossa condição, não temos. Mesmo que a quantidade de informações e serviços que o senhor puder prestar seja mínima, é melhor que nada. Além disso, o senhor mostrou capacidade de improvisar e agir com rapidez em situações de combate. Terá sua utilidade.

— O que vou fazer? — perguntei. Keegan olhou para Szilard.

— Vai ficar a bordo da *Sparrowhawk* — disse Szilard. — São as Forças Especiais com mais experiência nesse tipo de situação. Seu trabalho será informar à equipe sênior da *Sparrowhawk* sobre sua experiência em Coral, observar e agir como elo entre as forças regulares das FCD e as Forças Especiais, caso seja necessário.

— Vou entrar em combate? — lancei nova pergunta.

— O senhor será um supranumerário — respondeu Szilard. — Muito provavelmente não participará da missão real.

— Entenda que essa missão é extremamente incomum — disse Keegan. — Como questão prática, devido às diferenças em missão e pessoal, os soldados regulares das FCD e os das Forças Especiais quase nunca se misturam. Mesmo em batalhas em que as duas forças estão juntas contra um único inimigo, elas tendem a lutar separadamente e em papéis mutuamente exclusivos.

— Entendo — eu disse. Entendia mais do que eles imaginavam. Jane estava a bordo da *Sparrowhawk*.

Como se entrasse na sequência da minha linha de pensamento, Szilard tomou a palavra.

– Cabo, soube que o senhor teve um incidente com uma pessoa do meu grupo que está a bordo da *Sparrowhawk*. Preciso ter certeza de que não haverá outros incidentes como aquele.

– Sim, senhor – eu disse. – O incidente foi um mal-entendido. Um caso de identidade equivocada. Não acontecerá novamente.

Szilard meneou a cabeça para Keegan.

– Muito bem – disse Keegan. – Cabo, dada a sua nova posição, acredito que sua patente está aquém de sua tarefa. Assim, será promovido a tenente, com entrada em vigor imediato, e o senhor se apresentará ao major Crick, comandante da *Sparrowhawk*, às 1500. Deve ser tempo suficiente para você arrumar suas coisas e se despedir. Alguma pergunta?

– Não, senhor – respondi. – Mas tenho um pedido.

– Não é uma coisa usual – disse Keegan após eu ter terminado minha solicitação. – Em outras circunstâncias, em ambos os casos, eu diria não.

– Entendo, senhor.

– No entanto, vai ser providenciado. E talvez tenha algum bom resultado. Muito bem, tenente. Dispensado.

Harry e Jesse me encontraram assim que puderam depois de eu ter enviado uma mensagem para os dois. Contei sobre minha missão e a promoção.

– Acha que Jane tramou tudo isso – disse Harry.

– Eu sei que tramou – confirmei. – Ela me disse que havia tramado. Da forma como aconteceu, talvez eu possa mesmo me provar útil de algum jeito. Mas tenho certeza de que ela botou a ideia na cabeça de alguém. Vou embora em algumas horas.

– Estamos nos separando de novo – disse Jesse. – E o que restou do pelotão de Harry e do meu vai ser separado também. Nossos colegas de pelotão estão recebendo missões em outras naves. Estamos esperando para saber de nossas missões.

— Quem sabe, John? — disse Harry. — Provavelmente voltaremos a Coral com você.

— Não vão, não — eu comentei. — Pedi ao general Keegan para destacar vocês dois da infantaria geral, e ele concordou. Seu primeiro período de serviço militar terminou. Vocês dois serão realocados.

— Do que você está falando? — questionou Harry.

— Você vai ser realocado para o braço de Pesquisa Militar das FCD — respondi. — Harry, eles sabiam que você estava xeretando por aí. Convenci os caras de que você causaria menos danos a você mesmo e aos outros dessa forma. Você vai trabalhar na coisa que trouxermos de volta lá de Coral.

— Eu não posso. Não tenho matemática para isso — ele disse.

— Tenho certeza de que você não vai deixar que isso o impeça — comentei. — Jesse, você vai para a Pesquisa também, na equipe de apoio. É tudo que consegui para vocês em curto prazo. Não vai ser muito interessante, mas vocês podem treinar para outros postos enquanto estiverem lá. E estarão fora da linha de fogo.

— Isso não está certo, John — Jesse falou. — Não terminamos o período de serviço. Nossos colegas de pelotão vão voltar para a guerra enquanto vamos ficar aqui por uma coisa que não fizemos. *Você* vai voltar para lá. Não quero isso. Eu deveria terminar meu tempo de serviço.

Harry assentiu.

— Jesse, Harry, por favor. Alan está morto. Susan e Thomas estão mortos. Maggie está morta. Meu esquadrão e meu pelotão estão mortos. Todo mundo de quem gosto se foi, menos vocês dois. Eu tive a chance de manter vocês dois vivos e aproveitei. Não pude fazer nada para mais ninguém. Posso fazer alguma coisa por vocês. Eu preciso de vocês vivos. Vocês são tudo que eu tenho aqui.

– Você tem a Jane – disse Jesse.

– Ainda não sei o que a Jane é para mim – admiti. – Mas sei o que vocês são para mim. São minha família agora. Jesse, Harry. Vocês são a minha família. Não fiquem bravos comigo por querer mantê-los em segurança. Apenas *fiquem* em segurança. Por mim. Por favor.

15__

A *Sparrowhawk* era uma nave silenciosa. Uma nave de tropa comum é cheia de sons de pessoas falando, rindo, gritando e seguindo as formalidades verbais da vida. Os soldados das Forças Especiais não fazem nada disso.

Como o comandante da *Sparrowhawk* me explicou quando embarquei:

– Não espere que as pessoas falem com o senhor – disse o major Crick quando me apresentei.

– Senhor?

– Os soldados das Forças Especiais – ele disse. – Não é nada pessoal, é que não falamos muito. Quando estamos entre nós, nos comunicamos quase exclusivamente via BrainPal. É mais rápido e não temos propensão a falar, como vocês. Nascemos com BrainPals. A primeira vez que alguém fala conosco é por meio deles. Então, é a maneira pela qual conversamos a maior parte do tempo. Não fique ofendido. De qualquer forma, ordenei que as tropas falassem com o senhor se precisarem se fazer entender.

– Não é necessário, senhor – eu disse. – Posso usar meu BrainPal.

– O senhor não conseguiria acompanhar – comentou o major Crick. – Seu cérebro é programado para se comunicar em uma velocidade e o nosso, em outra. Falar com um real-nato é como falar na metade da velocidade. Se você falar com qualquer um de nós por um bom tempo, talvez perceba que parecemos bruscos e secos. É um efeito colateral de sentirmos como se estivéssemos falando com uma criança lenta. Desculpe.

– Sem problemas, senhor. O senhor parece bem comunicativo.

– Sim, como comandante, passo muito tempo com o pessoal de fora das Forças Especiais – disse Crick. – Também sou mais velho que a maior parte das minhas tropas. Consegui algum traquejo social.

– Quantos anos o senhor tem?

– Vou fazer 14 na próxima semana – ele respondeu. – Agora, farei uma reunião de grupo amanhã, às 0600. Até lá, acomode-se e fique à vontade, pegue um rango e descanse um pouco. Conversaremos mais pela manhã.

Ele prestou continência, e eu fui dispensado.

Jane estava esperando na minha cabine.

– Você de novo – eu disse, sorrindo.

– Eu de novo – ela me disse, simples assim. – Queria saber como estão indo as coisas.

– Bem, considerando que estou na nave há quinze minutos.

– Estão todos falando de você – Jane comentou.

– Sim, percebi pela falação interminável – eu disse. Jane abriu a boca para falar, mas eu ergui a mão. – Foi uma piada. O major Crick me contou sobre o BrainPal.

– Por isso eu gosto de falar com você assim – Jane confessou. – Não é como falar com os outros.

– Parece que eu me lembro de você falando quando me resgatou.

– Estávamos preocupados com rastreamento. Falar era mais seguro. Também falamos quando estamos em público. Não gostamos de chamar a atenção quando não precisamos.

– Por que você arranjou tudo isso? – perguntei para ela. – Para fazer com que eu embarcasse aqui na *Sparrowhawk*?

– Você vai ser útil para nós – respondeu Jane. – Tem uma experiência que pode ser útil, tanto em Coral como para outro elemento de nossa preparação.

– Como assim?

– O major Crick vai falar sobre isso amanhã, no briefing – disse Jane. – Estarei lá também. Comando o pelotão e faço o trabalho de inteligência.

– É a única razão? O fato de eu ser útil? – perguntei.

– Não – ela admitiu –, mas esse é o motivo que trouxe você para a nave. Olha só, não vou passar muito tempo com você. Tenho muitas coisas a preparar para a nossa missão. Mas quero saber mais sobre ela. Sobre Kathy. Quem ela era. Como era. Quero que me diga.

– Vou dizer com uma condição – eu disse.

– Qual?

– Você vai me falar sobre você – respondi.

– Por quê?

– Porque por nove anos eu vivi com o fato de a minha mulher estar morta, e agora você está aqui, bagunçando a minha cabeça. Quanto mais eu souber de você, mais eu vou poder me acostumar com a ideia de que você não é ela.

– Não sou tão interessante – disse Jane. – E tenho apenas 6 anos. Mal deu tempo de fazer nada.

– Eu fiz mais coisas no último ano do que em todos os anos anteriores – comentei. – Confie em mim. Seis anos é bastante tempo.

* * *

— Senhor, quer companhia? — um jovem soldado das Forças Especiais (provavelmente com 4 anos de idade) disse enquanto ele e quatro colegas seguravam as bandejas de refeição em posição de sentido.

— A mesa está vazia — respondi.

— Algumas pessoas preferem comer sozinhas — disse o soldado.

— Não sou uma delas — disse. — Por favor, sentem-se.

— Obrigado, senhor — disse o soldado, deixando a bandeja sobre a mesa. — Sou o cabo Sam Mendel. Esses são os soldados George Lineu, Will Hegel e Jim Bohr, e Jan Fermi.

— Tenente John Perry — me apresentei.

— Então, o que o senhor está achando da *Sparrowhawk*, senhor? — perguntou Mendel.

— É legal e quieta — respondi.

— Com certeza, senhor — disse Mendel. — Acabei de comentar com Lineu que não devo ter falado mais de dez palavras este mês.

— Então acabou de quebrar seu recorde — comentei.

— O senhor se importa de resolver uma aposta entre nós, senhor? — Mendel perguntou.

— Vou ter que fazer algo fatigante? — perguntei.

— Não, senhor — garantiu Mendel. — Queremos saber quantos anos o senhor tem. Bem, o Hegel aqui apostou que sua idade é maior do que duas vezes as idades somadas do esquadrão inteiro.

— Quantos anos vocês têm ao todo?

— O esquadrão tem dez soldados comigo — disse Mendel —, e eu sou o mais velho. Tenho 5 anos e meio. Os outros têm entre 2 e 5 anos. A idade total é 37 anos e uns 2 meses.

– Tenho 76 – revelei. – Ele tem razão. Embora qualquer recruta das FCD tivesse feito com que ele ganhasse a aposta. Não nos alistamos até termos 75. E, posso dizer uma coisa? É bastante perturbador ter duas vezes a idade do esquadrão inteiro junto.

– Sim, senhor. Mas, por outro lado, todos estamos *nesta* vida há ao menos duas vezes mais tempo que o senhor. Então, estamos empatados – disse Mendel.

– Acho que tem razão – eu disse.

– Deve ser interessante, senhor – disse Bohr, um pouco mais distante à mesa. – O senhor teve uma vida inteira antes dessa. Como é?

– Como é o quê? Minha vida ou ter uma vida antes desta?

– Os dois – Bohr respondeu.

De repente, percebi que nenhum dos outros cinco membros da mesa tinham pegado nos garfos para comer. Os outros na cantina, que provavam estar vivos pelos sons telegráficos de talheres batendo nas bandejas, estavam em sua maioria quietos. Lembrei-me do comentário de Jane sobre todos estarem interessados em mim. Ao que parecia, estava certa.

– Eu gostava da minha vida. Não sei se seria empolgante ou mesmo interessante para qualquer um que não viveu o que vivi. Mas, para mim, foi uma boa vida. Quanto à ideia de ter uma vida antes dessa, não pensei de verdade nisso na época. Nunca pensei como seria essa vida antes de estar nela.

– Por que a escolheu, então? – perguntou Bohr. – Devia ter alguma ideia de como era.

– Não, não tinha. Não acho que nenhum de nós tivesse. A maioria nunca tinha participado de uma guerra ou estado no serviço militar. Nenhum de nós sabia que eles pegariam quem nós éramos e colocariam em um novo corpo que era apenas parcialmente o que éramos antes.

– Isso parece meio idiota, senhor – disse Bohr, e eu me lembrei que ter 2 anos ou a idade que ele tinha não ajudava na questão do tato. – Não sei por que alguém escolheria se alistar em algo quando realmente não se tem ideia em que está se metendo.

– Bem, você também nunca foi velho. Uma pessoa não modificada aos 75 anos fica muito mais disposta a dar um salto de fé do que vocês.

– Como pode ser tão diferente? – perguntou Bohr.

– Falou como um garoto de 2 anos que nunca vai envelhecer – eu disse.

– Tenho 3 – disse Bohr, um pouco na defensiva.

Ergui minha mão para amenizar a situação.

– Olha só, vamos mudar o jogo por um minuto. Tenho 76 anos e dei meu salto de fé quando ingressei nas FCD. Por outro lado, essa foi a *minha* escolha. Não precisava ir. Se vocês sentem dificuldade em imaginar como deve ter sido para mim, pense agora no meu lado. – Apontei para Mendel. – Quando eu tinha 5 anos, eu mal sabia como amarrar meus sapatos. Se vocês não conseguem imaginar como é ter a *minha* idade e se alistar, pensem como é difícil para mim imaginar ser um adulto com 5 anos de idade e não conhecer nada além da guerra. No mínimo, eu tenho uma ideia do que é a vida fora das FCD. Como é para vocês?

Mendel olhou para os companheiros, que o encararam.

– Não costumamos pensar nisso, senhor – Mendel disse. – No início, não sabemos que é estranho. Todos que conhecemos "nasceram" da mesma forma. O senhor que é o estranho a partir da nossa perspectiva. Ter uma infância e viver outra vida inteira antes de ter esta vida. Parece uma maneira ineficiente de fazer as coisas.

– Vocês sequer imaginam como seria não estar nas Forças Especiais? – perguntei.

– Eu não consigo imaginar – disse Bohr, e os outros concordaram com a cabeça. – Somos todos soldados. É o que fazemos. É quem somos.

– É por isso que achamos o senhor tão interessante – confessou Mendel. – Essa ideia de que a vida foi uma escolha. A ideia de que existe outra maneira de se viver. É exótica.

– O que o senhor fazia? Na outra vida?

– Eu era escritor – respondi. Eles se olharam. – Que foi?

– Um jeito estranho de viver, senhor – disse Mendel. – Receber para juntar palavras.

– Havia trabalhos piores – comentei.

– Não queremos ofendê-lo, senhor – acudiu Bohr.

– Não estou ofendido. Vocês só têm uma perspectiva diferente das coisas. Mas isso me faz pensar por que vocês fazem o que fazem.

– O quê? – questionou Bohr.

– Lutar – respondi. – Sabe, a maioria das pessoas nas FCD são como eu. E a maioria das pessoas nas colônias são ainda mais diferentes de vocês do que eu. Por que vocês lutam por eles? E junto conosco?

– Somos *seres humanos*, senhor – disse Mendel. – Igual ao senhor.

– Pelo atual estado do meu DNA, isso não quer dizer muita coisa – eu disse.

– O senhor sabe que é um ser humano – disse Mendel. – Como nós. O senhor e nós somos mais próximos do que o senhor imagina. Sabemos como as FCD escolhem seus recrutas. Vocês lutam por colonos que nunca conheceram, colonos que foram inimigos de seu país em algum momento. Por que lutar por *eles*?

– Porque eles são seres humanos e porque eu disse que lutaria – respondi. – Ao menos, foi por isso que lutei no início. Agora não luto pelos colonos. Quer dizer, luto, mas quando chego às vias de fato, eu luto, ou lutava, pelo meu pelotão e pelo meu esquadrão. Eu cuidava deles, eles cuidavam de mim. Eu lutava porque, se fizesse menos que isso, os deixaria na mão.

Mendel assentiu.

– Por isso lutamos também, senhor – ele disse. – Então, essa é uma coisa que faz de todos nós seres humanos. É bom saber.

– É mesmo – concordei. Mendel abriu um sorriso e pegou o garfo para comer, e quando o fez, a sala reviveu com os talheres barulhentos. Ergui os olhos quando percebi o barulho e vi Jane num canto distante, me encarando.

O major Crick foi direto ao ponto no briefing matinal.

– O pessoal de inteligência das FCD acredita que os Rraeys são uma fraude. E a primeira parte da nossa missão é descobrir se eles têm razão. Vamos fazer uma visitinha aos Conşus.

Aquilo me fez despertar. Aparentemente, não fui o único.

– Que diabos os Consus têm a ver com tudo isso? – perguntou o tenente Tagore, que estava bem à minha esquerda.

Crick meneou a cabeça para Jane, que estava sentada perto dele.

– Por solicitação do major Crick e de outros, fiz algumas pesquisas sobre alguns dos encontros das FCD com os Rraeys para analisar se havia algum indício de evolução tecnológica – disse Jane. – Nos últimos cem anos, tivemos doze confrontos militares significativos com os Rraeys e várias dezenas de encontros menores, inclusive um confronto maior e seis encontros menores nos últimos cinco anos. Durante esse período todo, a curva tecnológica dos Rraeys ficou substancialmente atrás da nossa. Isso se deve a inúmeros fatores, inclusive suas tendências culturais contra o avanço tecnológico sistemático e a falta de relações positivas com raças tecnologicamente mais avançadas.

– Em outras palavras, eles são atrasados e teimosos – explicou o major Crick.

– Esse é realmente o caso da tecnologia de salto espacial – comentou Jane. – Até a Batalha de Coral, a tecnologia de salto dos Rraeys estava muito atrás da nossa. De fato, sua compreensão atual da física envolvida no salto é diretamente baseada em informações fornecidas pelas FCD há pouco mais de um século, durante uma missão comercial abortada com os Rraeys.

– Por que foi abortada? – perguntou o capitão Jung do outro lado da mesa.

– Os Rraeys comeram cerca de um terço dos delegados comerciais – respondeu Jane.

– Ai! – exclamou o capitão Jung.

– A questão aqui é que, considerando quem são os Rraeys e seu nível tecnológico, é impossível que tenham ido de uma posição tão atrás da nossa para uma tão à frente em um único salto – disse o major Crick. – O melhor palpite é que eles não avançaram, simplesmente pegaram a tecnologia de previsão de salto espacial de outra cultura. Conhecemos todo mundo que os Rraeys conhecem, e há apenas uma cultura que estimamos ter capacidade tecnológica para algo desse porte.

– Os Consus – disse Tagore.

– Exato – concordou Crick. – Aqueles desgraçados têm uma anã branca correndo como um hamster numa rodinha. Não é estranho supor que também possam ter dominado a previsão de salto espacial.

– Mas por que teriam relação com os Rraeys? – perguntou o tenente Dalton, quase numa das pontas da mesa. – Eles só nos enfrentam quando querem se exercitar um pouco, e são muito mais avançados tecnologicamente que os Rraeys.

– Acreditamos que os Consus não sejam motivados pela tecnologia como nós – disse Jane. – Nossa tecnologia não tem valor para eles da mesma forma que talvez os segredos de uma máquina a vapor fossem interessantes para nós. Achamos que são motivados por outros fatores.

– Religião – eu disse. Todos os olhos se voltaram para mim, e de repente eu me senti como um garoto no coro da igreja que acabou de peidar durante a missa. – Quer dizer, quando meu pelotão estava lutando com os Consus, eles começaram a entoar uma oração que consagrava a batalha. Falei com um amigo na época que eu achava que os Consus pensavam estar batizando o planeta com a batalha. – Mais olhares fixos. – Claro, talvez eu esteja errado.

– Não está, não – disse Crick. – Houve alguns debates nas FCD sobre a motivação de batalha dos Consus, pois ficou claro que, com a tecnologia da qual dispõem, poderiam varrer qualquer outra cultura espacial da região sem pensar duas vezes. O pensamento dominante é que eles o fazem por entretenimento, como nós jogamos beisebol ou futebol.

– Nós nunca jogamos futebol ou beisebol – Tagore disse.

– Outros humanos jogam, idiota – disse Crick com um sorrisinho, em seguida ficou sério novamente. – No entanto, uma minoria expressiva da divisão de inteligência das FCD acredita que as batalhas têm um significado ritual, como o tenente Perry sugeriu. Os Rraeys talvez não sejam capazes de negociar tecnologia com os Consus em bases iguais, mas talvez tenham algo a mais que os Consus desejam. Talvez sejam capazes de lhes entregar suas almas.

– Mas os Rraeys também são fanáticos – disse Dalton. – Foi a razão principal do ataque a Coral.

– Eles têm várias colônias, algumas menos desejáveis que outras – disse Jane. – Fanáticos ou não, talvez eles enxerguem a troca de uma de suas colônias menos bem-sucedidas por Coral como um bom negócio.

– Não tão bom para os Rraeys na colônia trocada – disse Dalton.

– Acha mesmo que eu me importo com *eles?* – Crick quis saber.

– Os Consus deram aos Rraeys tecnologia que os coloca muito à frente das outras culturas nessa parte do espaço – disse Jung. – Mesmo para os poderosos Consus, pender a balança do poder na região deve ter suas repercussões.

– A menos que os Consus tenham tapeado os Rraeys – eu disse.

– Como assim? – perguntou Jung.

– Estamos supondo que os Consus deram aos Rraeys o conhecimento tecnológico para criar o sistema de detecção do salto espacial. Mas é possível que eles simplesmente tenham dado uma única máquina aos Rraeys, com um manual de instruções ou algo do tipo para que eles pudessem operar. Dessa forma, os Rraeys conseguem o que querem, que é uma maneira de defender Coral de nós, enquanto os Consus evitam substancialmente a perturbação do equilíbrio de poder na área.

– Até os Rraeys descobrirem como a porcaria funciona – disse Jung.

– Pelo estado nativo da tecnologia, isso poderia levar anos – falei. – O suficiente para darmos uma surra neles e arrancarmos essa tecnologia. *Se* os Consus tiverem dado apenas uma máquina. *Se* os Consus de fato dão a mínima para o equilíbrio do poder na região. São muitos "ses".

– E para descobrir a resposta para esses "ses" vamos bater um papo com os Consus – disse Crick. – Já enviamos um drone de salto para avisar que estamos chegando. Veremos o que podemos tirar deles.

– Que colônia vamos oferecer para eles? – perguntou Dalton. Era difícil dizer se ele estava brincando.

– Nenhuma – disse Crick. – Mas temos algo que talvez os faça nos conceder uma audiência.

– O que temos? – novamente perguntou Dalton.

– Ele – disse Crick e apontou para mim.

– Ele? – Dalton questionou.

– Eu? – perguntei.

– Você – respondeu Jane.

– De repente fiquei confuso e apavorado – comentei.

— Sua solução de tiro duplo possibilitou que as forças das FCD matassem rapidamente milhares de Consus – disse Jane. – No passado, os Consus eram receptivos às delegações das colônias quando elas incluíam um soldado das FCD que tivesse matado um grande número de Consus em batalha. Como foi sua a solução de tiro que especificamente fez com que aqueles combatentes fossem rapidamente liquidados, as mortes são atribuídas a você.

— Você tem o sangue de 8 433 Consus nas mãos – disse Crick.

— Que ótimo – eu disse.

— É ótimo *mesmo* – Crick confirmou. – Sua presença vai nos botar porta adentro.

— O que vai acontecer comigo *depois* que passarmos pela porta? – perguntei. – Imagino o que faríamos a um Consu que tivesse matado oito mil dos nossos.

— Eles não pensam da mesma forma que nós – disse Jane. – Você deve ficar em segurança.

— *Devo* ficar – eu disse.

— Ou você prefere ser estourado no céu quando aparecermos no espaço aéreo consu? – perguntou Crick.

— Entendo – eu disse. – Só queria ter tido um pouco de tempo para me acostumar com a ideia.

— A situação se desenrolou rápido – disse Jane, indiferente. E, de repente, recebi uma mensagem via BrainPal. *[Confie em mim]*, dizia a mensagem. Olhei para Jane, que me fitava placidamente. Assenti, reagindo a uma mensagem, embora parecesse que estava concordando com a outra.

— O que faremos depois que eles terminarem de adorar o tenente Perry? – perguntou Tagore.

— Se tudo correr como nos últimos encontros, teremos a oportunidade de fazer até cinco perguntas aos Consus – explicou Jane. –

O número de perguntas será determinado por uma competição envolvendo um combate entre cinco de nós e cinco deles. O combate é um contra um. Os Consus lutam desarmados, mas nossos combatentes poderão usar facas para compensar nossa falta de braços com lâminas. Precisamos principalmente ter ciência de que, nos casos anteriores em que participamos desse ritual, os Consus que combatemos eram soldados caídos em desgraça ou criminosos para quem essa batalha poderia restaurar a honra. Então é desnecessário dizer que são muito determinados. Poderemos fazer perguntas de acordo com o número de combates que vencermos.

– Como se vence o combate? – perguntou Tagore.

– Você mata o Consu, ou ele mata você – respondeu Jane.

– Fascinante – disse Tagore.

– Outro detalhe – Jane acrescentou. – Os Consus escolhem os combatentes entre aqueles que levarmos conosco, então o protocolo exige no mínimo três vezes o número de combatentes selecionáveis. O único membro isento da delegação será o líder, que é, por cortesia, o ser humano que supostamente está acima das lutas com Consus criminosos e fracassados.

– Perry, você será o líder da delegação – disse Crick. – Como foi você quem matou oito mil daqueles insetões, pelo prisma deles, seria o líder óbvio. Você também é o único soldado fora das Forças Especiais aqui, por isso lhe faltam algumas modificações de velocidade e força que os outros têm. Se fosse escolhido, poderia mesmo ser morto.

– Estou emocionado com a consideração de vocês – eu disse.

– Não é isso – comentou Crick. – Se nossa grande atração fosse morta por um criminoso desprezível, isso poderia atrapalhar as chances de fazer os Consus cooperarem conosco.

– Tudo bem. Por um segundo, pensei que vocês estivessem ficando de coração mole.

– Sem chance – disse Crick. – Bem, atenção. Temos 43 horas até chegarmos à distância de salto. Haverá quarenta de nós na delegação, incluindo todos os comandantes de pelotão e esquadrão. Vou escolher os outros das fileiras. Isso significa que vocês vão treinar seus soldados no combate corpo a corpo até lá. Perry, já baixamos os protocolos de delegação para você. Estude-os e não dê mancada. Logo após saltarmos, você e eu nos reuniremos para que eu possa te entregar as perguntas que queremos que faça, na ordem que queremos que faça. Se formos bem, teremos cinco perguntas, mas precisamos estar prontos se precisarmos perguntar menos. Vamos lá, pessoal. Dispensados.

Durante aquelas 43 horas, Jane ouviu histórias sobre Kathy. Aparecia onde eu estava, perguntava, ouvia e desaparecia para cuidar de suas obrigações. Era uma maneira estranha de compartilhar uma vida.

– Conte sobre ela – ela pediu enquanto eu estudava as informações de protocolo em uma sala de descanso no convés.

– Eu a conheci quando ela estava no primeiro ano da escola – eu disse, e em seguida precisei explicar o que era primeira série. Depois, contei a primeira lembrança que eu tinha de Kathy, que foi a de dividir cola para um projeto de construção em papel durante a aula de arte que o primeiro e o segundo anos compartilhavam. Como ela me pegou comendo um pouco de cola e me disse que era nojento. Como eu bati nela por dizer aquilo, e ela me deu um soco no olho. Foi suspensa por um dia. Não nos falamos mais até o sexto ano.

– Quantos anos se tem no primeiro ano? – perguntou ela.

– Seis – respondi. – Sua idade agora.

– Conte sobre ela – ela me pediu de novo, poucas horas depois, em um lugar diferente.

– Kathy quase se divorciou de mim uma vez. Estávamos casados havia dez anos, e eu tive um caso com outra mulher. Quando Kathy descobriu, ficou furiosa.

– Por que ela se incomodou por você fazer sexo com outra pessoa? – perguntou Jane.

– Não foi pelo sexo, na verdade – respondi. – Foi porque eu menti para ela. Fazer sexo com outra pessoa apenas contava como uma fraqueza hormonal na cartilha dela. Mentir contava como desrespeito, e ela não queria estar casada com alguém que não a respeitasse.

– Por que você não se divorciou? – ela perguntou.

– Porque, apesar do caso, eu a amava, e ela me amava – respondi. – Entramos num acordo porque queríamos ficar juntos. E, de qualquer forma, ela teve um caso alguns anos depois, então acho que poderíamos dizer que estávamos quites. Na verdade, ficamos muito melhores depois disso.

– Conte sobre ela – perguntou Jane mais tarde.

– Kathy fazia tortas que você não acreditaria – contei para ela. – Tinha a receita de uma torta de morango com ruibarbo que era de deixar qualquer um maluco. Teve um ano em que Kathy inscreveu sua torta em uma competição de uma feira agrícola, e o governador de Ohio foi o juiz. O primeiro prêmio era um forno novo da Sears.

– Ela ganhou?

– Não, ficou em segundo e ganhou um vale-presente de cem dólares para uma loja de cama, mesa e banho. Mas ela recebeu um telefonema do gabinete do governador uma semana depois. O assessor dele contou para Kathy que, por motivos políticos, ele havia dado o primeiro lugar para a mulher do melhor amigo de um contribuinte importante de campanha, mas que, desde que o governador havia comido uma fatia da torta de Kathy, não conseguia parar de elogiá-la, dizer como era deliciosa. E pediu para Kathy fazer outra torta para ele, pois assim ele pararia de falar da maldita torta de uma vez por todas!

– Conte sobre ela – pediu Jane.

– Descobri que eu estava apaixonado por ela no primeiro ano do Ensino Médio – contei. – Nossa escola estava montando *Romeu e Julieta*, e ela foi escolhida para o papel de Julieta. Eu era o assistente de direção da peça, e ficava na maior parte do tempo montando cenários ou pegando café para a senhorita Amos, a professora que nos dirigia. Mas quando Kathy começou a ter dificuldade com as falas, a senhorita Amos me destacou para treinar o texto com ela. Então, por duas semanas, depois dos ensaios, Kathy e eu íamos até a casa dela e batíamos o texto, embora a maior parte do tempo falássemos de outras coisas, como adolescentes fazem. Tudo era muito inocente nessa época. Então, a peça entrou na época dos ensaios gerais, e eu ouvi Kathy recitar todas aquelas falas para Jeff Greene, que estava fazendo o Romeu. E fiquei com ciúmes. Ela devia estar falando aquelas palavras para *mim*.

– O que você fez? – Jane perguntou.

– Durante a temporada da peça, que durou quatro apresentações entre a noite de sexta-feira e a tarde de domingo, fiquei perambulando pela escola, chateado, e evitei Kathy o máximo que pude. Então, na festa de elenco no domingo à noite, Judy Jones, que fazia a ama da Julieta, me encontrou e disse que Kathy estava na plataforma de entregas da cantina se acabando de chorar. Ela pensou que eu a odiava porque a ignorei nos quatro dias e não sabia por quê. Judy acrescentou que se eu não fosse lá falar para Kathy que também estava apaixonado por ela, buscaria uma pá e me bateria até matar.

– Como ela sabia que você estava apaixonado? – Jane quis saber.

– Quando você é adolescente e está apaixonado, é óbvio para todo mundo, menos para você e para a pessoa por quem está apaixonado – eu disse. – Não me pergunte por quê. É assim que funciona. Então, fui até a área de entrega e vi Kathy sentada lá, sozinha, na ponta da plataforma balançando os pés. Era lua cheia e a luz caía sobre seu rosto, e acho que nunca vi Kathy tão bonita quanto naquele dia. E meu coração estava para sair do peito porque eu sabia, eu *realmente sabia* que estava tão apaixonado por ela que nunca conseguiria dizer o quanto eu a desejava.

– O que você fez?

– Eu trapaceei. Porque, afinal, eu tinha *acabado* de memorizar grandes pedaços de *Romeu e Julieta*, sabe? Então fui até a plataforma e recitei uma parte grande do Ato II, Cena II para ela. "Mas silêncio! Que luz se escoa agora da janela? Vem do Oriente, e Julieta é o sol? Surge, formoso sol…" e por aí vai. Eu já conhecia aquelas palavras, mas daquela vez eu estava falando *para valer*. E depois que acabei de recitar, fui até ela e dei o primeiro beijo. Ela estava com 15 anos, eu com 16, e eu soube ali que me casaria e passaria minha vida inteira com ela.

– Conte como ela morreu – pediu Jane pouco antes do salto para o espaço consu.

– Ela estava fazendo waffles num domingo de manhã e teve um derrame enquanto procurava a baunilha – eu disse. – Eu estava na sala de estar na hora. Me lembro de ela perguntar a si mesma onde havia colocado a baunilha e, um segundo depois, ouvi algo quebrar e um baque surdo. Corri até a cozinha e ela estava caída no chão, tremendo e sangrando no lugar onde a cabeça havia batido na quina do balcão. Liguei para a emergência enquanto a abraçava. Tentei parar o sangramento e disse que a amava e fiquei falando isso até os paramédicos chegarem e a levarem de mim, embora tivessem me deixado segurar a mão dela na ambulância até chegarmos ao hospital. Eu estava segurando a mão dela quando ela morreu na ambulância. Vi a luz se apagar dos olhos, mas continuei dizendo o quanto eu a amava até eles a tirarem de mim no hospital.

— Por que você fez isso?

— Eu precisava ter certeza de que a última coisa que ela ouviria fosse eu dizendo para ela o quanto a amava.

— Como é perder alguém que se ama? – perguntou Jane.

— Você morre também – respondi. – E espera que seu corpo um dia entenda.

— É o que você está fazendo agora? – Jane quis saber. – Digo, esperando que seu corpo entenda?

— Não, não mais – comentei. – No fim das contas, você volta a viver. Só vive uma vida diferente, é isso.

— Então, você está na sua terceira vida agora.

— Acho que sim.

— Você gosta dessa vida?

— Gosto. Gosto das pessoas que estão nela.

Lá fora, pela janela, as estrelas se rearranjaram. Estávamos no espaço consu. Ali, quietos, sentados, surgimos com o silêncio do restante da nave.

16_

– Pode me chamar de embaixador, embora digno eu não seja do título – disse o Consu. – Sou um criminoso, tendo me desgraçado em batalha em Pahnshu e, por isso, sou obrigado a lhe falar em sua língua. Por essa vergonha, anseio pela morte e por um tempo de justa punição antes do meu renascimento. Espero que, como resultado desses trabalhos, eu seja visto como alguém menos indigno e, portanto, seja liberado para a morte. É por isso que eu me sujo falando com você.

– É um prazer conhecê-lo também – eu disse.

Estávamos no centro de uma cúpula do tamanho de um campo de futebol, que os Consus haviam construído pouco menos de uma hora antes. Claro, nós, seres humanos, não poderíamos tocar o solo consu ou ficar em qualquer lugar que um Consu pudesse pisar novamente. Diante da nossa chegada, máquinas criaram a cúpula em uma região do espaço consu isolada havia muito tempo para servir como área de recepção para visitantes indesejados como nós. Após nossas negociações serem concluídas, a cúpula seria implodida e lançada na direção do buraco negro mais próximo para que nenhum de seus átomos contaminasse novamente esse universo em especial. Achei essa última parte um exagero.

– Entendemos que vocês têm perguntas que desejam fazer com relação aos Rraeys – disse o embaixador –, e que querem invocar nossos ritos para conquistar a honra de fazer essas perguntas para nós.

– Exato – confirmei. A quinze metros atrás de mim, 39 soldados das Forças Especiais estavam em posição de sentido, todos vestidos para a batalha. Nosso serviço de informação nos contou que os Consus não considerariam uma reunião de iguais, então havia pouca necessidade de requintes diplomáticos. Também, visto que qualquer um de nós poderia ser escolhido para lutar, eles precisavam estar preparados para a batalha. Eu estava bem-vestido, embora aquela fosse minha escolha. Como eu precisava fingir ser o líder daquela pequena delegação, então, pelo amor de Deus, eu quis estar trajado a caráter.

À mesma distância atrás daquele Consu estavam outros cinco, cada um segurando duas facas longas e de aparência assustadora. Não precisava perguntar o que estavam fazendo ali.

– Meu grande povo reconhece que vocês requisitaram corretamente nossos ritos e que se apresentaram de acordo com as nossas exigências – informou o embaixador. – Ainda assim, teríamos dispensado seu pedido por ser indigno, caso não tivessem trazido também aquele que despachou de forma tão honrada nossos guerreiros para o ciclo de renascimento. É o senhor?

– Sou eu – respondi.

O Consu ficou em silêncio e parecia me examinar.

– Estranho que um grande guerreiro tenha tal aparência – disse o embaixador.

– Sinto o mesmo – eu disse. Nosso serviço de informação nos disse que, uma vez tendo sido aceito o pedido, os Consus o honrariam, independentemente de como nos comportássemos nas negociações, contanto que lutássemos da maneira acordada. Então, me senti confortável para ser um pouco cara de pau. De fato, as reflexões sobre essa questão sugeriram que os Consus nos preferiam dessa maneira. Ajudava a reforçar seu sentimento de superioridade. De qualquer forma, funcionou.

– Cinco criminosos foram selecionados para lutar com seus soldados – disse o embaixador. – Como faltam aos seres humanos os atributos físicos dos Consus, providenciamos facas para seus soldados, se eles assim escolherem. Nossos participantes têm as deles e, quando as entregarem aos seus soldados, terão escolhido quem vão combater.

– Entendido – confirmei.

– Caso seu soldado sobreviva, ele pode levar as facas como símbolo de sua vitória – informou o embaixador.

– Obrigado – disse eu.

– Não as queremos de volta. Elas estarão impuras – disse o embaixador.

– Certo.

– Responderemos a quaisquer perguntas que tiverem conquistado após os combates. – Continuou o embaixador. – Selecionaremos os oponentes agora.

O embaixador soltou um berro que teria arrancado asfalto de uma estrada, e os cinco Consus atrás dele avançaram, passaram por ele e por mim, seguindo na direção de nossos soldados com as facas em riste. Ninguém se moveu. Aquilo que era disciplina.

Os Consus não gastaram muito tempo na seleção. Foram em linha reta e entregaram as facas a quem estava diretamente diante deles. Para eles, qualquer um de nós dava na mesma. Facas foram entregues ao cabo Mendel, com quem havia almoçado, aos soldados Joe Goodall e Jennifer Aquino, sargento Fred Hawking e tenente Jane Sagan. Sem dizer uma palavra, cada um aceitou suas facas. Os Consus voltaram para trás do embaixador, enquanto os nossos soldados afastaram-se vários metros daqueles que haviam sido selecionados.

– Vocês começarão as lutas – disse o embaixador e, em seguida, foi para trás dos seus combatentes. Agora, não restava nada além de mim e duas fileiras de combatentes a quinze metros de mim em cada lado, esperando pacientemente para matarem uns aos outros. Afastei-me para o lado, ainda entre as duas fileiras, e apontei para o soldado e para o Consu mais próximos de mim.

– Comecem – eu disse.

O Consu desdobrou os braços, revelando as lâminas achatadas e afiadas como navalhas da carapaça modificada, e libertando os braços e mãos secundários, menores, quase humanos. Ele soltou um grito que ecoou até quase rachar a cúpula e avançou. O cabo Mendel soltou uma das facas, tomando a outra na mão esquerda e avançou diretamente para o Consu. Quando estavam a três metros de distância, tudo virou uma confusão borrada. Dez segundos após terem começado, o cabo Mendel tinha um corte na extensão da caixa torácica que chegava até os ossos, e o Consu tinha uma faca cravada profundamente na parte mole onde a cabeça se fundia à carapaça. Mendel se feriu quando se segurava nos braços do Consu, levando o corte em troca de um golpe certeiro no ponto obviamente mais fraco do inimigo. O Consu se contorceu quando Mendel girou a lâmina, fendendo o cordão nervoso da criatura com um puxão, separando o conjunto nervoso secundário na cabeça do cérebro principal no tórax, além de romper vários vasos sanguíneos principais. A criatura caiu. Mendel retirou a faca e se juntou aos outros soldados das Forças Especiais, segurando o braço direito junto ao corpo para manter sua lateral colada.

JOHN SCALZI

Sinalizei para Goodall e seu Consu. Goodall sorriu e gingou, segurando as facas baixas com as duas mãos, as lâminas atrás dele. O Consu uivou e atacou com a cabeça na frente e os braços cortantes estendidos. Goodall devolveu o ataque e, então, no último segundo, deu um carrinho como um corredor de beisebol em uma jogada apertada. O Consu golpeou quando Goodall deslizou embaixo dele, arrancando a pele e a orelha do lado esquerdo da cabeça de Goodall. Goodall cortou uma das pernas quitinosas do Consu com um golpe rápido para cima. Ela estalou como uma pata de lagosta e caiu perpendicular à direção do movimento de Goodall. O Consu inclinou e tombou.

Goodall girou até ficar sentado, jogou as facas para cima, deu um salto mortal para trás e aterrissou em pé a tempo de pegar as facas antes que elas caíssem. O lado esquerdo da cabeça era um coágulo grande cinza, mas Goodall ainda estava sorrindo quando avançou para cima do Consu, que tentava desesperadamente se erguer. Ele se debateu para Goodall com os braços vagarosos quando Goodall deu uma pirueta e enterrou a primeira faca como uma lança na carapaça dorsal com um golpe para trás, em seguida girou e, com outro golpe para trás, fez o mesmo na carapaça torácica do Consu. Goodall virou 180 graus para encarar o Consu, agarrando os dois cabos das facas, e fez um movimento de rotação com elas. O Consu estremeceu quando partes fatiadas de seu corpo caíram pela frente e por trás e, em seguida, despencou de uma vez. Goodall manteve um sorrisinho até voltar para o seu lado, gingando ao voltar. Era óbvio que ele havia se divertido.

A soldado Aquino não dançou e não parecia estar se divertindo. Ela e seu Consu circularam-se desconfiados por uns bons vinte segundos antes de o Consu finalmente atacar, erguendo seu braço com lâmina, como se tentasse enganchar Aquino pela barriga. Aquino tombou para trás e perdeu o equilíbrio, cambaleando. O Consu pulou sobre ela, prendendo o braço esquerdo da soldado ao perfurá-lo no espaço macio entre o rádio e a ulna com o braço afiado esquerdo, e levou o outro braço afiado até o pescoço dela. O Consu movia as pernas traseiras, posicionando-se para alavancar o golpe de decapitação, então moveu o braço com lâmina direito levemente para a esquerda, dando assim um pouco de impulso.

Quando o Consu golpeou para remover a cabeça da soldado, Aquino soltou um rosnado poderoso e ergueu o corpo na direção do corte. Seu braço e mão esquerdos se esfiaparam quando os tecidos moles e tendões cederam à força do empurrão, e então o Consu rolou quando ela acrescentou seu impulso ao dele. Dentro do perímetro do Consu, Aquino girou e começou a apunhalar com força a carapaça do alienígena com a faca na mão direita. O Consu tentou empurrá-la para longe, mas Aquino enroscou as pernas ao redor da cintura da criatura e a prendeu. O Consu conseguiu dar algumas estocadas nas costas de Aquino antes de morrer, mas os braços afiados não eram muito eficazes à curta distância. Aquino arrastou-se para longe do corpo do Consu e chegou até metade do caminho para os outros soldados antes de despencar e precisar ser carregada.

Agora entendo por que fiquei de fora da luta. Não era apenas uma questão de velocidade e força, embora fosse óbvio que os soldados das Forças Especiais me ultrapassassem nos dois quesitos. Eles empregavam estratégias oriundas de uma compreensão diversa do que seria uma perda aceitável. Um soldado normal não sacrificaria um membro como Aquino acabara de fazer. Sete décadas sabendo que membros são insubstituíveis e que a perda de um poderia levar à morte agiam contra essa ideia. Não era um problema para os soldados das Forças Especiais, que poderiam ter um membro restituído e sabiam ter uma tolerância corporal a danos muito maior do que um soldado normal poderia ter. Não que os soldados das Forças Especiais não tivessem medo. Eles apenas o chutavam para longe e o deixavam para depois.

Sinalizei para o sargento Hawking e seu Consu começarem. Para variar, o Consu não abriu os braços afiados. Apenas caminhou para a frente até o centro da redoma e esperou seu oponente. Hawking, nesse meio-tempo, inclinou-se bem baixo e moveu-se para a frente com cuidado, um pé por vez, avaliando o melhor momento para atacar: avançou, parou, deu um passo para o lado, parou, avançou, parou e avançou de novo. Foi em um daqueles passinhos cuidadosos, bem pensados que o Consu investiu como um inseto explosivo e empalou Hawking com os dois braços afiados, erguendo-o e lançando-o para o ar. Na descida, o Consu golpeou cruelmente, decapitando e cortando o soldado ao meio. A cabeça caiu bem diante dele, que pensou por um momento e, em seguida, espetou-a com a ponta do braço afiado e jogou-a com tudo na direção dos seres humanos. Ela quicou encharcada quando bateu no chão e rodopiou sobre os outros soldados, espirrando pedaços de cérebro e SmartBlood no trajeto.

Durante os quatro assaltos anteriores, Jane estava impaciente na fila, girando as facas numa espécie de tique nervoso. Naquele momento, ela avançou, pronta para começar, como fez seu oponente, o último Consu. Sinalizei para eles começarem. O Consu deu um passo agressivo para a frente, abrindo bem os braços afiados e soltou um grito de batalha que parecia pensado para estilhaçar a redoma e lançar nós todos para o espaço, abrindo as mandíbulas além do necessário para fazê-lo. A trinta metros de distância, Jane piscou e jogou uma das facas com toda a força na mandíbula aberta, pondo tanto impulso no movimento que a lâmina atravessou até a nuca do Consu, o cabo enterrado do outro lado da carapaça do crânio. De repente e de forma inesperada, o grito de batalha "estoura cúpula" foi substituído pelo som de um grande inseto gordo engasgando no próprio sangue e com um espeto de metal cravado. A coisa pegou a faca para arrancá-la, mas morreu antes de terminar o movimento, caindo para a frente e expirando com um gorgolejo final.

Fui até Jane.

– Não acho que era para ter usado as facas desse jeito – eu disse. Ela deu de ombros e girou a outra faca na mão.

– Ninguém disse que eu não *poderia*.

O embaixador Consu deslizou até mim, desviando do Consu caído.

– Os senhores têm direito a quatro perguntas – ele disse. – Podem fazê-las agora.

Quatro perguntas eram mais do que esperávamos. Tínhamos a expectativa de três e planejamos duas. Esperávamos que os Consus fossem mais desafiadores. Não que um soldado morto com várias partes do corpo decepadas constituísse uma vitória completa, de jeito nenhum. Ainda assim, cada um faz o que pode. Quatro perguntas seria ótimo.

– Os Consus forneceram aos Rraeys tecnologia para detectar saltos espaciais? – perguntei.

– Sim – disse o embaixador, sem elaborar. O que era bom, pois não esperávamos que os Consus nos contassem mais do que se obrigaram a falar. Porém, a resposta do embaixador nos deu informações para várias outras perguntas. Como os Rraeys receberam a tecnologia dos Consus, era muito improvável que eles soubessem como ela funcionava em um nível fundamental. Não precisávamos nos preocupar com o caso de eles expandirem seu uso ou negociarem a tecnologia com outras raças.

– Quantas unidades de detecção de salto os Rraeys têm? – Tínhamos originalmente pensado em perguntar quantas dessas os Consus haviam fornecido aos Rraeys, mas na chance remota de terem feito mais, imaginamos que seria melhor fazer uma pergunta mais neutra.

– Uma – respondeu o embaixador.

– Quantas outras raças que os humanos conhecem têm a capacidade de detectar os saltos espaciais? – Nossa terceira questão principal. Supúnhamos que os Consus conheciam mais raças que nós, então fazer uma pergunta mais geral de quantas raças mais tinham a tecnologia nos seria inútil. Da mesma forma que perguntar a quem mais tinham fornecido a tecnologia, pois algumas outras raças poderiam ter inventado a tecnologia sozinhas. Nem todos os dispositivos tecnológicos no universo são repassados por raças mais avançadas. Às vezes, os povos criam as coisas de forma independente.

— Nenhuma — disse o embaixador. Outra notícia boa para nós. No mínimo, isso nos dava algum tempo para imaginar como nos desviarmos dela.

— Você ainda tem uma pergunta — disse Jane e apontou na direção do embaixador que aguardava minha última questão. Então, pensei, que se dane.

— Os Consus podem varrer a maioria das raças nessa área do espaço — disse. — Por que não o fazem?

— Porque amamos vocês — respondeu o embaixador.

— Perdão, como é? — questionei. Tecnicamente, essa poderia ser a quinta pergunta, uma que o Consu não era obrigado a responder. Mas ele respondeu de qualquer forma.

— Valorizamos todas as formas de vida que têm potencial para o *Ungkat* — essa última parte pronunciada como um para-choque raspando num muro de tijolos —, que é a participação no grande ciclo do renascimento — disse o embaixador. — Cuidamos de vocês, de todas as raças menores, consagrando seus planetas para que todos que residam nele possam renascer no ciclo. Sentimos ser nossa obrigação participar de seu crescimento. Os Rraeys acreditam que lhes demos a tecnologia que você questiona porque eles nos ofereceram um de seus planetas, mas não é verdade. Vimos a chance de aproximar as suas raças da perfeição e assim fizemos, com alegria.

O embaixador abriu os braços afiados, e vimos seus braços secundários com as mãos abertas, quase implorando.

– O momento em que seu povo será digno de se unir a nós ficará muito mais próximo agora. Hoje vocês são impuros e devem ser ofendidos da mesma forma que são amados. Mas contentem-se em saber que a salvação um dia será iminente. Eu mesmo agora sigo para a minha morte, impuro por ter falado com você em sua língua, mas garantindo novamente um lugar no ciclo, pois movi seu povo para o devido lugar na grande roda. Desprezo e amo vocês, que representam minha danação e minha salvação ao mesmo tempo. Deixem-nos agora, para que possamos destruir este lugar e celebrar seu avanço. Vão.

– Não gosto disso – disse o tenente Tagore no briefing seguinte depois de os outros e eu relatarmos nossas experiências. – Não gosto disso mesmo. Os Consus deram aos Rraeys aquela tecnologia especificamente para nos foderem. Aquele inseto desgraçado disse isso mesmo. Eles nos botaram para dançar como marionetes. Talvez estejam dizendo para os Rraeys agora mesmo que estamos a caminho.

– Seria redundante – comentou o capitão Jung –, considerando a tecnologia de detecção de salto espacial.

– Você sabe do que estou falando – retrucou Tagore. – Os Consus não vão nos fazer nenhum favor, pois está claro que querem que nós e os Rraeys lutemos para "avançar" a outro nível cósmico, seja lá que porra *isso* signifique.

– Os Consus não vão nos fazer favor nenhum mesmo, então já chega de falar deles – disse o major Crick. – Podemos estar avançando segundo os planos deles, mas lembrem-se de que os planos deles por acaso coincidem com os nossos até um certo ponto. E não acho que os Consus dão a mínima se nós ou os Rraeys vão sair por cima. Então, vamos nos concentrar no que estamos fazendo, e não no que os Consus estão aprontando.

Meu BrainPal estalou. Crick enviou um gráfico de Coral e de outro planeta, a terra natal dos Rraeys.

– O fato de os Rraeys estarem usando tecnologia emprestada significa que temos uma oportunidade de agir, bater neles rápido e forte, tanto em Coral quanto na terra natal – ele disse. – Enquanto estávamos trocando figurinhas com os Consus, as FCD moviam naves até a distância de salto. Temos seiscentas naves, quase um terço de nossas forças, em posição e prontas para saltar. Quando dermos o sinal, as FCD começarão a lançar ataques simultâneos sobre Coral e a terra natal dos Rraeys. Atingir o planeta deles vai incapacitar as naves lá e forçar as naves rraeys em outras partes do espaço a priorizar Coral ou o planeta natal. Os dois ataques dependem de uma coisa: destruir a capacidade deles de saber que estamos chegando. Isso significa arrancar deles a estação de rastreamento e deixá-la off-line, mas não destruí-la. A tecnologia nessa estação de rastreamento pode ser usada pelas FCD. Talvez os Rraeys não consigam entendê-la, mas nós estamos muito além na curva tecnológica. Estouraremos a estação apenas se não houver outra opção. Vamos tomar a estação e guardá-la até conseguirmos reforços lá na superfície.

– Quanto tempo isso vai durar? – perguntou Jung.

– Os ataques simultâneos serão coordenados para começar quatro horas depois de entrarmos no espaço de Coral – respondeu Crick. – Dependendo da intensidade das batalhas entre naves, podemos esperar tropas adicionais para nos trazer reforço após as primeiras horas.

– Quatro horas após *entrarmos* no espaço de Coral? – perguntou Jung novamente. – Não depois de termos tomado a estação de rastreamento?

– Isso mesmo – disse Crick. – Então, é melhor a gente tomar a estação, pessoal.

– Desculpe – eu disse. – Estou preocupado com um detalhe.

– Sim, tenente Perry. – Crick virou-se para mim.

– O sucesso do ataque ofensivo depende de nossa tomada da estação de rastreamento que vigia nossas naves que chegam – eu disse.

– Certo – Crick confirmou.

– Seria a mesma estação de rastreamento que vai *nos* identificar quando saltarmos para o espaço de Coral – eu insisti.

– Certo – Crick repetiu.

– O senhor se lembra que eu estava em uma nave que foi rastreada quando entrou no espaço de Coral – comentei. – A nave foi estraçalhada e todas as pessoas que estavam nela, exceto eu, morreram. O senhor não se preocupa nem um pouco de que algo muito semelhante aconteça com *esta* nave?

– Já entramos no espaço de Coral sem sermos detectados antes – disse Tagore.

– Sei disso, pois a *Sparrowhawk* foi a nave que me resgatou – eu disse. – E quero que saibam que sou muito grato por isso. Mas me parece o tipo de truque que se usa uma vez só. E, mesmo se saltarmos no sistema Coral longe o bastante do planeta para evitar a detecção, levaria várias horas para chegar até Coral. O cronograma está muito malfeito. Se for para funcionar, a *Sparrowhawk* precisa saltar perto do planeta. Então, eu quero saber como vamos fazer isso e ainda esperar que a nave fique inteira.

– A resposta é muito simples – disse o major Crick. – *Não* vamos esperar que a nave fique inteira. Esperamos que ela seja estourada no espaço. Na verdade, estamos contando com isso.

– Perdão? – eu disse. Olhei ao redor da mesa, esperando ver olhares confusos semelhantes ao meu. Em vez disso, todos estavam com um olhar um tanto pensativo. Achei aquilo extremamente perturbador.

– Inserção de órbita alta, é isso? – perguntou o tenente Dalton.

– Sim. Modificada, obviamente – disse Crick.

Fiquei boquiaberto.

— Já fizeram isso *antes*? — quis saber.

— Não exatamente assim, tenente Perry — disse Jane, chamando minha atenção para ela. — Mas, sim, quando necessário, inserimos as Forças Especiais diretamente a partir da nave espacial, em geral quando o uso de naves transportadoras não é uma opção, como seria neste caso. Temos trajes especiais de salto para nos isolarmos do aquecimento ao entrar na atmosfera. Além disso, é como qualquer salto de paraquedas normal.

— Exceto que, neste caso, a nave será destruída bem diante de você — falei.

— Esse é o truque novo aqui — admitiu Jane.

— Vocês são completamente insanos — eu disse.

— O que torna a tática excelente — disse o major Crick. — Se a nave for destruída, corpos são uma parte esperada dos destroços. As FCD acabaram de soltar um drone de salto para nós com informações recentes sobre a localização da estação de rastreamento, então podemos saltar sobre o planeta em uma boa posição para liberar nosso pessoal. Os Rraeys vão pensar que impediram nosso ataque antes que ele acontecesse. Não vão nem saber que estamos lá até os atingirmos. E então vai ser tarde demais.

— Supondo que algum de nós sobreviva ao ataque inicial — comentei.

Crick olhou para Jane e assentiu.

— As FCD conseguiram para nós um pouco de espaço de manobra — Jane revelou ao grupo. — Eles começaram a colocar propulsores de salto em lança-mísseis protegidos e a jogá-los no espaço de Coral. Quando os escudos deles são atingidos, lançam mísseis que são muito difíceis para os Rraeys interceptarem. Com isso, já acertamos várias naves rraeys nos últimos dois dias… agora eles estão esperando alguns segundos antes de atirarem para rastrear com precisão qualquer coisa que seja lançada sobre eles. Vamos ter algo entre 10 e 30 segundos antes de a *Sparrowhawk* ser atingida. Não é tempo suficiente para uma nave que não esteja esperando o ataque para fazer alguma coisa, mas para nós é tempo suficiente para tirar nosso pessoal da nave. Também é tempo o bastante para a tripulação na ponte de comando lançar um ataque de distração.

– A tripulação da ponte de comando vai ficar na nave? – perguntei.

– Estaremos equipados como os outros e vamos operar a nave via BrainPal – comentou o major Crick. – Mas estaremos na nave até ao menos nossa primeira saraivada de mísseis tiver sido lançada. Não queremos operar o BrainPal após sairmos da nave e antes de estarmos na atmosfera de Coral, pois entregaria a nossa sobrevivência para qualquer Rraey que possa estar monitorando. Há algum risco envolvido, mas há riscos para todos que estiverem nessa nave. O que, por acaso, nos leva ao senhor, tenente Perry.

– A mim? – perguntei.

– Obviamente, o senhor não vai querer estar na nave quando ela for atingida – disse Crick. – Ao mesmo tempo, o senhor não foi treinado para esse tipo de missão, e também prometemos que o senhor estaria aqui na qualidade de assessor. Não podemos pedir, com a consciência tranquila, para o senhor participar. Após esse briefing, o senhor receberá uma nave de transporte e um drone de salto será despachado de volta para Fênix com suas coordenadas de nave e uma solicitação de resgate. Fênix mantém naves de resgate permanentes estacionadas à distância de salto. O senhor deve ser levado dentro de um dia. No entanto, deixaremos suprimentos para um mês. E a nave é equipada com drones de salto emergencial próprios, se chegar a tanto.

– Então, os senhores estão me descartando – concluí.

– Não é nada pessoal – comentou Crick. – O general Keegal vai querer fazer um briefing sobre a situação e as negociações com os

Consus e, como nosso elo com as FCD convencionais, o senhor é a pessoa mais indicada para essas duas tarefas.

– Senhor, com sua permissão, eu gostaria de ficar – pedi.

– Na verdade, não temos lugar para o senhor aqui, tenente – disse Crick. – O senhor servirá melhor a esta missão em Fênix.

– Senhor, com todo o respeito, há ao menos uma vaga em suas fileiras – eu insisti. – O sargento Hawking morreu durante as negociações com os Consus. A soldado Aquino ficou sem metade de um braço. Não conseguirá reforços para suas fileiras antes da missão. Agora, eu não sou das Forças Especiais, mas sou um soldado veterano. No mínimo, sou melhor do que nada.

– Acho que me lembro de o senhor chamando a nós todos de completamente insanos – o capitão Jung me disse.

– Os senhores *são* absolutamente insanos – eu retruquei. – Então, se os senhores forem levar isso a cabo, vão precisar de toda a ajuda que conseguirem. Além disso, senhor – continuei, virando para Crick –, lembre-se de que eu perdi meu pessoal em Coral. Não me sinto bem ficando de fora dessa briga.

Crick olhou para Dalton.

– Como estamos com Aquino? – ele perguntou.

Dalton deu de ombros.

– Botamos Aquino em regime de cura acelerada – ele disse. – Dói para diabo fazer um braço crescer de novo, mas ela já estará pronta quando fizermos o salto. Não precisamos dele.

Crick virou-se para Jane, que estava me encarando.

– Está nas suas mãos, Sagan – disse Crick. – Hawking era seu subalterno. Se quiser, ele é seu.

– Eu não o quero – disse Jane, olhando diretamente para mim ao falar. – Mas ele tem razão. Estou com um homem a menos.

– Ótimo – disse Crick. – Atualize-o, então. – Ele se virou para mim. – Se a tenente Sagan achar que o senhor não dá conta, vamos enfiá-lo na nave de transporte e despachá-lo. Estamos entendidos?

– Entendido, major – eu disse, encarando Jane.

– Ótimo. Bem-vindo às Forças Especiais, Perry. Você será o primeiro real-nato que teremos em nossas fileiras, pelo que eu saiba. Tente não foder com tudo, porque, se fizer isso, prometo que os Rraeys serão o menor dos seus problemas.

Jane entrou na minha cabine sem permissão, mas podia fazer isso, agora que era minha superior.

– Porra, o que você acha que está fazendo? – ela pressionou.

– Faltava um no seu grupo. Eu sou um. Faça as contas.

– Eu pus você nesta nave porque eu sabia que você seria despachado em uma nave de transporte – confessou Jane. – Se você voltasse para a infantaria, estaria em uma das naves envolvidas no ataque. Se não pegarmos a estação de rastreamento, você sabe o que vai acontecer com aquelas naves e com todo mundo dentro delas. Era a única maneira que eu conhecia para mantê-lo em segurança, e você botou tudo a perder.

– Você poderia ter dito a Crick que não me queria – retruquei. – Você ouviu o cara. Ele ficaria feliz em me enfiar numa nave e me deixar flutuando no espaço consu até alguém chegar para me pegar. Não fez isso porque sabe o quanto é maluco esse planinho de vocês. Sabe que vai precisar de toda a ajuda que conseguir. Eu não sabia que ficaria sob o seu comando, Jane. Se Aquino não fosse ficar boa a tempo, eu poderia facilmente estar servindo no comando de Dalton para esta missão. Eu nem sabia que Hawking era seu subordinado até Crick comentar. Tudo que sei é que, pra essa coisa funcionar, vão precisar de todo mundo que conseguirem reunir.

– O que você tem a ver com isso? – perguntou Jane. – Não é sua missão. Você não é um dos nossos.

– Eu sou um de vocês agora, não sou? Estou nesta nave. Estou aqui, graças a você. E não tenho outro lugar para ir. Minha companhia inteira foi destruída e a maioria dos meus amigos está morta. E, de qualquer forma, como um de *vocês* mencionou, somos todos seres humanos. Merda, eu até fui criado em laboratório, assim como vocês. Ao menos este corpo foi. Eu bem que poderia ser um de vocês. Então, agora sou.

Jane ficou furiosa.

– Você *não* tem ideia do que é ser um de nós. Você disse que queria saber sobre mim. Que parte você quer saber? Quer saber como é acordar um dia, sua cabeça com uma biblioteca cheia de informações, tudo, desde como sacrificar um porco até como pilotar uma espaçonave, mas nem saber seu nome? Ou que você sequer tem um? Quer saber o que é nunca ter sido criança ou mesmo ter *visto* uma até pôr os pés em uma colônia incendiada e ver uma criança morta à sua frente? Talvez você queira saber que, na primeira vez que qualquer um de nós fala com um real-nato, a gente tem que se segurar para não espancá-lo, porque, caralho, vocês falam tão devagar, se movem tão devagar e *pensam* tão devagar que a gente nem sabe por que se dá ao trabalho de alistar vocês. Ou talvez você queira saber que todo soldado das Forças Especiais sonha com um passado para si. Sabemos que somos o monstro do Frankenstein. Sabemos que fomos montados com pedacinhos dos mortos. Olhamos para o espelho e sabemos que estamos vendo outra pessoa, e que o único motivo para existirmos é porque elas *não* existem... e que nunca vamos encontrá-las. Então, todos imaginamos as pessoas que poderíamos ter sido. Imaginamos a vida delas, seus filhos, maridos e esposas, e sabemos que *nenhuma dessas coisas jamais poderá ser nossa.*

Jane avançou e ficou a milímetros do meu rosto.

– Você quer saber como é encontrar o marido da mulher que você era no passado? Ver uma expressão de reconhecimento, mas não sentir o mesmo, não importa o quanto você queira? Saber que ele quer desesperadamente chamar você de um nome que não é seu? Saber que, quando ele olha para você, ele enxerga décadas de vida, e que você não sabe nada disso? Saber que ele esteve com você, esteve *dentro* de você, que esteve segurando sua mão enquanto você morria, dizendo que te amava? Saber que ele não pode fazer de você uma real-nata, mas pode lhe dar uma continuação, uma história, uma ideia de quem você era para ajudar a entender quem você é? Pode imaginar o que é querer isso para si? Manter isso em segurança a qualquer custo?

Mais perto. Os lábios quase tocando os meus, mas sem sinal de beijo neles.

– Você viveu comigo dez vezes mais do que *eu vivi* – Jane disse. – Você é meu guardião. Você não pode imaginar o que significa para mim. Porque você *não é um dos nossos*.

E se afastou.

Eu a encarei enquanto ela se afastava.

– Você não é ela – eu disse. – Você mesma disse isso para mim.

– Ai, caramba – Jane falou, ríspida. – Eu *menti*. Eu *sou* ela, e você sabe disso. Se ela tivesse sobrevivido, ela teria entrado nas FCD e eles teriam usado o mesmo maldito DNA para fazer um corpo novo para ela como eles fizeram comigo. Eu tenho uma merda alienígena misturada nos meus genes, mas você também não é mais totalmente humano, e ela não seria. A parte humana em mim é a mesma que estaria nela. Tudo o que falta em mim são as lembranças. Tudo de que sinto falta é da minha outra vida inteira.

Jane virou-se para mim novamente, tomando meu rosto entre as mãos.

– Eu sou Jane Sagan, você sabe disso. Os últimos seis anos são meus, e eles são reais. Essa é a *minha* vida. Mas também sou Katherine Perry. Quero essa vida de volta. A única maneira de poder tê-la é com você. Você precisa ficar vivo, John. Sem você, eu vou me perder novamente.

Eu tomei a mão dela.

– Me ajude a ficar vivo. Me diga tudo que preciso saber para ir bem nessa missão. Me mostre tudo que preciso para ajudar seu pelotão. Me ajude a te ajudar, Jane. Você tem razão, eu não sei o que é ser você, ser um de vocês. Mas sei que não quero flutuar por aí em uma bosta de uma nave enquanto vocês tomam tiro lá fora. Preciso que você fique viva também. É justo, não é?

– É justo – ela disse. Ergui e beijei a mão dela.

17_

[Essa é a parte fácil], Jane me enviou. *[Apenas se deixe levar]*

As portas do hangar foram abertas com tudo, uma descompressão explosiva que imitava minha chegada anterior ao espaço de Coral. Eu ainda chegaria ali alguma vez sem ser arremessado para fora de um compartimento de cargas. Mas, dessa vez, o hangar não tinha objetos perigosos e soltos. Os únicos objetos dentro da *Sparrowhawk* eram a tripulação e os soldados, vestidos com trajes de salto impermeáveis e volumosos. Nossos pés estavam pregados no chão, por assim dizer, por faixas eletromagnéticas, mas assim que as portas do hangar fossem estouradas e a uma distância suficiente para que não fôssemos mortos, as faixas seriam desligadas e tombaríamos porta afora, levados pelo ar que escapava – com o hangar de carga sendo superpressurizado para garantir que houvesse suspensão o bastante.

Havia. Os ímãs dos nossos dedos foram desligados, e foi como ser jogado por um gigante através de um buraco de rato bem grande.

Como Jane sugeriu, eu me deixei levar e, de repente, me vi girando no espaço. Foi legal, pois queríamos dar a impressão de exposição repentina e inesperada ao nada do espaço, no caso de os Rraeys estarem observando. Fui rolado sem cerimônia para fora com os outros membros das Forças Especiais, tive um momento enjoativo com a vertigem enquanto me reorientava quanto a *lá fora* e *para baixo*, sendo que *para baixo* significava duzentos quilômetros na direção da massa escurecida de Coral, o ponto final do dia cintilando a leste de onde chegaríamos.

Minha rotação me virou a tempo de ver a *Sparrowhawk* explodindo em quatro pontos, as bolas de fogo surgindo na parte mais distante da nave e delineando-a com um contorno de chamas. Não ouvi som nenhum, graças ao vácuo entre mim e a nave, mas as obscenas bolas de fogo laranja e amarelas cobriram visualmente a falta de outros sentidos. Milagrosamente, quando me virei, vi a *Sparrowhawk* lançando mísseis que rumaram na direção de um inimigo, cuja posição não consegui registrar. Alguém ainda estava na nave quando foi atingida. Virei de novo a tempo de ver a *Sparrowhawk* partir em duas quando outra saraivada de mísseis a atingiu. Quem quer que estivesse na nave, morreria dentro dela. Esperei que os mísseis lançados atingissem seu alvo.

Eu estava caindo sozinho na direção de Coral. Outros soldados talvez estivessem perto de mim, mas era impossível dizer. Nossos trajes não refletiam luz e estávamos com o BrainPal silenciado até chegar à parte superior da atmosfera de Coral. A menos que eu avistasse alguém obstruindo uma estrela, não saberia que estava lá. Vale a pena ser discreto quando se planeja atacar um planeta, especialmente quando alguém lá em cima ainda pode estar olhando você. Caí um pouco mais e observei o planeta de Coral engolir sem parar as estrelas em seu perímetro cada vez maior.

Meu BrainPal tocou um alarme. Era hora de acionar o escudo. Sinalizei o recebimento da mensagem e, de uma bolsa nas costas, fluiu uma corrente de nanorrobôs. Uma rede eletromagnética de robôs foi tramada ao meu redor, selando-me em um globo preto opaco e cobrindo toda a luz. Agora eu estava realmente despencando na escuridão. Dei graças a Deus por não ser claustrofóbico. Se fosse, teria pirado naquele momento.

O escudo era a chave para a inserção de órbita alta. Ele protegia o soldado dentro dele do calor carbonizante gerado pela entrada na atmosfera de duas maneiras. Primeiro, a esfera do escudo era criada enquanto o soldado ainda estava caindo no vácuo, o que diminuía a transferência de calor, a menos que o soldado de alguma forma tocasse a casca do escudo que estava em contato com a atmosfera. Para evitar isso, a mesma armação eletromagnética que os robôs construíam para o escudo prendia o soldado no centro da esfera, impedindo o movimento. Não era muito confortável, mas ser torrado enquanto moléculas de ar rasgam sua carne em alta velocidade também não era.

Os nanorrobôs absorviam o calor, usavam um pouco da energia para fortalecer a rede eletromagnética que isolava o soldado e, em seguida, dispersavam o máximo do calor restante possível. No fim das contas, eles torravam, e nesse momento outro robô vinha pela rede para tomar seu lugar. Em uma situação ideal, a necessidade do escudo acabava antes de o escudo terminar. Nosso estoque de robôs era calibrado para a atmosfera de Coral, com um pouco de margem sobrando. Mas não era suficiente para evitar o nervosismo.

Senti a vibração quando meu escudo começou a abrir na atmosfera superior de Coral. Cuzão soou um alarme inútil quando entramos em uma turbulência. Eu chacoalhei na minha pequena esfera, o campo isolante se mantendo, mas permitindo mais sacudidas do que eu gostaria. Quando a parede de uma esfera pode transmitir alguns milhares de graus de calor diretamente para a sua pele, qualquer movimento na direção dela, não importa quão mínimo, é motivo para preocupação.

Na superfície de Coral, qualquer um que estivesse olhando para cima veria centenas de meteoros rasgando o céu noturno de repente. Qualquer suspeita do conteúdo desses meteoros seria atenuada quando soubessem que eram, em sua maioria, pedaços da nave espacial humana que as forças rraeys tinham acabado de explodir no céu. A centenas de milhares de pés de altura, um soldado e um pedaço de casco caindo parecem a mesma coisa.

A resistência de uma atmosfera que se adensava a cada momento fez seu trabalho e reduziu a velocidade da minha esfera. Vários segundos após parar de incandescer, ela se quebrou por inteiro, e eu saí como um pintinho arremessado com um tiro de estilingue de dentro do ovo. A visão agora não era de uma parede profundamente escura de robôs, mas de um mundo escurecido, iluminado apenas em poucos lugares por algas bioluminescentes, que delineavam os contornos lânguidos dos arrecifes de coral, e depois pelas luzes pungentes dos acampamentos rraeys e ex-assentamentos humanos. Estávamos seguindo para o segundo tipo de luzes.

[Bloqueio de BrainPal suspenso], o major Crick enviou, o que me surpreendeu. Imaginei que ele tivesse ficado na *Sparrowhawk*. *[Líderes de pelotão identifiquem-se; soldados agrupem-se com líderes de pelotão]*

Cerca de um quilômetro à minha esquerda e centenas de metros acima, Jane iluminou-se de repente. Ela não havia se pintado de neon na vida real. Seria uma maneira excelente de ser morta por forças de solo. Era apenas a maneira de o meu BrainPal me mostrar onde ela estava. Ao meu redor, perto e longe, outros soldados começaram a brilhar. Meus novos colegas de pelotão também foram iluminados. Giramos no ar e começamos a nos reunir. Enquanto nos movíamos, a superfície de Coral se transformava com uma camada de grade topográfica, na qual vários pontos brilhavam, bem unidos: a estação de rastreamento e seus arredores.

Jane começou a inundar seus soldados com informações. Assim que me juntei ao seu pelotão, os soldados das Forças Especiais deixaram de lado a cortesia de falar comigo, voltando ao método usual de comunicação via BrainPal. Imaginaram que, se eu fosse lutar com eles, eu teria de fazê-lo nos seus termos. Os últimos três dias passaram como uma confusão comunicativa. Quando Jane disse que os real-natos se comunicavam em uma velocidade mais lenta, foi um eufemismo. Os membros das Forças Especiais trocavam mensagens uns com os outros mais rápido do que eu podia piscar. As conversas e debates terminavam antes mesmo de eu compreender a primeira mensagem. O mais confuso de tudo: as Forças Especiais não limitavam suas transmissões a mensagens orais ou textuais. Usavam a capacidade do BrainPal de transmitir informações emocionais para enviar explosões de sentimento, usando-as como um escritor usa a pontuação. Alguém contava uma piada e todos que ouviam davam risada com o BrainPal, e era como ser atingido por balas de chumbinho feitas de divertimento que giravam no crânio. Aquilo me dava dor de cabeça.

Mas era realmente a maneira mais eficiente de "falar". Jane estava delineando a missão, os objetivos e a estratégia de nosso pelotão em um décimo do tempo que um briefing levaria com um comandante nas FCD convencionais. Essa é uma vantagem real quando se está apresentando o briefing enquanto você e seus soldados caem na direção da superfície de um planeta à velocidade terminal. Incrível como eu fui capaz de acompanhar o briefing quase na mesma velocidade em que Jane o enviava. Descobri que o segredo era parar de lutar com ele e tentar organizar as informações da maneira que eu costumava recebê-las, em pedaços descontínuos de discurso verbal. Apenas aceitar que se está bebendo água de uma mangueira de bombeiros aberta no máximo. Também ajudava o fato de eu não responder muito.

A estação de rastreamento estava localizada em um terreno alto, próximo de um dos menores assentamentos humanos que os Rraeys haviam ocupado, em um pequeno vale próximo da parte onde ficava a estação. O terreno era originalmente ocupado pelo centro de comando do assentamento e seus prédios distantes. Os Rraeys haviam se instalado ali para aproveitar as linhas de transmissão de força e canibalizar os computadores, os transmissores e outros recursos do centro de comando. Eles haviam criado posições defensivas no centro de comando e ao redor dele, mas a imagem em tempo real do local (fornecida por um membro da equipe de comando de Crick, que basicamente tinha um satélite espião amarrado no peito) mostrou que essas posições tinham armamento e tropas apenas moderados. Os Rraeys estavam confiantes demais de que sua tecnologia e naves neutralizariam qualquer ameaça.

Outros pelotões tomariam o centro de comando, localizariam e garantiriam as máquinas que integravam as informações rastreadas dos satélites e preparavam-nas para o upload para as espaçonaves lá em cima. O trabalho do nosso pelotão era tomar a torre de transmissão da qual o sinal de solo seguia para as naves. Se o hardware de transmissão fosse formado por equipamentos consus avançados, deveríamos deixar a torre off-line e defendê-la contra inevitáveis contra-ataques rraeys. Se fosse apenas uma tecnologia comum dos Rraeys, deveríamos simplesmente explodi-la.

De qualquer forma, a estação de rastreamento seria derrubada, e as espaçonaves rraeys estariam voando às cegas, incapazes de rastrear quando e onde nossas naves apareceriam. A torre havia sido instalada longe do centro de comando principal e era razoavelmente bem guardada em relação ao restante da área, mas tínhamos planos para diminuir o contingente antes de chegarmos ao solo.

[Selecionar alvos], Jane enviou, e uma sobreposição de nossa área de alvo foi aumentada em nossos BrainPals. Os soldados Rraeys e suas

máquinas brilhavam no infravermelho. Sem ameaça percebida, eles não tinham vetado o uso de fontes de calor. Por esquadrões, grupos e, em seguida, por soldados individuais, alvos foram selecionados e preparados. Sempre que possível, optávamos por atingir os Rraeys e não seus equipamentos, que poderíamos usar após cuidar deles. Armas não matam pessoas, os alienígenas atrás das armas sim. Com os alvos selecionados, todos pairamos um pouco para nos distanciar. Tudo o que restava era esperar até chegarmos a um quilômetro.

[Um quilômetro]. A mil metros de altura, nossos nanorrobôs restantes montaram um paraquedas manobrável, retendo a velocidade de nossa descida com um tranco de fazer o estômago queimar, mas permitindo que nos inclinássemos e déssemos voltas durante a descida e evitássemos uns aos outros no caminho. Nossos paraquedas, como nosso equipamento de combate, eram camuflados para escuridão e calor. A menos que alguém soubesse o que estava procurando, nunca nos veria chegar.

[Derrubar alvos], enviou o major Crick, e o silêncio de nossa descida terminou com o barulho rasgante das MUS descarregando uma torrente de metal. No solo, os soldados Rraeys foram pegos de surpresa, tendo cabeças e membros estourados e arrancados do corpo. Seus companheiros tiveram apenas uma fração de segundo para registrar o que havia acontecido antes de o mesmo destino assolá-los. No meu caso, mirei em três Rraeys parados próximos à torre de transmissão. Os primeiros dois caíram sem dar um pio. O terceiro ergueu sua arma para a escuridão e preparou o tiro, mas pensou que eu estava diante dele, e não acima. Matei-o antes que tivesse a chance de corrigir sua avaliação. Em cerca de cinco segundos, todos os Rraeys que estavam ao ar livre e visíveis foram derrubados e mortos. Ainda estávamos a várias centenas de metros no ar quando aconteceu.

Holofotes foram acesos e estourados assim que brilharam. Acertamos foguetes em trincheiras e valas, estraçalhando os Rraeys que estavam dentro delas. Soldados Rraeys que saíam do centro de comando e acampamentos seguiram os rastros de foguetes e atiraram. Os soldados já tinham manobrado para ficar fora do caminho muito tempo antes, e em seguida começamos a acertar os Rraeys que estavam atirando a céu aberto.

Mirei em uma área de aterrissagem próxima à torre de transmissão e instruí Cuzão a calcular um trajeto de manobra evasiva até lá. Quando me aproximei, dois Rraeys irromperam pela porta de uma cabana próxima à torre, atirando mais ou menos na minha direção enquanto corriam para o centro de comando. Um eu acertei na perna e ele caiu, berrando. O outro parou de atirar e correu, usando as pernas musculosas de Rraey, parecidas com as de pássaros, para aumentar a distância. Sinalizei para o Cuzão liberar o paraquedas. Ele se dissolveu quando os filamentos eletroestáticos que o mantinham unido se separaram e os nanorrobôs transformaram-se em poeira inerte. Caí vários metros até o chão, rolei, levantei e avistei o Rraey que se retirava com rapidez. Ele preferiu a linha reta e rápida para escapar a uma corrida em zigue-zague que dificultaria a mira. Um único tiro certeiro o derrubou. Atrás de mim, o outro Rraey ainda gritava e, de repente, não gritou mais quando um soluço repentino soou. Virei e vi Jane atrás de mim, sua MU ainda no ângulo direcionado para o cadáver Rraey.

[*Você vem comigo*], ela enviou e apontou para a cabana. No caminho, mais dois Rraeys apareceram na porta, correndo, enquanto um terceiro disparava de dentro da cabana. Jane se jogou no chão e revidou os tiros, enquanto eu corria atrás dos Rraeys fugitivos. Esses estavam correndo em zigue-zague. Acertei um, mas o outro fugiu, caindo de bunda sobre um aterro. Enquanto isso, Jane havia se cansado de trocar tiros com o Rraey na cabana e mandou uma granada na direção dele. Ouvimos um guinchado abafado e em seguida um estouro alto, seguido por vários pedaços grandes do Rraey voando porta afora.

Avançamos e entramos na cabana, que estava coberta com os restos do Rraey e abrigava uma bancada de equipamentos eletrônicos. Um escaneamento do BrainPal confirmou que eram equipamentos de comunicação rraey. Aquele era o centro de operações da torre. Jane e eu nos afastamos e lançamos foguetes e granadas dentro da cabana. Ela explodiu direitinho. A torre agora estava sem comunicação, embora ainda houvesse o real equipamento de transmissão no topo da torre com o qual precisávamos lidar.

Jane recebeu atualizações dos líderes de esquadrão. A torre e seus arredores estavam tomados. Os Rraeys nunca se reuniriam após o ataque inicial. Sofremos danos leves, sem relatos de mortes no pelotão. As outras fases do ataque também estavam indo bem. O combate mais intenso aconteceu no centro de comando, onde os soldados estavam passando cômodo a cômodo, acabando com os Rraeys pelo caminho. Jane enviou dois grupos para reforçar o trabalho no centro de comando, outros dois esquadrões para vigiar os cadáveres dos Rraeys e os equipamentos na torre e outros dois esquadrões para criar um perímetro.

[E você], ela disse, virando-se para mim e apontando para a torre. *[Suba lá e me diga o que temos]*

Olhei para a torre, que era uma torre de rádio comum: cerca de 150 metros de altura e nada mais que uma estrutura de metal segurando alguma coisa no topo. Era a coisa mais impressionante dos Rraeys até agora. A torre não estava aqui quando chegaram, então eles devem tê-la erguido quase instantaneamente. Era apenas uma torre de rádio, mas, por outro lado, tente erguer uma torre de rádio em um dia e veja como se sai. A torre tinha estacas formando uma escada que levava até o alto. A fisiologia e o peso dos Rraeys eram parecidos com os dos seres humanos, então eu poderia usá-los. E eu subi.

Lá no alto havia um vento um tanto perigoso e um conjunto de antenas e instrumentos do tamanho de um carro. Fiz o escaneamento com o Cuzão, que comparou a imagem visual com sua biblioteca de tecnologia rraey. O equipamento de transmissão era rraey, o tempo todo. Todas as informações enviadas pelos satélites eram processadas por ali até chegarem ao centro de comando. Torci para que conseguissem tomar o centro de comando sem estourar a coisa toda acidentalmente.

Passei as informações para Jane. Ela me avisou que, quanto antes eu descesse da torre, melhores seriam as chances de não ser esmagado pelos escombros. Não precisei de mais nenhum estímulo. Enquanto descia, os foguetes passavam sobre a minha cabeça diretamente até o conjunto de instrumentos no alto da torre. A força da explosão fez com que os cabos estabilizadores da torre se soltassem com um estalo metálico que prometia degolar qualquer um que estivesse no seu caminho. A torre inteira balançou. Jane ordenou que a base da torre fosse estourada. Os foguetes cortaram as vigas de metal. A torre se contorceu e desabou, rangendo durante todo o trajeto até o chão.

Da área do centro de comando, os sons de combate haviam cessado e ouvimos algumas comemorações esporádicas. Se havia algum Rraey, agora já não vivia. Fiz o Cuzão mostrar meu cronômetro interno. Não haviam passado noventa minutos desde que nos lançamos para fora da *Sparrowhawk*.

– Eles não tinham a menor ideia de que estávamos vindo – eu disse para Jane e, de repente, me surpreendi com o som da minha voz.

Jane olhou para mim, assentiu e, em seguida, olhou para a torre.

– Não tinham. Essa é a boa notícia. A má notícia é que agora eles sabem que estamos aqui. Essa foi a parte fácil. A parte difícil vem aí.

Ela se virou e começou a disparar comandos para o seu pelotão. Estávamos esperando um contra-ataque. E dos grandes.

* * *

— Quer voltar a ser humano? — Jane me perguntou. Foi na noite antes de nossa aterrissagem. Estávamos na área da cantina, pegando comida.

— Voltar? — devolvi a pergunta, sorrindo.

— Sabe do que estou falando. Voltar ao corpo humano real. Sem aditivos artificiais.

— Claro. Ainda me restam uns oito anos e pouco de serviço. Supondo que eu ainda esteja vivo, vou me aposentar para colonizar.

— Isso significa voltar a ser fraco e lento — disse Jane com o tato habitual das Forças Especiais.

— Não é *tão* ruim assim — eu disse. — E há outras compensações. Filhos, por exemplo. Ou a capacidade de conhecer gente nova e não precisar matá-los logo em seguida porque são alienígenas inimigos das colônias.

— Você vai ficar velho de novo e morrer — insistiu Jane.

— Acho que vou. É o que os seres humanos fazem. Isso aqui — ergui um braço verde — não é o normal, você sabe. E no que diz respeito a morrer, em qualquer ano da vida nas FCD, estou mais propenso a morrer do que se eu fosse um colono. Falando de uma perspectiva atuarial, ser um colono humano não modificado é o caminho.

— Você não está morto ainda — disse Jane.

— Muita gente parece ter colaborado com isso. E quanto a você? Tem planos de se aposentar e colonizar?

— Forças Especiais não se aposentam — respondeu Jane.

— Quer dizer, vocês não podem?

— Não, nós podemos. Nosso período de serviço é de dez anos, como o de vocês, embora não haja nenhuma possibilidade de nosso prazo durar menos que os dez anos completos. Simplesmente não nos aposentamos, é isso.

– Por que não? – perguntei.

– Não temos nenhuma experiência em ser outra coisa além do que somos – respondeu Jane. – Nascemos, lutamos, é isso que fazemos. Somos bons no que fazemos.

– Você não deseja parar de lutar?

– Por quê?

– Bem, em primeiro lugar, reduz drasticamente as chances de você morrer violentamente – respondi. – Em segundo, daria uma chance para vocês viverem aquela vida com a qual todos vocês sonham. Sabe, o passado que vocês imaginam para si mesmos. Nós, os normais das FCD, tivemos aquela vida antes de entrarmos no exército. Vocês poderiam tê-la depois.

– Eu não saberia o que fazer – confessou Jane.

– Bem-vinda à raça humana. Então, você está dizendo que ninguém nas Forças Especiais dá baixa do exército? Nunca?

– Eu conheço um ou dois. Mas apenas uns dois.

– O que aconteceu com eles? – perguntei. – Para onde foram?

– Não sei muito bem – disse Jane, de um jeito vago. Em seguida: – Amanhã quero que você fique ao meu lado.

– Entendido.

– Você ainda é muito lento. Não quero que você interfira no trabalho do meu pessoal.

– Obrigado.

– Desculpe – disse Jane. – Acho que não fui muito educada. Mas você liderava soldados. Sabe qual é minha preocupação. Estou disposta a assumir os riscos envolvidos em ter você por perto. Os demais não têm que arcar com isso.

– Eu sei. Não estou ofendido. E não se preocupe. Vou cuidar de

JOHN SCALZI

345

mim mesmo. Tenho planos de me aposentar, sabe? Preciso sobreviver um pouco mais para conseguir.

– É ótimo que você tenha motivações – disse Jane.

– Concordo. Você deveria pensar em se aposentar também. Como você diz, é bom ter um motivo para permanecer vivo.

– Não quero morrer. É motivação suficiente.

– Bem, se você mudar de ideia, eu mando um cartão-postal de aonde eu for quando me aposentar. Você pode vir comigo. Podemos morar numa fazenda. Plantar umas galinhas, criar um pouco de milho.

Jane bufou.

– Você não pode estar falando sério – ela disse.

– Na verdade, estou – confirmei e percebi que estava mesmo.

Jane ficou em silêncio por um momento, depois disse:

– Não gosto dessa coisa de fazenda.

– Como sabe? Você nunca viveu em uma.

– Kathy gostava de fazendas? – perguntou Jane.

– Nem um pouco – respondi. – Ela mal tinha paciência para manter um jardim.

– Bem, aí está – disse Jane. – O precedente me limita.

– Só pense um pouco no caso – eu pedi.

– Talvez eu pense.

[Onde diabos eu pus aquele cartucho de munição?], Jane enviou, e então os foguetes bateram. Eu me joguei no chão quando a rocha da posição de Jane no afloramento se estilhaçou ao meu redor. Olhei para cima e vi a mão de Jane se agitando. Corri na direção dela, mas fui impedido por um jorro de fogo. Recuei e fui para trás da rocha onde eu estava posicionado.

Vi lá embaixo o grupo de Rraeys que havia nos pegado de surpresa. Dois deles estavam subindo devagar a colina em nossa direção, enquanto um terceiro estava ajudando o último a carregar outro foguete. Não tinha dúvidas de para onde ele iria. Joguei uma granada nos dois Rraeys que avançavam e os ouvi em busca de cobertura. Quando ela explodiu, os ignorei e atirei no Rraey com o foguete. Ele desceu com um baque surdo e atirou o foguete em um último espasmo. O estouro chamuscou o rosto do seu companheiro Rraey, que gritou e se debateu, agarrando seu protetor de olhos. Acertei-o na cabeça. O foguete descreveu um arco para cima e para longe de mim. Não esperei para ver onde ele aterrissaria.

Os dois Rraeys que estavam avançando para a minha posição começaram a cambalear em retirada. Soltei outra granada na direção deles para mantê-los ocupados e corri até Jane. A granada caiu aos pés de um dos Rraeys e em seguida arrancou esses pés do chão. O segundo Rraey mergulhou para trás no chão. Lancei uma segunda granada nele, e essa ele não conseguiu evitar a tempo.

Ajoelhei ao lado de Jane, que ainda estava estremecendo, e vi o pedaço de rocha que havia penetrado na lateral da cabeça. O SmartBlood rapidamente coagulou, mas pequenos jorros estavam vazando nas laterais. Falei com Jane, mas ela não respondeu. Acessei em seu BrainPal os bipes de emoções erráticas de choque e dor. Os olhos dela se moviam, cegos. Ela estava morrendo. Agarrei sua mão e tentei acalmar o ataque nauseante de vertigem e *déjà-vu*.

O contra-ataque havia começado ao amanhecer, pouco depois de tomarmos a estação de rastreamento, e foi mais que pesado. Foi feroz. Os Rraeys, percebendo que sua proteção havia sido perfurada, revidaram com tudo para reaver a estação de rastreamento. Seu ataque foi irregular, camuflando a falta de tempo e planejamento, mas foi impiedoso. Naves de tropa, uma atrás da outra, flutuavam no horizonte, trazendo mais Rraeys para o combate.

Os soldados das Forças Especiais usaram suas táticas de camuflagem e sua insanidade para receber a primeira dessas naves de tropa com equipes correndo para encontrar as naves quando elas aterrissavam, disparando foguetes e granadas nos compartimentos de tropas no momento em que as portas se abriam. Os Rraeys por fim acrescentaram apoio aéreo, e as tropas começaram a aterrissar sem serem explodidas quando desciam. Enquanto o grosso de nossas forças estava defendendo o centro de comando e o prêmio tecnológico consu que ele escondia, nosso pelotão estava perambulando pelo perímetro, molestando os Rraeys e dificultando muito mais seu avanço. Por isso Jane e eu estávamos no afloramento de rocha, a várias centenas de metros do centro de comando.

Bem abaixo de nós, outra equipe de Rraeys estava começando a abrir caminho em nossa direção. Era hora de mudar de posição. Lancei dois foguetes nos Rraeys para impedi-los, em seguida me abaixei e joguei Jane nas costas num transporte de bombeiro. Jane gemeu, mas não podia me preocupar com isso. Avistei uma rocha que Jane e eu havíamos usado em nosso caminho de saída e me lancei na direção dela. Atrás de mim, os Rraeys travavam a mira. Tiros chisparam ao lado, a rocha estilhaçada cortando meu rosto. Consegui chegar à parte de trás da rocha, deixei Jane no chão e arremessei uma granada na direção dos Rraeys. Quando ela estourou, corri de trás da rocha e saltei para a posição deles, cobrindo o máximo de distância em dois longos passos. Os Rraeys grasnaram, não sabiam ao certo o que fazer com um ser humano que se lançava diretamente sobre eles. Troquei meu MU para tiro automático e acertei-os à queima-roupa antes que pudessem se organizar. Corri de volta para Jane e acessei seu BrainPal. Ainda estava lá. Ainda estava viva.

A próxima parte de nossa jornada seria difícil. Cerca de cem metros de terreno aberto estavam entre mim e o local onde eu queria estar, uma pequena garagem de manutenção. As fileiras de infantaria rraey estavam cercando o campo. Uma aeronave rraey estava seguindo para a direção em que eu queria ir, procurando seres humanos para alvejar. Acessei o Cuzão para localizar as posições do pessoal de Jane e encontrei três perto de mim: dois do meu lado do campo, a trinta metros de distância, e outro do outro lado. Dei ordem para que eles me dessem cobertura, agarrei Jane novamente e corri na direção da cabana.

O ar ficou coalhado de tiros. Torrões de terra pulavam em mim enquanto os tiros se enterravam no solo onde meus pés estavam ou estariam. Fui atingido com um tiro de raspão à esquerda do quadril, a parte inferior do meu torso se retorceu quando a dor se espalhou no flanco. Aquilo deixaria um hematoma. Consegui me manter em pé e continuei correndo. Atrás de mim, pude ouvir o estampido decrescente dos foguetes atingindo as posições dos Rraeys. A cavalaria havia chegado.

A aeronave rraey virou-se para me acertar, e em seguida deu uma guinada para evitar o foguete lançado por um de nossos soldados. Ela conseguiu, mas não teve tanta sorte ao evitar outros dois foguetes que avançavam sobre ela pelo outro lado. O primeiro bateu no propulsor, o segundo, no para-brisa. A aeronave mergulhou e tombou, mas permaneceu no ar tempo suficiente para ser pega por um último foguete, que foi alojado no para-brisa estilhaçado e eclodiu na cabine. A aeronave despencou no chão com um ribombar estremecedor quando cheguei à cabana. Atrás de mim, os Rraeys que me miravam voltaram sua atenção ao pessoal de Jane, que estava causando muito mais estrago que eu. Abri a porta da cabana com tudo e entrei com Jane para a área de reparos inserida lá dentro.

Com relativa calma, reavaliei os sinais vitais dela. O ferimento da cabeça já estava completamente encrostado com SmartBlood. Era impossível ver o quanto havia de ferimento ou a profundidade alcançada pelos fragmentos de rocha no cérebro. O pulso estava forte, mas a respiração era leve e errática. Nesse caso, a capacidade extra de transporte de oxigênio do SmartBlood seria útil. Eu não tinha mais certeza se ela morreria, mas não sabia o que poderia fazer para mantê-la viva.

Acessei Cuzão em busca de opções, e ele me apresentou uma: o centro de comando abrigava uma pequena enfermaria. Suas acomodações eram modestas, mas contava com uma câmara de estase portátil, o que manteria Jane estável até ela ser levada a uma das naves e voltar para receber cuidados médicos em Fênix. Lembrei de como Jane e a tripulação da *Sparrowhawk* me enfiaram em uma câmara de estase depois da minha viagem até Coral. Era hora de retribuir o favor.

Uma série de balas zuniu atravessando as janelas acima de mim. Alguém havia lembrado que eu estava lá. Hora de partir de novo. Imaginei minha próxima corrida, até uma trincheira feita pelos Rraeys a cinquenta metros diante de mim, agora ocupada pelos soldados das Forças Especiais. Avisei que estava chegando, eles gentilmente abriram fogo de supressão enquanto eu corria em zigue-zague na direção deles. Com isso, eu estava novamente atrás das fileiras das Forças Especiais. O restante do percurso até o centro de comando aconteceu sem muito drama.

Cheguei bem a tempo de os Rraeys começarem a lançar bombas no centro de comando. Não estavam mais interessados em tomar de volta a estação de rastreamento. Sua intenção naquele momento era destruí-la. Olhei para o céu. Apesar do brilho matutino, flashes reluzentes piscavam no meio do azul. A frota colonial havia chegado.

Os Rraeys não demorariam muito para demolir o centro de comando, levando consigo a tecnologia consu. Eu não tinha muito tempo. Entrei no prédio e corri para a enfermaria enquanto todo mundo saía.

Havia uma coisa grande e complicada na enfermaria do centro de comando. Era o sistema de rastreamento consu. Só Deus sabe por que os Rraeys decidiram abrigá-lo ali. Mas abrigaram. Como resultado, a enfermaria foi o único local no centro de comando inteiro que não foi totalmente detonado. As Forças Especiais tinham ordens de levar o sistema de rastreamento inteiro. Nossos rapazes e garotas atacaram os Rraeys naquela sala com granadas de luz e facas. Os Rraeys ainda estavam lá, com punhaladas e tudo o mais, espalhados no chão.

O sistema de rastreamento zumbia, quase com satisfação, liso e sem sinais distintos, contra a parede da enfermaria. O único sinal de capacidade de transmissão de dados era um pequeno monitor e uma chave de acesso para o módulo de memória rraey deixada por acaso sobre um criado-mudo de hospital próximo ao sistema de rastreamento. O equipamento não tinha a menor ideia de que em apenas alguns minutos seria um amontoado de fios quebrados, graças a uma bomba rraey iminente. Todo o nosso trabalho em proteger a coisa maldita teria sido um desperdício.

O centro de comando chacoalhou. Parei de pensar sobre o sistema de rastreamento e pousei Jane gentilmente na cama da enfermaria, em seguida procurei a câmara de estase. Encontrei-a no almoxarifado contíguo. Parecia uma cadeira de rodas encapsulada em um cilindro de plástico. Encontrei duas fontes de energia portáteis na prateleira próxima à câmara de estase. Liguei uma na câmara e li o painel de diagnóstico. Funcionaria por duas horas. Peguei a outra. Melhor prevenir que remediar.

Empurrei a câmara de estase até Jane quando outra bomba explodiu, e essa sacudiu o centro de comando inteiro e derrubou o sistema de energia. Fui jogado de lado pela explosão, tropecei no corpo de um Rraey e bati com a cabeça na parede quando caí. Um flash pulsou atrás dos meus olhos e, em seguida, veio uma dor intensa. Xinguei quando me ergui e senti um pequeno vazamento de SmartBlood de um arranhão na minha testa.

As luzes piscaram por alguns segundos e, entre essas poucas piscadas, Jane enviou uma explosão de informações emocionais tão intensa que precisei me escorar na parede para não cair. Jane estava acordada, consciente, e, naqueles poucos segundos, eu vi o que ela pensava ter visto. Alguém mais estava na sala com ela, parecia exatamente com ela, as mãos tocando as laterais do rosto de Jane enquanto sorria. Pisca, pisca, e sua aparência era como a da última vez em que a vi. A luz piscou novamente, ficou acesa e a alucinação se dissipou.

Jane se retorceu. Fui até ela, seus olhos estavam abertos e olhando diretamente para mim. Acessei seu BrainPal. Jane ainda estava consciente, mas não por muito tempo.

– Ei – eu disse com suavidade e toquei sua mão. – Você foi atingida, Jane. Está bem agora, mas preciso colocar você nesta câmara de estase até podermos encontrar ajuda. Você me salvou uma vez, lembra? Então estaremos quites depois dessa. Apenas aguente firme, o.k.?

Jane apertou minha mão de leve, como se para chamar a minha atenção.

– Eu a vi – ela sussurrou. – Eu vi Kathy. Ela falou comigo.

– O que ela disse? – perguntei.

– Ela disse – Jane começou a falar, e então devaneou um pouco antes de se concentrar em mim novamente. – Ela disse que eu deveria ir para a fazenda com você.

– O que você disse para ela?

– Eu disse que tudo bem – respondeu Jane.

– Tudo bem.

– Tudo bem – repetiu Jane e ficou novamente desacordada.

O sinal de BrainPal mostrava atividade cerebral errática. Eu a ergui e, com o máximo de cuidado possível, a encaixei na câmara de estase. Dei um beijo nela e liguei a máquina. A câmara fechou-se e zumbiu. Os índices neurais e fisiológicos de Jane foram reduzidos a um fio. Ela estava pronta para partir. Fiquei de olho nas rodas para desviá-las do Rraey morto em quem eu havia pisado alguns minutos antes e percebi o módulo de memória saindo da bolsa abdominal do Rraey.

O centro de comando balançou novamente com uma explosão. Contrariando meu bom senso, eu me abaixei, peguei o módulo de memória, fui até a chave de acesso e encaixei-a nele com tudo. O monitor acendeu e mostrou uma lista de arquivos em escrita rraey. Abri um arquivo e fui presenteado com um diagrama. Fechei e abri outro arquivo. Mais diagramas. Voltei à lista original e olhei para a interface gráfica para verificar se havia um acesso de categoria superior. Havia. Acessei e Cuzão traduziu o que eu estava vendo.

O que eu estava vendo era um manual de instruções para o sistema de rastreamento consu. Diagramas, instruções operacionais, configurações técnicas, procedimentos em caso de defeitos. Tudo estava lá. Era a segunda melhor coisa de se ter, além de o sistema em si.

A próxima bomba atingiu a lateral do centro de comando, me jogando de bunda no chão, e mandou estilhaços pela enfermaria toda. Um pedaço de metal fez um buraco enorme no monitor que eu estava olhando. Outro abriu um furo no próprio sistema de rastreamento, que parou de zumbir e começou a fazer uns sons engasgados. Agarrei o módulo de memória, arranquei-o da célula, peguei as manoplas da câmara de estase e corri. Mal percorremos uma distância aceitável para longe do edifício quando a bomba final eclodiu no centro de comando, fazendo o prédio inteiro desabar.

Na nossa frente, os Rraeys estavam batendo em retirada. A estação de rastreamento era o menor de seus problemas agora. Lá em cima, dezenas de pontos escuros em queda acusavam a presença de naves de transporte aterrissando, cheias de soldados das FCD se coçando para tomar de volta o planeta. Estava feliz em permitir que fizessem isso. Queria dar o fora dali o mais rápido possível.

A uma curta distância, o major Crick estava conversando com algumas pessoas de sua equipe e acenou para que eu me aproximasse.

Empurrei Jane em sua cadeira até ele. Ele baixou os olhos para ela e ergueu-os para mim.

– Eles me disseram que você correu boa parte de um quilômetro com Sagan nas costas e depois entrou no centro de comando quando os Rraeys começaram a lançar bombas – disse Crick. – Acho que me lembro de *você* nos chamando de insanos.

– Não sou insano, senhor – retruquei. – Tenho uma noção finamente calibrada de risco aceitável.

– Como ela está? – perguntou Crick, meneando a cabeça para Jane.

– Estável – eu disse. – Mas teve um ferimento sério na cabeça. Precisamos levá-la a uma estação médica assim que possível.

Crick acenou com a cabeça para uma nave que aterrissava.

– Aquele é o primeiro transporte – ele disse. – Vocês embarcam nele.

– Obrigado, senhor.

– Nós que agradecemos a *você*, Perry – disse Crick. – Sagan é uma das minhas melhores oficiais. Sou grato por você tê-la salvado. Agora, se você também tivesse conseguido salvar aquele sistema de rastreamento, eu estaria com o dia ganho. Todo esse trabalho para defender a maldita estação de rastreamento para nada.

– Sobre isso, senhor – falei e estendi para ele o módulo de memória. – Acho que tenho algo aqui que pode interessar ao senhor.

Crick encarou o módulo de memória e, em seguida, olhou feio para mim.

– Ninguém gosta de gente que vive superando as expectativas, capitão – ele disse.

– Não senhor, acho que não – eu disse. – E é tenente, senhor.

– Isso é o que veremos – disse Crick.

Jane embarcou na primeira nave. Eu ainda fiquei um tempo a mais.

18__

Virei capitão. Nunca mais vi Jane.

O primeiro desses fatos foi o mais dramático dos dois.

Carregar Jane em segurança nas costas por várias centenas de metros em um campo aberto de batalha e em seguida colocá-la em uma câmara de estase sob ataque de bombas teria sido suficiente para conseguir um relato decente no relatório oficial da batalha.

Trazer também os diagramas técnicos do sistema de rastreamento consu, como o major Crick declarou, parecia um pouco exagero. Mas o que se há de fazer? Recebi mais algumas medalhas pela Segunda Batalha de Coral e, além disso, a promoção. Se notaram que eu pulei de cabo para capitão em menos de um mês, ninguém comentou. Bem, fiz o mesmo. De qualquer forma, me pagaram bebidas por vários meses depois disso. Claro, quando você está nas FCD, todas as bebidas são de graça. Mas a ideia é o que conta.

O manual de instruções dos Consus foi enviado diretamente

para o Departamento de Pesquisa Militar. Harry me disse mais tarde que poder folhear aquele manual era como ler o bloquinho de anotações de Deus. Os Rraeys sabiam como usar o sistema de rastreamento, mas não tinham ideia de como ele funcionava – mesmo com todos os diagramas, dificilmente teriam capacidade de montar outro daqueles. Não tinham capacidade de produção para fazer isso. Sabíamos disso porque *nós* não tínhamos capacidade de produção para fazê-lo. Só a teoria por trás da máquina abriria ramos inteiramente novos da física e faria as colônias reavaliarem a tecnologia de salto espacial.

Harry foi alocado como parte da equipe incumbida de destrinchar as aplicações práticas da tecnologia. Ele ficou exultante com a posição. Jesse reclamou que aquilo estava deixando-o insuportável. A queixa antiga de Harry sobre não ter conhecimentos matemáticos para o trabalho estava se provando irrelevante, pois ninguém ali tinha a matemática para aquilo. O que reforçou ainda mais a ideia de que os Consus eram uma raça com quem seria melhor não se meter.

Poucos meses depois da Segunda Batalha de Coral, correram rumores de que os Rraeys voltaram ao espaço consu, implorando para receber mais tecnologia. Os Consus reagiram destruindo a nave rraey e jogando-a no buraco negro mais próximo. Isso ainda me parece um exagero. Mas é apenas um rumor.

Depois de Coral, as FCD me deram uma série de missões agradáveis, começando com uma turnê pelas colônias como o último herói das FCD, mostrando aos colonos como as *Forças Coloniais de Defesa estão lutando por VOCÊ!* Tive lugar de honra em muitas paradas e fui juiz em muitos concursos de culinária. Após alguns meses, já estava pronto para fazer outra coisa, embora finalmente tivesse a oportunidade de visitar um planeta ou dois sem ter que matar todo mundo que estava lá.

Depois da minha missão de relações públicas, as FCD me botaram em naves de transporte para novos recrutas. Eu era o cara que ficava na frente de milhares de velhos em corpos novos e dizia para eles se divertirem e, então, uma semana depois, contava que em dez anos, três quartos deles estariam mortos. Esse período de serviço foi quase insuportavelmente agridoce. Eu aparecia no restaurante da nave de transporte e via grupos de novos amigos se unindo e criando laços, da maneira que fiz com Harry e Jesse, Alan e Maggie, Tom e Susan. Imaginava quantos deles chegariam lá. Esperava que todos chegassem. Sabia que a maioria não chegaria. Depois de alguns meses nesse posto, pedi uma missão diferente. Ninguém disse nada. Não era o tipo de trabalho que alguém gostasse de fazer por muito tempo.

No final, pedi para voltar ao combate. Não que eu goste de combates, embora eu seja estranhamente bom neles. É que, nesta vida, sou um soldado. Foi o que concordei em ser e fazer. Pretendia parar com tudo um dia, mas até lá, queria estar no campo de batalha. Deram-me uma companhia e me puseram a bordo da *Taos*. É onde estou agora. É uma boa nave. Comando bons soldados. Nesta vida, não se pode pedir muito mais que isso.

Nunca mais ver Jane foi muito menos dramático. No fim das contas, não há muito drama em não rever alguém. Jane pegou a primeira nave até a *Amarillo*. O médico da nave deu uma olhada em sua designação de Forças Especiais e a botou no canto da enfermaria para permanecer em estase até que voltassem a Fênix e ela pudesse ser tratada pelos médicos das Forças Especiais. Acabei voltando para Fênix na *Bakersfield*. Durante aquele tempo, Jane ficou nos fundos da ala médica das Forças Especiais e inalcançável para meros mortais como eu, mesmo que eu fosse um herói recente.

Logo depois, fui condecorado, promovido e posto para começar minha turnê interiorana pelas colônias. Acabei recebendo a notícia pelo major Crick de que Jane havia se recuperado e tinha sido realocada, junto com a maioria da tripulação sobrevivente da *Sparrowhawk*, em uma nova nave chamada *Kite*. Fora isso, não resultou em nada tentar mandar mensagens para Jane. As Forças Especiais eram as Forças Especiais. Eram as Brigadas Fantasma. Não se deve saber para onde estão indo ou o que estão fazendo, mesmo que estejam lá, bem diante do seu nariz.

No entanto, eu sei que estão lá. Sempre que soldados das Forças Especiais me veem, eles me dão um toque com seus BrainPals – pequenas e curtas explosões de informações emocionais que denotam respeito. Sou o único real-nato a ter servido nas Forças Especiais, mesmo que por um breve período. Resgatei uma deles e arranquei o sucesso da missão das garras do fracasso parcial. Eu devolvo o toque, reconhecendo a saudação, mas exteriormente não digo nada para não delatá-los. As Forças Especiais preferem assim. Eu não voltei a ver Jane em Fênix ou em qualquer outro lugar.

Mas tive notícias dela. Pouco depois de embarcar na *Taos*, Cuzão me informou que tinha uma mensagem aguardando de um remetente anônimo. Era uma novidade, pois nunca tinha recebido uma mensagem anônima via BrainPal antes. Abri. Vi uma imagem de uma plantação, uma casa de fazenda a distância e a alvorada. Poderia ser o pôr do sol, mas não foi a sensação que tive. Levou um segundo para eu perceber que a imagem devia ser um cartão-postal. Em seguida, ouvi a voz dela, uma voz que eu conhecia da vida toda, vinda de duas mulheres diferentes.

[Uma vez, você me perguntou para onde os soldados das Forças Especiais iam quando se aposentavam e eu disse que não sabia], ela enviou. *[Mas eu sei. Temos um lugar aonde podemos ir, se quisermos, e aprender como sermos humanos pela primeira vez. Quando chegar a hora, acho que vou para lá. Acho que quero que você venha comigo. Você não precisa vir. Mas, se quiser, pode vir. Você é um dos nossos, sabe.]*

Interrompi a mensagem por um instante e reiniciei quando me senti pronto.

[Parte de mim no passado foi alguém que você amou], ela enviou. *[Acho que essa parte de mim quer ser amada por você novamente e quer que eu te ame também. Não posso ser ela. Só posso ser eu mesma. Mas acho que você poderia me amar, se quisesse. Quero que me ame. Venha me encontrar quando puder. Estarei aqui.]*

E foi isso.

Penso no dia em que visitei pela última vez o túmulo da minha mulher e virei as costas para ele sem mágoa, pois sabia que o que ela era não estava dentro daquele buraco no chão. Entrei em uma nova vida e a reencontrei em uma mulher que era totalmente outra. Quando esta vida terminar, vou virar as costas para ela também, sem tristeza, porque sei que ela espera por mim, em outra vida, uma vida diferente.

Eu não a vi novamente, mas sei que vou. Em breve. Muito em breve.

AGRADECIMENTOS

O caminho percorrido por este romance até a publicação foi cheio de entusiasmo e surpresas e, durante esse percurso, tantas pessoas ajudaram e/ou incentivaram que é difícil saber por onde começar.

Mas vamos começar com o pessoal que fez por onde para dar vida a este livro que você tem nas mãos agora. Em primeiro lugar, agradeço a Patrick Nielsen Hayden por comprar a ideia e, de forma criteriosa, fazer as edições. Também agradeço a Teresa Nielsen Hayden por seu trabalho, bom senso, conselhos e conversas inestimáveis. Donato Giancola fez a arte da capa dura [da edição norte-americana], que é muito mais legal do que eu poderia esperar. Ele arrebenta, assim como Irene Gallo, que espero ter se tornado fã dos Beach Boys. Meu obrigado também vai para John Harris pela arte da capa nas edições [norte-americanas] em brochura. E para todo mundo da Tor: meu muito obrigado e a promessa de que vou aprender o nome de todos para o próximo livro.

Lá no começo, muitas pessoas ofereceram seus serviços de "leitores da versão beta", e eu ofereci em troca um espaço nos agradecimentos. O que foi uma estupidez, pois perdi a lista completa (isso já faz alguns anos), mas algumas pessoas me deram feedback, inclusive (sem uma ordem específica) Erin Rourke, Mary Anne Glazar, Christopher McCullough, Steve Adams, Alison Becker, Lynette Millett, James Koncz, Tiffany Caron e Jeffrey Brown. Esqueci pelo menos o mesmo tanto de pessoas, cujos nomes não consegui encontrar em meus arquivos de e-mail. Peço perdão, agradeço pelos esforços e prometo que vou ser mais cuidadoso com anotações da próxima vez. Eu *juro*.

Tenho uma dívida com os seguintes escritores e editores de ficção científica/fantasia por sua ajuda e/ou amizade, e espero poder retribuir em ambas as frentes: Cory Doctorow, Robert Charles Wilson, Ken MacLeod, Justine Larbalestier, Scott Westerfeld, Charlie Stross, Naomi Kritzer, Mary Anne Mohanraj, Susan Marie Groppi e, mais especificamente, Nick Sagan, de quem me apropriei do sobrenome para este romance (um tributo a seu pai) e que, além de se tornar um bom amigo, é um membro valoroso da Sociedade Mútua Fodona de Nick e John. Muito sucesso para o meu agente, Ethan Ellenberg, que agora vai ter a tarefa de convencer as pessoas a publicar este livro em todos os idiomas possíveis.

Agradeço aos amigos e à família, que ajudaram a impedir que eu ficasse louco. Sem ordem particular: Deven Desai, Kevin Stampfl, Daniel Mainz, Shara Zoll, Natasha Kordus, Stephanie Lynn, Karen Meisner, Stephen Bennett, Cian Chang, Christy Gaitten, John Anderson, Rick McGinnis, Joe Rybicki, Karen e Bob Basye, Ted Rall, Shelley Skinner, Eric Zorn, Pamela Ribon (agora é sua vez!), Mykal Burns, Bill Dickson e Regan Avery. Um salve para os leitores do *Whatever* e os leitores do *By The Way*, que tiveram de me aguentar blogando sobre a experiência de publicação. Um beijo com muito amor a Kristine e Athena Scalzi, que vivenciaram tudo isso. À mamãe, Heather, Bob, Gale, Karen, Dora, Mike, Brenda, Richard, a todas as sobrinhas, sobrinhos, primos, tias e tios (são muitos). Estou esquecendo de muita gente, claro, mas não quero me alongar aqui.

Para terminar: muito obrigado a você, Robert A. Heinlein, pelas dívidas que (como estes agradecimentos estão no fim do livro) se tornaram óbvias.

JOHN SCALZI
JUNHO DE 2004

TIPOGRAFIA:
Caslon [texto]
Arca Majora [entretítulos]

PAPEL:
Pólen Soft 80g/m² [miolo]
Cartão Supremo 250g/m² [capa]

IMPRESSÃO:
Gráfica Paym [agosto de 2022]
1ª edição: março de 2016 [5 reimpressões]